ハヤカワ文庫 NV
〈NV1483〉

強盗請負人

スタン・パリッシュ
上條ひろみ訳

早川書房
8690

日本語版翻訳権独占
早　川　書　房

LOVE AND THEFT

by

Stan Parish

Translated by
Hiromi Kamijo
First published 2021 in Japan by
HAYAKAWA PUBLISHING, INC.
This book is published in Japan by
arrangement with
LAGO PRIMAVERA LLC.
c/o THE BOOK GROUP
through THE ENGLISH AGENCY (JAPAN) LTD.

フィリップ＆マーガレット・パリッシュに
そして、ジム・サラントを偲んで

強盗請負人

登場人物

アレックス・キャシディ……イベント制作業
ダイアン・アリソン…………ケータリング業
トム……………………………ダイアンの息子
パオラ…………………………アレックスの娘。ＤＪ兼金融業
クレイ・ドハティ……………アレックスの親友。故人
ベン
カタリナ}………………………アレックスの仕事仲間
クレイグ………………………オートバイ乗りのオーストラリア人
マリセル・サンドバル………麻薬密輸業者。メキシコ人
アレハンドロ・イクスト……カルテルのために沿岸地域を仕切る売人
リー・ジャンロン……………上海の富豪
ヘクター・ラミレス…………ラスベガス警察の刑事
デイヴィッド・ハリス………ＦＢＩラスベガス支局の特別捜査官

プロローグ

ラスベガス都市圏警察（LVMPD）のロブ・サリヴァン巡査が、413（武器を所持した人物）がらみの事件発生との連絡を受けている最中、二度目の通報がはいる。今回911に通報してきたのはヒスパニック系の女性だが、詳細は同じだ――白人男性、十代の終わりから二十代初め、白昼堂々銃を手に通りを歩きまわっている。特徴を伝えて電話を切った最初の通報者によると、銃はアサルトライフルだという。第二の通報者が使った表現は〝大きな銃〟。アデロール二十ミリとダイエット・レッドブル半分を補給して意気揚々と第二シフトに突入したサリヴァンは、容疑者が六ブロックのところにいるらしいと知る。通信係に聞いた特徴を意識しながら、通りに目を走らせる。サリヴァンには白人の二歳の息子がいて、今から十二年後に息子が入学する予定のエド・W・クラーク・ハイスクールは、この三年で二回爆弾予告があり、ＬＶＭＰＤが出動している。この学校では月に一度、銃を乱射する人間から身を守る訓練がある。何が原因で十代の銃撃者たちがキレるのか、サリヴァンにはわからない。テレビで国民に謝罪する親たちはいたって普通に見える。もうたくさんだ――ちくしょうめ、集中しろ。アデロールを飲んだろうが。やがて効き目があらわれる。サリヴァンは銃を抜き、スライドを引いて、薬室のなかの輝く真鍮の弾を露出させる。

通報によると、銃を持った人物が最初に目撃された場所は、ＬＶＭＰＤの緊急通信係、サラ・コーが利用するネイルサロンの近くだ。前回フレンチネイルを無料でやってくれたネイルサロンの店長、シャノン・ジェイコブソンとは親しい。通常シフト中には禁じられていることではあるが、シャノンにメールする。

職場にいるなら外に出ないほうがいいわよ……近くで何か起こるかも。☹

シャノン・ジェイコブソンは職場にはいない。午後四時二十五分、ホテル＆カジノ〈ウィン〉のなかにあるクラブ〈アンコール・ラスベガス〉で、日曜恒例の酔いどれプールパーティの列を半分進んだところだ。スウェーデン人ＤＪが登場するまであと一時間、入りロに向かってくねりながらつづくベルベットのロープの内側では、ネバダ大学ラスベガス校（NVLV）の学生の半数がひしめきあっているようだ。タンクトップにビーチサンダルの男子学生社交クラブの学生たちが、ビキニの上にはほとんど何も着ていない女子学生社交クラブの女の子たちと、テイクアウトの飲み物を分け合っている。シャノンは音楽を愛しているので、自分の半分の年齢の、昼間から酔っ払っているホルモン過多の群衆にも耐える。ジーンズのコインポケットには手榴弾の形のエクスタシーがある。サロンの同僚からもらったものだ。シャノンは水なしで錠剤を飲み、上を向いて嚥下（えんげ）する。携帯電話がメールを受信して振動する。

何かを手に持った白人男性がひとり、フェアフィールド通りを北に向かって歩いているが、五十ヤード離れたサリヴァン巡査はそれがなんなのか見分けられない。

「通信係、こちら162、容疑者らしき人物がフェアフィールド通りから北のシカゴ通りに向かっている、どうぞ」

容疑者はだぶだぶのスティーラーズのジャージ姿で、歩道をゆっくり歩いている。パトカーの音を聞いたとしても気にしていない。男が不意に立ち止まり、サリヴァンはブレーキを踏む。空手では不安なので、シフトレバーをパーキングに入れ、銃をにぎる。容疑者が道を曲がる。右手に持っているのは小型犬につないだリードだ。

別のパトカーが赤信号を無視して、フェアフィールド通りとセントルイス通りの交差点にはいってくる。ラッセル・プラットとその相棒、少しまえにフェニックスから来た男だ。窓がおろされる。

「見つけたか？」プラットが訊く。

「犬を散歩させてる男だった」

「間抜け野郎はどこにいるんだ？」

サリヴァンは肩をすくめる。

「通報者以外だれも見てないんだぞ」プラットの相棒が言う。「見逃しっこないはずなのに」


〈ウィン〉の六ブロック西で、十五フィートのUホール（アリゾナに本社のある設備レンタル会社）のトラックが交通量の少ないリスボン・アベニューで路肩に寄る。黒いレザーのレーシングスーツとフルフェイスのヘルメットを身につけた男が、トラックの運転台から飛び降りる。男はトラックの後部で荷台の扉を押し上げ、積載用のスロープをおろして、荷台のなかに消える。内部でエンジンが咳きこんでうなりをあげ、トレーラーの薄い壁が震える。二台のオートバイがゆっくりとスロープから路上に降りてくる。どちらにも二人ずつ乗っており、四人ともレザーのレーシングスーツを着用し、ヘルメットの色つきのバイザーで顔を隠している。後部のライダーはそれぞれバックパックを背負い、オートバイがスピードをあげるとライダーたちは身をかがめ、ごつごつした肌ときらめく目をした巨大な昆虫になる。盗難車だがまだ通報されていないトラックは、ドアを開けたまま、午後の金色の陽射しのなかでハザードランプを弱々しく点滅させた状態で遺棄される。

カイ・プレストンとアナ・レヴァインは、昨夜車で気まぐれにロサンゼルスから〈ウィン〉にやってきた。ブロンドの髪をドレッドロックにした若いカップルは、翌月の家賃ぶんの金額をブラックジャックで当てるが、そのあとクラップスですった。午後四時三十六分、カイはガールフレンドに朝食以来何も食べていないことを思い出させる。ふたりはカジノフロアをあとにして、高級ブティックが建ち並ぶゆるやかに湾曲した回廊、ウィン・エスプラネードをぶらぶら歩く。

「すげえ」カイが言う。「ベイビー、これを見てみろよ」

宝飾店〈グラフ〉のショーウィンドウに、高価な宝石で羽を開いたクジャクをかたどったブローチがある。アナはボーイフレンドに微笑みかける。

「見るだけならいいわよね」彼女は言う。

店内の大理石の床は、直接食べ物を置いて食事ができそうなくらいきれいに見え、ディスプレーケースのなかの宝石は跳ねる魚のように輝いている。カップルは店内を見てまわる。アナが婚約指輪をじっくり見ていると、プラチナブロンドをボブにした小柄な女性がそばに現れる。

「いらっしゃいませ。何かお探しですか？」

「あれが気に入ったの」アナはガラスを指でたたいて言う。

「美しいですよね。ごらんになりますか？　ところで、わたしはシンシアと申します」女性はそう言うと、薄手の白い手袋をはめ、ケースのロックを解除して、プラチナ台に六カラットのイエロー・ダイヤモンドが載った指輪を取り出す。ウィスキーくさい息をする若いサーファーのカップルは、買い手候補には見えないが、シンシアはここでもっとありえないものも見てきている。アナは指輪をはめ、その手をじっと見つめる。

「このサイズと透明度のイエロー・ダイヤモンドはめったにないんですよ」シンシアは言う。

「なんでこんな色なの？」

「窒素の成分の痕跡です」シンシアは身を寄せる。「長いあいだ、カラーダイヤモンドは欠陥品と考えられていました。ですが、ミスター・グラフは長年こういう石について説明してきました。ホワイト・ダイヤモンドよりずっとめずらしいのだと。今ではカラーのほうがはるかに価値があります」

カイが笑う。「ああ、ことわざにあるよね？　十人十色だっけ？」

「まあ」シンシアは言う。「そういう考え方もありますね」

「で、これはいくらなの？」カイが尋ねる。

「たしか二十二万五千ドルだと思いますが、確認してまいります」

アナは指輪を顔のまえに掲げる。

「欠陥品にしてはいい値だな」カイが言う。


〈ウィン〉の駐車係のブライアン・ダルモアは、〝シンディ〟はとくに大切に扱ってほしいと言って紙幣をそっとわたしてきた、赤いコルヴェットのお客のおかげで十ドル儲ける。運転席に乗りこもうとすると、同僚のマーティ・ステットソンがオートバイのヘルメットをかぶった背の高い男につかまって、話しこんでいるのが目にはいる。その光景にブライアンは緊張感を覚える。

「マーティ」と声をかける。「おい、マーティ、大丈夫か？」

マーティは激しくうなずく。ブライアンは不安なままギアをドライブに入れる。最後にもう一度見ようとバックミラーの位置を調節するが、プールパーティ用の服装の若者たちを満載したエスカレードがはいってきて、マーティは見えなくなる。ブライアンはパーティがお開きになる今から五時間後を恐れている。本日の勤務のなかで最悪の時間になるだろう。

ヘルメットを被ったライダーが仲間のオートバイの後部から飛び降りて、駐車係のスタンドに近づいてきたとき、マーティ・ステットソンは駐車のことで質問されるのだろうと思った。ところが、ライダーは肩にかけたバックパックを持ち上げて、その下に隠された小型のアサルトライフルをちらりと見せた。

「友だちは行ったか？」ライダーが尋ねる。ブライアンの車が出ていく。

マーティはうなずく。

「無線をよこせ」

マーティがそれをわたすと、男――のちにFBIがライダー1と名付けることになる――はイヤホンをヘルメットのなかに押しこみ、〈ウィン〉の警備課が管理しているチャンネルに切り替えて、マルゴー・ボールルームの外で乱闘が発生したと連絡する。歩いて八分かかる、敷地の反対側にある場所だ。ライダー1は全警備員に対応を求める。

「両手を出せ」彼はマーティに言う。

太い結束バンドがマーティの手首を駐車係のスタンドに縛り付ける。ライダー1はエスプラネードに通じる背の高い六つのドアのひとつを開け、下側の蝶番の上に固定用のスチールのくさびをかませる。乾いた熱い空気と排気ガスが芳しいリゾート内に流れこみ、何事かと人びとが頭を向ける。マーティがとっさになかの人びとの無事を祈っていると、もう一台のオートバイが到着エリアを走り抜けて、一台目のうしろに停まる。ライダー1がマーティの肩に片手を置く。

「あんたでもほかのだれかでも、ここから助けを呼べば、戻ってきてあんたの頭に一発お見舞いする。わかったな？」

マーティはうなずく。

ライダー1がバイクにまたがり、二台のオートバイはローギアでエンジンを響かせながら、開いたドアを通り抜けていく。

〈ウィン〉の警備司令センターでは、三人の警備員が、報告のあった乱闘を探して、ボールルームの防犯カメラ映像に目を通している。無視されているカメラ17は、エスプラネードをゆっくりと走って、花で覆われた回転木馬を通りすぎ、ストリングライトをからませた裸の木々のあいだを抜ける二台のオートバイを映している。客たちが立ち止まって振り返る。親たちはあわてて子どもたちを店のなかに入れる。大学生の一団がすかさず携帯電話を出して写真を撮り、ニューヨークから来た広告マンたちは、これは宣伝のためのスタントで、オートバイと黒いレザーに身を固めたバイカーによって〈ウィン〉の気まぐれで派手やかな世界を浮き彫りにする、炎上商法というやつの一環だろうと考える。だれも911に通報しない。

ジェレミー・ダンカンは少し変わっている。五年生にしては背が高い彼は、背中を丸めて歩き、分厚い眼鏡越しの目は、ベルクロテープで脱着できるスニーカーを見据えている。最悪の瞬間に靴紐がほどけるのではという強い不安をやわらげるために、母親が買い与えたものだ。ジェレミーは消防車が大好きだった。火をつけるのではなく、消すのが仕事だと知るまでは。最近はオートバイに夢中で、ユーチューブで昔のスーパーバイクのレースを何時間も見てすごしている。ひらりとターンにはいって、コーストラックに膝を擦るほどバイクを傾斜させるライダーたちを見るのがお気に入りだ。ジェレミーはオートバイを愛している。が、恐れてもいる。父親に抱き上げられて、地元の〈セーフウェイ〉の外に停めてあるヴェスパに乗せられたとき、あんまり急いで飛び降りたので、転んで肘を切り、サイドに青いラインのはいったお気に入りのスウェットパンツが破れてしまった。

ダンカン一家が早めの夕食のために〈ウィン・ビュッフェ〉に向かっていると、エスプラネードに流れる上品なジャズ音楽越しに、エンジン音が聞こえてくる。その音にジェレミーの顔はぱっと明るくなる。オートバイははいってこられないはずだと父親は言うが、ジェレミーはその音を聞いて、露出型の直列四気筒エンジンだとわかる。見にいってみたらと母親は言うが、それほど遠くまで行かなくても、角を曲がっただけでジェレミーには充分だ。角を曲がったところこそ、音の源なのだから。ジェレミーが人の波のなかに消えると、アンドレア・ダンカンは夫の腕に手を置く。

「カイル」彼女は言う。「どうしてみんなこっちに走ってくるの？」

シンシアがアナに淡いピンクのプリンセスカットの石を見せていると、二台のオートバイが〈グラフ〉の外に停まる。後部に乗っていた男たちが降り、バックパックをおろして自動小銃を腰に移す。ライダー1がはいってきて、両手を上げて床にうつ伏せになれと全員に命じる。男の声で、ヘルメットのせいで別の部屋からどなっているように聞こえる。ライダー3が手首をさっとしならせて伸縮棒を伸ばし、〈グラフ〉の武装警備員ラシャド

・ライオンズの肋骨を打つ。ラシャドが武器を奪われ、身をよじらせながら結束バンドで拘束されているあいだに、ライダー1が店内を見まわして、彼がここにいる理由を正しく理解しているシンシアに目を留める。

その品物は今朝、武装した警備員に守られながら届いた。シンシアは受け取りにサインをしたので、その品物ひとつに七百万ドルの保険がかけられていることを知っている。警備員は金庫に入れるまえにネックレスを見せてくれた。滝のように流れ落ちるデザインの、白とシャンパンカラーのダイヤモンドのネックレスで、二十カラットの洋ナシ形の石が熟れた果物のようにぶらさがっている。パリの店から送られてきたもので、上海(シャンハイ)の開発業者が後妻のために用意した誕生日プレゼントだった。リー・ジャンロンは店頭受け取りにこだわった。浙江(せっこう)省の水道もないところで育った新しい花嫁は、自分が買うものと同じくらいショッピングそのものに目がない。ミスター・ジャンロンはプライバシーと匿名性を好むが、今回は例外だ。武装輸送と店内警備員の費用は彼持ちだった。別の警備員が午後六時に来て、幸せなカップルのスイートルームにネックレスを届けることになっているが、このぶんではそうもいかないだろう。

シンシアは震えている。ライダー1はやさしく彼女の向きを変え、ストックルームにつづく鏡がはめこまれたドアのほうに導く。手袋をした手に銃を持ち、もう片方の手を彼女の首のうしろに当てて。シンシアはドアを解錠し、身長ほどの高さがある緑と金色の特注金庫にまっすぐ向かう。自分の誕生日のように組み合わせ番号を知っているが、なぜかうまくいかない。

彼女はささやく。「ごめんなさい」

「落ち着いて」男が言う。「深呼吸するんだ」

もう一度試しているあいだに、彼の手が首から腕へと移動する。すすり泣いて目を閉じると、励ますようにぎゅっと肩をつかまれ、思わず振り返りそうになる。今度は正しい番号を打ちこむ。扉のスチールのボルトが作動して、ライダー1がシンシアの横をすり抜ける。ネックレスとその下のトレーを取り出す。トレーには色と重さの異なる三十六個のダイヤモンドの指輪がはいっている。シンシアは袋のなかに雨あられと降り注ぐ指輪を想像する。外のショールームでは、ガラスのディスプレーケースが五秒おきに割られる。ジッパーを閉じる音のあと、レザーがきしる音がして、ライダー1がストックルームを出ていく。シンシアは扉を開けたままの金庫のかたわらに座りこむ。助けが到着するまでここを動きたくない。腕にまだ男の手の感触が残っている。

興奮するものを見ると、ジェレミーは十歳の誕生日に手に入れたｉＰｈｏｎｅで動画を撮る。レイクヴュー・モンテッソーリ学校の行動セラピストによると、ジェレミーがこういうことをするのは、刺激が強すぎるものとのあいだに距離をおくためだという。マットブラックのガソリンタンクと太いミシュランのタイヤを装備した二台の一二〇〇ccの改良型レーシングバイクが――これがいちばんぞくぞくしたのだが――店の外の大きな赤いラグの上にあるのを見たジェレミーは、携帯電話を取り出す。母親の叫び声が聞こえるが、ほんとうに危険なときは、襟をつかまれて引き戻されるだろう。ジェレミーは純正品でないフロントサスペンションをじっくり見たいだけだ。動いているエンジンが見える近さの、十フィート離れた位置で立ち止まり、画面上に赤い点が点灯するまで、震える親指で三回録画ボタンを押す。ライダーたちは気にしていないようだ。が、やがて気にしだす。同時にジェレミーを見る。こちらに向けられたバイザーの奥の目が燃えているのが感じられる。母親が黙りこむ。画面を見つめているジェレミーは、初めて銃を目にする。

シャノン・ジェイコブソンはようやくプールサイドにいて、ライターを貸してくれと言って自己紹介してきた大学生と踊っている。お返しに彼がポケットから白いＢＩＣのライターを出して彼女の煙草（たばこ）に火をつけると、ふたりで笑った。彼は明らかに愉しんでやっている。年上の女性への受けをねらって。シャノンは別に気にしない。いかれているようには見えないし、踊れる子だから。ドラッグが効いてきて、背中に押し付けられる彼の両手から熱が体に流れこむ。オープニングのＤＪが店じまいをしていると、ふたりの警備員が、シャノンと新しい友人をなぎ倒さんばかりに出口に走っていく。

「おい！」大学生がどなる。「マナーがなってないぞ、豚野郎！」

サラ・コーは９１１に電話してきた女性の話を理解しようとしている。〈ウィン〉からの通報。通報者はヒステリー状態だ。

「奥さん？　マーム？」サラは言う。「何があったのか、ゆっくり話してもらえますか？　息子さんはだれにつかまったんですか？　人質にされているんですか？」

「あの子は動画を撮ってるんです――あの人たちの目のまえで――息子がです――あの人たちはオートバイに乗ってて――その仲間が――店に強盗にはいって――」

「だれがです、マーム？　息子さんが強盗にあったんですか？」

「いいえ、あの子はただ――近くにいて――あの人たちのすぐそばにいて、あの人たちというのは強盗の仲間のことです。助けに来てくれるんですよね？　どこにいるんですか？警察はどこなの？」

「男たちの特徴を教えていただけますか、マーム？　警察が今そちらに向かっていますから」

バイロン・シャーマンとマーク・ジャノウスキは最初に現場に到着した警備員だ。第一報は混乱している。マルゴー・ボールルームの近くで乱闘、〈グラフ〉からの緊急通報、どこかのアホがエスプラネードをサーキット代わりにしている。マークはどんどん増えていく群衆をかき分けて進もうとするが、不意に足を止めて言う。「くそっ」〈グラフ〉の外に停めたレーシングバイクに、小型のアサルトライフルを携帯したふたりのライダーが乗っている。マークもバイロンも銃を抜かない。銃を携帯した警備員は、ここではあくまで抑止力だ。武装強盗が起きた場合、彼らの仕事は、できるだけすばやく静かに犯人たちを敷地から追い出すこと。ポーカーのチップ、スイス製時計、金一オンスにいたるまでここでは保険がかけられているし、銃撃戦で客が死んだりすれば、株主の利益にならない。マークとバイロンは集まった人びとを〈グラフ〉から離れさせ、近くの店に押しこみ、来た方に引き返させて、エスプラネードを一掃する。

「まずいぞ」マークが言う。女性三人が危険を避けて〈カルティエ〉に引っこむ。

ライダーたちと出口のあいだ、バイクから十フィートのところにひとりの子どもが立って、携帯電話で動画を撮っている。警備員三人と覆面捜査官が銃を床に向けながら駆けつける。ライダー2とライダー4がライフルをかまえる。

ジェレミーは凍りつく。バイクに乗った男たちが銃をかまえ、背後で人びとが叫ぶ。そのとき、もうひとりのライダーが店から現れ、一瞬立ち止まったあと、まっすぐジェレミーに向かって歩いてきて、携帯電話に手を伸ばす。すると、願ったとおりに、少年は母親に抱えられて後退する。ライダー1はあと一歩のところで電話を手にしそこねる。彼は踵を返し、バックパックを背負い直してバイクにまたがる。エンジンがうなる。バイクが出口に向かって加速し、人びとが道を開けるあいだも、ジェレミーは撮影している。エンジンの叫びが遠ざかるのをとらえたあと、母親に携帯電話を奪い取られる。

ブライアン・ダルモアは、キーチェーンにつけたスイスアーミーナイフで、マーティ・ステットソンの手首の結束バンドを必死に断ち切ろうとする。エスプラネード内部でエンジン音が高まる。ブライアンが顔を上げると、二台のバイクが開いたドアを走り抜けていき、その風圧でポリエステルのシャツが体に貼りつく。パトカー一台とSWATのトラックがタイヤをきしらせながら、中央に配された島の左側をまわってくると、ライダーたちはブレーキに触れることなく鋭角に右折し、サウス・ラスベガス・ブルバードに出る。

バイクは二手に分かれる。一台はランプを突っ走ってスプリング・マウンテン・ロードに出る。ライダー1と2は三車線と路肩をすべて使いながら北へ向かう。ラスベガス大通り（ザ・ストリップ）のきらびやかさはたちまち消え、有名ブランドが立ち並ぶ観光地は安っぽい土産物店や酒店、安ホテルへと場所を譲る。百ヤード先で二台のパトカーが交差点をふさぎ、北への通行を止めている。プラット巡査とサリヴァン巡査はパトカーを降り、停車した車のあいだを走ってだれもいない通りに出ると、銃を抜く。ライダーたちに向かって、バイクから降りて武器を捨てろと叫ぶ。バイクは二十ヤード離れたところからどんどん距離を詰め、サリヴァンが発砲すると、ハンドルをにぎる男の右腕がこわばる。前輪がよろめいて、ふたりの警官は身を守るために飛びのき、ライダー2は後輪をロックしてバイクを傾けながら横滑りさせる。ふたりともバイクから振り落とされそうになるが、どういうわけかバイク自身が持ち直し、ライダーたちは見えない糸に引かれるようについと元に戻る。プラットとサリヴァンがあわてて立ち上がると、バイクは中央分離帯の縁石を乗り越えて、二本のヤシの木の隙間を走り抜ける。すばやく九十度ターンして、赤信号で停止している車列と向き合う。信号が青になり、クラクションが鳴るなか、バイクはまっすぐ対向車のなかに突っこんでいく。ライダー2は前かがみになりながら鋭角で左折し、もう少しでキャデラックのフロントバンパーをこすりそうになる。半マイル走って右折し、ランチョ・ドライブに出ると、静かな住宅街を走り抜け、最後に一度スロットルを開いたあとは惰性で走る。バイクは二ブロックほど無音で進んだあと、抵当流れになった牧場スタイルの家のドライブウェイにはいる。ライダー1をかすめてガレージのシャッター扉が下りてきて閉まる。禿頭（とくとう）であごひげを生やした筋骨たくましい刺青の男が、なかに停めてあるシルバーのピックアップトラックのかたわらに立っている。ライダー1はバイクを降りて家のなかに消え、ライダー2はヘルメットをはずすと積載用のスロープを使ってトラックの荷台にバイクを押していき、横倒しにする。禿頭の男がバイクの上にフィットシーツを広げる。

「レザーが破れてるぞ」禿頭の男は言う。

「腕をやられたよ、相棒（マイト）」

禿頭の男はレーシングスーツのジッパーを開けて腰まで脱がせ、ケヴラーの防弾ベストと銃弾がかすった肩の深い切り傷をあらわにする。ガレージの扉がガタガタと開き、ライダー2はトラックに乗りこんでベストを脱ぐと、いいほうの手でエンジンをかける。バックでドライブウェイに出ると、スピードをあげて走り去る。

ライダー1は空っぽのリビングルームを行ったり来たりしながら、スタート台の上の水泳選手のように腕の内側を胸に打ちつけている。禿頭の男が彼の両肩をつかみ、石の暖炉のまえの段差に座らせてひざまずく。片手でライダーのふくらはぎをつかみ、もう片方の手で左のブーツの紐をほどき、かかとをつかんで脱がせる。やさしく、しかしてきぱきと、レースを終えたサラブレッドの世話をするトレーナーのように。両方のブーツを脱がせると、禿頭の男はライダー1のあごの下に手を伸ばしてストラップをはずす。パッドが汗ですべり、ヘルメットがするりと脱げる。

「みんな無事に帰ってきたな」ライダー1を立たせながら、禿頭の男は言う。「さあ、行くぞ。渋滞はごめんだ」

〈グラフ〉の店内で膝をついていたLVMPD鑑識課カメラマンのレベッカ・ライアンは、割れたガラスのかけらの下に、ドーム形のパヴェ・ダイヤモンドの指輪が埋まっているのを見つける。

「犯人たちが忘れていったものみたい」立ち上がってカメラの画面を見せながら、ヘクター・ラミレス刑事に言う。「これってもしかして、五万ドルの忘れ物？」

「この場合は切り捨てだろう」ラミレスは言う。「袋に入れておくようにとジョンに言ってくれ」

ラミレスはアマチュアのミドル級ボクサーで、小柄だが筋骨たくましく、うしろに流した黒髪の下の少年ぽいハンサムな顔は、三十六歳の今も身分証の提示を求められる。シャープな仕立てのネイビーのスポーツジャケットにまばゆい白シャツ、磨かれたローファーを履いた彼は、バッジと銃がなければ〈グラフ〉の客に見える。頭をかがめてドア口に張られた規制線をくぐる、サイズの合わないタン色のスーツの上着のボタンをはずして着ているずんぐりした銀髪の男、ＦＢＩラスベガス支局の特別捜査官デイヴィッド・ハリスに、ラミレスは気づかないふりをする。

「七月のクリスマスだな」ハリスが近づいてきて言う。

ラミレスは手帳から目を上げる。「三分間の仕事にしては悪くありません。ハリス捜査官ですね？」

「デイヴと呼んでくれ」

　州境や公海を越える可能性のある事件の場合、ＦＢＩの管轄になるのはラミレスも知っている。自分はＬＶＭＰＤの強盗捜査課の課長として、ハリスが指揮する捜査の補佐をすることになるだろう。ハリスはラスベガスに移動になるまえに、宝石貴金属窃盗の捜査を担当していた。ラミレスはこの男の評判を知っている。手強い捜査員であり、とある刑事のことばによれば、いやなやつだと。

「被害総額は？」ハリスが尋ねる。

「今うちの者が集計しています。副支配人によると最低でも二千万ドルだそうです」

「この街にしてはかなり少ないと考えていいのかな？」

「だといいんですがね」ラミレスは言う。

「負傷者はいるのか？」

「〈グラフ〉の警備員が何本か肋骨を折りましたが、命に別状はありません」

「交通監視カメラはどうした？」

「やつらが現れる十分まえに、サハラ・アベニューの二台のカメラが排除されました」

「排除された？」

「失礼、撃ち抜かれたのまちがいでした。ナンバープレートのない黒のユーコンの後部から。小口径のライフル、おそらく二二口径でしょう」

「やつらはサハラを使ってラスベガス大通り（ザ・ストリップ）にはいり、そして出た」

「そうです」

「つまり、やつらがどこに行ったかわからないということか。どこから来たかも」

　ラミレスはお手上げだと首を振る。

「自動火器を携帯した四人の男たちが、カジノの外にいきなりバイクで現れて、跡形もなく消えた」

「すべて再確認させています」ラミレスは言う。「でも、まあ、新聞の見出しは決まりですね。武器を所持した男がいるというでたらめの通報をして、警官たちをダウンタウンに引き寄せたんでしょう。二回通報がありました。どちらも使い捨て携帯から」

「例の動画を撮った子どもは？」

「震え上がってます。携帯は両親に提出させましたが、動画は父親が少なくとも三人に送っていました」

「コピーはあるのか？　ＹｏｕＴｕｂｅで見ないといけないのか？」

ラミレスは携帯電話で動画を開く。

「ヘルメットのなかで無線を聞いていたようです」ライダー２と４がジェレミーに気づいたところで、彼は言う。「ことばを発するところはだれも聞いていないのに、頭の動きを見てください。子どもをどうするべきか話し合っています」

「やつらが話しているのを聞いた者はいるのか？」ハリスが訊く。

「金庫を開けた女性によると、背の高い男はアメリカ人のしゃべり方だったようですが、ヘルメットのせいで聞こえにくかったそうです。それに、彼女は死ぬほど怖がっていた。今もです」

「その女が仲間だという可能性は？」

「調べています。でも、給料を賭けるとしたら、可能性ゼロに賭けますね」

ライダー1が店から出てきてジェレミーのほうに歩いてくると、ハリスが一時停止ボタンを押す。

「給料を賭けてもいいことがひとつある」彼は言う。「この男がリーダーだ」

午後七時二十五分、シャノンはダウンタウンにある伝統的スタイルのカクテルバー〈ザ・グリフィン〉の外に立っている。隣で起きた事件のせいでプールパーティが早々にお開きになったので、大学生とその友人たちとともにここに来たのだ。〝強盗〟ということばが、歩道に集まった人びとのあいだにさざ波のように伝わった。よそ者たちは固まってうわさ話をし、飛行機が雷雨のなかを飛んで安全に着陸したときのように、互いに身を寄せ合った。だれも帰りたがらないので、シャノンは〈ザ・グリフィン〉に行こうと提案し、そこで大学生は全員にアイリッシュ・カー・ボムを注文した。自分のギネスビールにウィスキー・クリームをショットグラスごと入れ、シャノンはアイルランド風さよなら（黙って帰ること）をすることにした。新しい友だちが男子トイレに消えると、そっと店を出た。

エクスタシーはまだ切れておらず、シャノンは熱い体の触れ合いを求めている。メールをスクロールして、数人の友人たちの利点を秤（はかり）にかけたあと、彼女の友人たちに陰でキャプテン・カンガルーと呼ばれている、うんと若い長身のオーストラリア人にメッセージを送る。荒削り――あやしいマナー、ひどいヘアカット、もっとひどいタトゥー――だがそこそこハンサムだし、古典彫刻のようなくっきりした顔立ちで、口で満足させるのがきわだってうまいので、それが今夜の決め手となる。背後で用心棒が、シアトルから来たバチェラーパーティの一団と強盗について話している。

「驚いたな」ひとりの男が言う。「まさにワイルド・ウェストだ」

シャノンはひとり微笑み、煙草に火をつける。キャプテン・カンガルーは応答が早いほうではないが、〝ねえミスター〟という彼女のメールに、数分で〝やあ、どうした?〟と返してくる。友だちの家で試合を見ているらしい。うちで見たくない?　彼は見たがる。一時間で来られるという。シャノンはタクシーを拾う。

九十分後、クレイグ・ホリンガーが彼女のアパートのドアをノックする。片手にヘルメット、もう片方の手に汗をかいたシャンパンのボトルを持って。

「わお」彼女はワインを受け取って言う。「何かのお祝い?」

「いいだろ?」

「いいわね。はいって」

キッチンで食器洗浄器からワイングラスをふたつ出し、シンクですすぐ。

「テレビで試合を見る？」

「試合って？」

「見てたんでしょ」

「別にいいよ。もう終わってるだろうし」

「わたしがさっきまでどこにいたと思う？」

「ゴルフコース」

「ばかね、ちがうわよ」シャノンは言う。「〈ウィン〉にいたの」

「へえ。大当たり（ウィン）は出た？」

「何があったか聞いてないの？」

　クレイグは首を振る。

「オートバイに乗った男たちが強盗にはいったの。あなたかと思っちゃったわよ。あの大きな速いバイクに乗ってるから」

「カジノの売り上げを盗んだの？」

「ううん、エスプラネードをバイクで走って、〈グラフ〉を空っぽにしたの」

「〈グラフ〉って？」

「バカ高い宝石店。生涯をともにする女性のために男が大枚（たいまい）はたくところ」

クレイグは微笑む。「強盗したあとはどうやってバイクで出ていったんだ？　だれかがドアを押さえてくれたのかな？」

「知らないわよ」シャノンは言う。「でも、逃げたの。どの局のニュースもそれでもちきりよ」

「そんなの」彼女に体を押しつけながら彼は言う。「根も葉もないうわさだろ」

シャノンは彼を押しのけて、コルクのアルミホイルをはがす。

「上着を脱いで」彼女は言う。「まだおあずけよ」

右腕を抜くとき顔をしかめながら、クレイグは慎重に上着を脱ぐ。ゆったりしたワッフル素材の長袖のヘンリーネックシャツでも、包帯を巻いた肩のふくらみは隠せない。

「ちょっとそれ」彼女は言う。「どうしたの？」

「今朝サーキットですっ転んでさ」クレイグは言う。「たいしたことないよ」

「骨折してないのはたしかなの？」

「骨折？　それはない。ただのこぶだよ」

「冷やしたほうがいいわよ」

彼女が冷蔵庫に向かいかけたとき、携帯電話がメールの着信を知らせる。

「動画よ」彼女は言う。「強盗の。友だちが送ってきた。悪いことする準備はいい？」

「いま見るのか？」

「もちろん」シャノンは言う。「いいでしょ？」

　彼にも見えるように携帯電話を持つ。画面では、ローカルニュースのキャスターがつぎの話題に移るために原稿を差し替えている。

「……牧場労働者たちは裁判の日が愉しみだと話しています。今夜は最後に独占映像が届いています。先ほど四人の武装した男たちが二千二百万ドル相当の宝石を盗んで逃げたあと、ホテル&カジノ〈ウィン〉付近でふたりの強盗を追った警察官のボディカメラが撮影したものです。それではごらんください」

　ボディカムはパトカーのフロントウィンドウ越しにイースト・サハラ・アベニューを映している。無線で連絡がはいると、サリヴァン巡査は車から飛び降り、通行を停止している二車線道路のあいだを走りながら、ラスベガス大通り（ザ・ストリップ）の先に銃を向ける。

「ほらね」バイクが見えてくるとシャノンは言う。

　サリヴァンが発砲して画像がぶれる。運転している男が明らかに被弾し、ふたりの警察官が身を守るために伏せたので画像が乱れる。

「ＬＶＭＰＤはこの容疑者たちについての情報を求めています。情報をお持ちの方はごらんの番号にお電話ください」

動画が終了する。クレイグとシャノンは並んで立ったまま、携帯電話の停止画面を見ている。水位が上がっていくように、緊張感が高まるのを感じる。シャノンは携帯電話をポケットに入れ、クレイグのヒップに両手をすべらせて、彼の首筋に鼻を押しつける。ショックではあるが、彼が関わっているとわかっても怒りは感じない。でも、身の安全のために、気にしていないことをクレイグに知らせなければ。

「このまえ〈ウィン〉に行ったとき、ブラックジャックで四百ドルすったわ」彼女はささやく。「サービスもなってなかった。腕を見せて」

クレイグはシャツを脱ぎ、包帯の端をめくる。

「うそ」シャノンは言う。「どうしてこんなに早く縫ってもらえたの？」

「医者がスタンバイしてたから」クレイグはあごに当てた指一本で彼女に上を向かせ、じっとその目を見おろして言う。「見なかったことにして」

「何を見なかったことにするの？」シャノンはあだっぽい笑みを浮かべて尋ねる。

彼が口を開けると、彼女の口が重ねられる。クレイグはいいほうの手で彼女のシャツのすそをつかみ、シャノンは両手を上げて頭からシャツを脱がされる。

1

郊外の小さな集まりで、煉瓦造りの大きな家の砂利敷きのドライブウェイには、六台の車が停まっている。アレックス・キャシディが最後の到着者だ。毎月もらう招待状には午後八時開始となっているが、メインイベントのまえはいわば自由な交流の時間なので、アレックスは避けるようにしている。七時五十六分、通りを隔てて新型のボルボ・ステーションワゴンを停め、そのままラジオのトーク番組を聴く。今夜は雷雨になりそうだ。アレックスは左手でこぶしをにぎる。何年もまえに骨折した手首が痛む。子どものころのけがで、嵐のまえはときどきそうなる。

七月の空気は湿気とセミの鳴き声で重い。ドライブウェイの車は見覚えのあるものばかりだが、例外はペンシルベニアのナンバープレートがついた、ワックスをかけたばかりの白いメルセデスのトラックだ。アレックスは通りをわたりながら家の様子をうかがったあと、メルセデスの運転席の窓からなかをのぞく。ファイルフォルダー、コードがもつれた携帯の充電器、ガムのパック。リアウィンドウにプラチナ色の警察官共済会（PBA）のバッジがついている。警察官の友人や家族、夫や妻のためのものだ。

　玄関でドクター・マロリー本人に迎えられる。

「ミスター時間厳守」彼は両腕を広げて言う。「さあ、はいった、はいった」

　六フィート三インチのアレックスは、ホストよりたっぷり頭ひとつぶん高い。いつものようにぎこちない抱擁が交わされる。これまでにともにすごしてきたことで、ふたりのあいだに秘密はないとドクター・マロリーは信じている。ドクターのあとについて一段低くなった広い部屋に向かう。南北戦争時代のコロニアル様式の家屋に最近増築された部分で、壁は本と抽象画に覆われている。背の高い窓からはカーネギー湖を見ることができるが、今夜はブラインドが下までおろされている。

　ほかのゲストたちは、大理石のコーヒーテーブルを囲む低いソファに座っている。アレックスがはいっていくと、地元の投資顧問のマーク・ウィラードが挨拶する。マークの隣に座っているドクター・レイモンド・クラインは、ドクター・マロリーが麻酔科長を務めるプリンストン・メディカル・センターの整形外科医だ。白いメルセデスのドライバーはひとりオットマンに座っている。

「アレックス」ドクター・マロリーが言う。「こちらはラルフ・インペラート、うちの病院の整形の営業担当者だ――人工股関節と膝関節の」

これではPBAのバッジを持っている説明にならないし、アレックスを安堵させもしない。ラルフはぴかぴかのローファーを履き、暗い色のジーンズに紫色のドレスシャツの裾を出して着ている――マンハッタンのナイトクラブで外科医を接待するための服装だ。ラルフが大いに愉しむつもりで来たのなら、驚くことになるだろう、とアレックスは思う。ラルフは握手しながらアレックスを上から下まで見る。ペンキの跳ねたチノパンツ、デニムシャツ、キャンバス地のハイトップ・スニーカー――庭仕事と雑用のための服装だ。高級時計も結婚指輪もない。ラルフはどっちも身につけているが、ここはプリンストンだ。世襲財産のある家庭の暮らしは意外に質素で、服や車を何十年も使いつづけ、〈コストコ〉で買い物をし、裏庭で鶏を飼う。

「どうも、会えてうれしいですよ」ラルフは言う。「仕事は何を、アレックス？」

「イベント関係です」アレックスは言う。「イベント制作を」

ラルフがさらに突っこんだ質問をするまえに、銀のティートレーを手にしたアリス・マロリーがキッチンから現れる。

「ミスター・キャシディ」コーヒーテーブルにトレーを置くと、温かな笑みを浮かべて言う。「来てくれないのかと思ったわ」

「せっかくの招待をふいにはしませんよ」アレックスは言う。

ラルフはトレーに釘付けになる。「それで、どんな気分になるんですか?」

「最初は貨物列車みたいな感じだ」ドクター・クラインが言う。「ケツからぶっ飛ばされる。そこからはおもしろくなる」

玄関ベルのじゃまがはいる。アレックスは最後に到着したゲストではないらしい。アリスが廊下に消え、ひとりの女性を連れて戻ってくる――ほっそりして日に焼け、くすんだ金髪の毛先が濡れている。白のスニーカーに腿のあたりがすり切れたホワイトジーンズ、イギリスのロックバンド、ジョイ・ディヴィジョンの色あせたネイビーのTシャツ。顔は化粧っ気がなく美しい。

「遅れてごめんなさい」彼女は言う。「ショーの開始を遅らせちゃったんじゃないといいけど」

「そんなことはないよ」ドクター・マロリーは言う。「みなさん、こちらは友人のダイアンだ」

ダイアンは手を振って微笑みながら集まった面々を見わたす。アレックスを見ると、首を傾げて緑色の目を細める。

ドクター・マロリーが腕まくりをして言う。「はじめようか？」

一番乗りに慣れているマーク・ウィラードが立ち上がり、スーツのズボンのボタンをはずす。その下はだぶだぶの白いブリーフで、人目を気にしない選択にアレックスは感心する。マークはふたたび座り、ドクター・マロリーがそのまえにひざまずく。ラルフが熱心に見守るなか、ドクターはラテックスの手袋をはめて、小さなガラスのバイアルから短い注射器に薬品を満たす。左手でマークの膝を押さえながら、右手でダーツのように注射器を持つ。マークがラルフにウィンクし、ドクターは彼の太腿に針を埋める。

ケタミンは解離性麻酔薬（脳の表層部分を抑制して深層部分を興奮させる麻酔薬）だ。感覚をなくして動きを抑制できるので、獣医師が外科手術をおこなうときや、野外の緊急手術、まれに小児科の治療などにも用いられる。大人の場合は強烈な幻覚と体外離脱体験を誘発するため、クラブドラッグとして誤用されているが、この幻覚作用には治療的効果もある。ドクター・マロリーは心を病んだ経験があるかどうかでゲストを選ぶが、積極的に探すのは、うつに悩んでいたり、こういう集まりに不安を感じている人びとだ。臨床試験により、ケタミンはトークセラピーや抗うつ薬よりも効果があるとされている。初めてアレックスがこのドラッグを試したとき、〝自我の死〟についてドクターに注意された。使用者は自分の体が消散するのを見ることになり、ときにそれは暴力的で、どこまでも広がって抑えることができない変幻自在の力を意識する経験だからだ。ドクター・マロリーがこのドラッグの適用外の使用法を発見したのは、少なくとも週にひと晩は銃を口にくわえていた時期のことだった。これを注射することで、結婚生活と命が救われたと彼は言う。

アレックスがここに来るのは安心するためだ。仕事がらみのストレスのせいで、このところ心が安まらず、いらいらして眠れない。トークセラピーに参加するわけにはいかないし、あらゆる自然療法を試しても効果はなかった。ケタミンは視点の変化を強要するので、最初は不快だが、最終的には安らぎを得られる。幻覚と麻痺の組み合わせが、アレックスがわかっていながら信じたくないこと、コントロールは所詮幻想にすぎないことを思い出させてくれる。

ドクター・マロリーがアルコールを含ませた脱脂綿でダイアンの肩の一部分を拭くあいだ、ドクター・クラインが自分に注射を打つ。ラルフが投与量について尋ね、右太腿の、デザイナーブランドのボクサーブリーフの縁の下に針を刺す。シートベルトをしろよ、とアレックスは思う。ようやく彼の番だ。

「準備はいいかな?」ドクター・マロリーがやさしい笑みを浮かべて訊く。

アレックスはチノパンツをおろしてソファに座る。ドクターは腿の半ばあたりの皮膚に準備を施す。

「力を抜いて」熟していない果物のようにアレックスの皮膚をつまみながら、ドクター・マロリーが言う。

針が刺さるとドクター・マロリーの口角がくいっと上がって満足げな笑みが浮かび、プランジャーが完全に押しこまれて、アレックスは筋肉が震えるのを感じる。

「これを押さえていてくれ」親指の下の脱脂綿を示して、ドクター・マロリーが言う。

アレックスは立ち上がってベルトのバックルを締める。時計がチクタクと時を刻んでいる。ほかのゲストたちは、大きなシープスキンのラグやソファの上に安らかに横たわっている。ベージュのレザーソファの硬いクッションの上で体を伸ばしたアレックスは、数分後、体の下でソファが溶けるような感覚を覚える。体がソファを離れて目がまわりはじめ、吐き気の波を乗り越える。ドラッグが体内をめぐり、内側から無感覚になる。呼吸に意識を集中すると、まぶたの裏側に色が生まれる――限界まで息を吸いこむたびに、チカチカするネオングリーンの斑点（はんてん）が濃くなって、息を吐くと波打つ鮮やかなブルーになる。やがて色はたそがれのように薄くなり、アレックスはまっすぐ立って、遠く輝く光を見つめていることに気づく。それは巨大な蒸気機関車のヘッドライトだ。アレックスの上で音の波が砕ける。ガチャガチャと音をたてて火に燃料を供給するシャベル、ピストンのうなりと鼓動、レールを走る車輪のきしみ。彼の体は砕けて原子となり、雲になって列車のまわりでふたつに分かれ、最後の車両が飛ぶように走りすぎると、またひとつになる。雲にはなんとなく体の意識があり、各部分にそれぞれ意思がある。強い風が吹いて、雲となった彼の意識が暗くギザギザした風景のなかを流れる。雲が下降し、そのうしろに暗い地平線に向かって歩く人の姿が現れる。そのやせた長髪の若い男がだれなのかは、うしろからでもすぐにわかる。アレックスは友だち――二十年以上まえに死んでいる――に声をかけようとするが、雲となった彼は声を持たないので、触れることもできずに浮かんだままついていく。足元の地面は火山のよう――黒くてぼろぼろくずれる、ひどい火事の焼け跡のよう――だが、友は裸足で痛みも感じていないらしい。アレックスが追いつきそうになると、目のまえで視界が液状化し、火で炙(あぶ)られた砂糖のように黒くなる。

2

ラスベガスの午後遅く、マーヴィン・コワルスキは〈シルバー・ステート・ダイナー〉の奥のいつものブースにいる。腰のない銀髪のポニーテールからほつれた毛束が、皿の上のチキンフライドステーキ（ステーキ用の牛肉に衣をまぶして揚げたもの）に触れ、食べるたびにゴールドのロレックス・デイトナ——外に停めてあるへこんだシルバーのピックアップトラックよりも高い——が細い手首を上下する。マーヴィンは許可証が無効になるまで質屋を何軒か所有していた。ハリスとラミレスが店にはいってきて、彼はしぶしぶ手を振る。

「やあマーヴィン、相変わらず景気がよさそうだな」ブースに体をすべりこませてラミレスが言う。「こちらはＦＢＩのデイヴ・ハリス。デイヴ、ここにいるマーヴィンが盗品買取界のオデル・ベッカム・ジュニア（プロフットボール選手。ＮＦＬの問題児）ですよ」

「昔はな」マーヴィンは言う。「今はただの協力的な市民さ」

ハリスは握手する。完全にビジネスライクで、おもしろがってはいない。

「なんの用か当ててやろうか」マーヴィンが言う。

ラミレスは舌打ちをする。「回り道はなしだ、マーヴィン。あのヘルメットのやつらはだれだ?」

「ああ、やつらの名前も住所も知ってるよ。まあ、待てって」マーヴィンは肉片でホワイトグレービーの筋を拭い取って口に入れ、食べながら話しつづける。「このあたりの出じゃないし、知ってのとおりとっくにここにはいない。あのバカ高いネックレスは、どこかのスルタンの第三夫人のパンティの引き出しのなかだろうよ。連邦捜査官を呼んだなら、わかってるだろ」

「動画を見たか?」ラミレスが訊く。

マーヴィンはうなずき、コーヒーをひと口飲む。

「何か気づいたか?」

「あんたらはサンダンス・キッド(西部開拓時代後期に知られた強盗)とバイク乗りの仲間たちを捜してる」

「マーヴィン」ラミレスが言う。「いつからのつきあいだと思ってるんだ。ハリス捜査官のまえで恥をかかせないでくれ。何かおれたちに隠してるんじゃないのか?」

マーヴィンはニンジンのかけらを突き刺して口に入れ、咀嚼(そしゃく)して飲みこむ。「あんたも特別捜査官のなんとかさんも晩メシのじゃまなんだよ。連邦政府におれの考えてることなんて話すわけないだろ」

「そこをなんとか」ハリスが言う。

「あの中国人の野郎についてはどれくらい知ってる？」

　ハリスはラミレスを見る。

「おいおい」マーヴィンが言う。「ニュースで見たことしか知らないふりをするべきなのか？　とぼけるなよ、あんたら。あのネックレスを買ったやつ、上海の開発業者だよ」

「被害者の？」ラミレスが訊く。「リー・ジャンロンか？　彼はスティーヴ・ウィンからローレンス・グラフまで全員を訴える気まんまんだぞ。七百万ドルを失ったんだ。彼の何を知ってる？」

「あんな目の玉が飛び出るようなものに保険がかかってなかったとでもいうのか？」ハリスが訊く。

　ラミレスは首を振る。「実はそうなんです。売買が成立して金を払ったところで店が襲われた。地元でなら保険が適用されたでしょうが、ここではきかない。こういう形で品物を引き取りたければ、買い手の責任になる。だから、武装した警備員つきの配送も、店内の武装警備員も、どちらも彼が金を出している。そこまですれば問題はないと思ったんでしょう。でも、そうはいかなかった」

「たまげたね」マーヴィンは言う。「そいつは知らなかった」

「どうして中国人のことを訊く？」ハリスが言う。

「よくないやつだって話だ」

「あっちじゃ死体のひとつやふたつ庭に埋めないことには、不動産業者は大もうけできないんだよ」ラミレスは言う。「それで、どんなよくないうわさだ？」

「いいか、これは又聞きだから割り引いて聞いてほしいんだが、不動産屋以外の仕事もしてるってうわさがあるんだよ。おれのダチが、上海から金を落としに来たやつらの世話をした男を知っててね。家でも、女でも、警備でも、なんでもござれだ。そういうやつらは互いによく知っている。それによくしゃべる」

「その友だちの友だちと話せるか？」ラミレスが訊く。

「話したくても話せないだろうね。あいつは口が固いことで仕事にありついてるんだから。連邦政府に話せばやつらに知られる。おれたちが会いにいけば、コーヒーくらい出してくれるだろうが」

「あんたなら話せるか？」ハリスが訊く。

「連邦政府が協力者にくれる金の話をしてるのかな？　しけたＬＶＭＰＤの金じゃないよな？」

「耳寄りな話が聞ければな」ハリスが言う。

「それならやれるだけやってみるよ」

「リーが何かほかのことに関わっているせいで被害を受けたと思っているのか？」

「それはわからんよ」マーヴィンは言う。「脇で何か汚いことをして、そのすぐあとやっかいなことになる。そんなの百万回も見てるからな」

3

アレックスはみんなより先に目覚める。手足の感覚がなく、力がはいらないが、なんとか頭を上げると、視界は波打ち、遊園地などにあるびっくりハウスの鏡で見るようにゆがんでいる。意識を失っているあいだに家が帆をあげて船出したかのように、部屋がおだやかに揺れる。何日も意識を失っていたような気がするが、炉棚の時計によると、目を閉じてからきっかり四十分しかたっていない。ドクター・マロリー夫妻は肘掛け椅子に並んで座り、イヤホンとマイクつきのおそろいのバイク用ヘルメットを被っている。ふたりはケタミンの摂取量を少なくして、トリップしながら会話をする。ドクター・マロリーが引退後に手掛けたがっているサイケデリック・カップル・セラピーの一種だ。妻の頭がわずかに夫のほうを向き、それに応えるように夫の腕がぴくりと動く。ふたりはどんな話をしているのだろう、といつも気になるが、なかなか尋ねる機会がない。

数分もするとほかのゲストたちも目覚め、まばたきをしたりストレッチをしたり、おぼつかない足で立ち上がったりしはじめる。マロリー夫妻はヘルメットをはずす。アリスが使用済みの針を載せたトレーをキッチンに下げ、赤ブドウとフランスパンとチーズを盛った皿を運んでくるあいだ、ラルフは初めてのトリップの感想をドクターに語り、ドクターはリーガルパッドにそれをメモする。離婚したばかりでつねにものほしげなドクター・クラインは、ふたりだけで話そうとダイアンのそばに移動する。まだ荒野を歩く死んだ友人が見えているアレックスは、雑談をする気分ではない。コーヒーテーブルからアートブックを取ってページをめくり、壁の時計を見る。

注射のあと九十分は運転してはいけないと定められており、そのあとでさえ出発できるのは、ドクター・マロリーによる運転能力試験に通った場合にかぎられる。バスルームから戻ったアレックスは、なぜかダイアンが早めに帰ろうとしているのに気づく。ドクターが部屋を見わたしている彼に気づいて、帰っても大丈夫だと判断する。

「外に出て試験をしよう」彼はアレックスを玄関に導きながら言う。「つま先立ちで一直線に歩いてきてくれ」

薬が抜けて運転能力が戻っているかどうかを判断してもらうため、アレックスはよろこんで道端で試験を受ける。見事に合格してさよならの挨拶をする。彼の車のうしろにシルバーのアコードが止まっており、ダイアンが運転席のドアにもたれ、煙草を手に街灯の淡い光を浴びている。近づいていくと彼女はさかんにまばたきしており、色目を使うつもりでまつ毛をはためかせているのか、それともドラッグのせいで焦点が合わないのだろうかとアレックスは思う。キーを捜しながら彼女に微笑みかける。

「試験にパスしたのね？」彼女が訊く。

「ええ、そうです」

「わたしはもう少しかかりそう。でも、どうしても外の空気が吸いたくて」

彼女は落ち着いているように見えるが、見た目があてにならないことをアレックスは知っている。渦を巻きながらゆっくりと立ちのぼる煙草の煙をじっと眺めていると、彼女は言う。「迷惑かしら？」

「とんでもない」

「一本いかが？」

「いや、けっこう。でも、ありがとう」

「賢明ね。体は神殿ですもの（体は大切にするべき、の意）」

アレックスは微笑む。「体は道具にすぎませんよ。マロリー夫妻とはどうやって知り合ったんですか？」

「末のお嬢さんの結婚式でケータリングをしたの。アリスとは昔からの友人よ。あなたは?」

「数年まえに大けがをして、治療のまえにドクター・マロリーに麻酔を打たれたんです。それが縁で話すようになり、友人になった」

「ふたりはわたしのお気に入りのカップルなの。あのバイクのヘルメット越しの会話は、何かの到達点なのかも」

「ふたりが何を話しているのかいつも気になってる」アレックスが言う。

「それならいいところに来たわね。わたしは知りたがりだから、アリスに訊いたの。お互いに見たものを説明して、最終的にそのイメージを整理するんですって。そうやって同じ幻覚、同じ幻視を体験するの。お互いの頭をひとつにしてるのよ」

「それは重いだろうな」アレックスは言う。

「隠しごとがあるならね」

「ない人間なんているのかな?」

「わたし」ダイアンは言う。「でも、言いたいことはわかるわ。今夜は奇妙なものを見たもの」

「おれもだ」アレックスは言う。「ところで、どういうわけでここへ?」

「ちょっと行き詰まってるってアリスに話したの。そうしたらこれのことを教えてくれた。

あなたはどうしてここへ？」

「ガス抜きのために」アレックスは言う。「今はどんな気分？　解放された？」

「正直なところ、どんな気分かよくわからない。ごめんなさい、すごく気になってるんだけど――どこかで会ったことない？」

「さあ、わからないな」アレックスは言う。

「住まいはプリンストン？」

「たいていはニューヨークに。川向こうのバックス郡に家がある」

「どこかで会った気がするんだけど」

「週末にプリンストンで教えていた」

「大学で？」

「いや、ＹＭＣＡで」

「わたし、あそこで泳いでるのよ。だからかもしれないわね。お名前はなんだったかしら」

「アレックスだ。会えてうれしいよ。というか、お目にかかれて。ダイアン、だよね？」

「ええ。ＹＭＣＡで何を教えてたの？」

「武術（マーシャル・アーツ）を」

「駐車場で知らない人に追い詰められたときに使うやつね？」

アレックスは笑い、彼女の顔を観察する。見覚えがあるだろうか、それとも暗示をかけられているのか？

「大丈夫よ」彼女は言う。「これ以上詮索しないから」

「そう？」

「なかに戻るわ。わたしはウィザースプーンでケータリング会社と小売店を経営してるの。いつか来て」

彼女は芝生を横切って家に向かい、彼はついて行きたいという強い衝動をこらえる。ダイアンは玄関まえの階段で振り向いて彼に手を振り、アレックスが右手を上げると、彼女は家のなかに消える。

4

「あなた。デイヴ。デイヴィッド、起きてよ」アンジェラ・ハリスは上掛けの下で夫を蹴る。「デイヴったら」

ハリス捜査官は鼻を鳴らして目を覚ます。「何ごとだ?」

「電話が鳴ってるわよ」枕の下に頭を突っこんで妻が言う。

自分の側のナイトスタンドに置かれた振動している携帯電話に手を伸ばしながら、ハリスは咳払いをする。午前三時四十二分。電話はラミレスからだ。

「もしもし?」

「デイヴ、ヘクターです」

「おはよう」

「おはようございます。一時間まえに麻薬課がオーストラリア人の若造を連れてきました。おとり捜査官からコカイン一キロを二万ドルというとんでもなく安い値段で買いたたこうとして」

「ちょっと待ってくれ」ハリスはそう言って廊下に出る。「二万ドルは泥棒もいいとこだが、なんであんたのところに連れてこられたんだ？」

「〈ウィン〉を襲ったやつを知ってるらしくて」

「番号札を取って列に並べと伝えたか？」

「麻薬課に起こされておれもまずそう言いました。でも、その若造はどこで働いてると思います？」

「〈ティファニー〉か？」

「一五号線の〈シン・シティ・モータースポーツ〉」

「なんだいそりゃ」

「空軍基地のそばのレーストラックです。やつはインストラクターなんです。オートバイレーシングを教えてる」

「調べたのか？」

「そこのウェブサイトを見ればいくらでも出てます。故郷（くに）じゃモトクロスのチャンピオンか何かだったらしい」

「それで、〈ウィン〉のことはなんて言ってる？」

「捜査の担当者と話したい、取引ができる人間と話したいということ以外は何も」

「あんたには話さないのか？」

「ＦＢＩが捜査を担当してるんだろうって」

「弁護士は要求したのか？」

「いや、まだです」

「あんたはどう思う？」

「ドラッグであげられることは心配していないようです。何か秘策があるんでしょう」

ハリスは目をこすって言う。「すぐに行く」

分署に着くころには話が広まっており、勤務中の刑事たちは通りすがりに取調室にいるクレイグ・ホリンガー――エラの張った青い目の二十代の男で、服装は裂けたジーンズにオートバイメーカーのドゥカティの赤いＴシャツ、短いブロンドの髪をサメのヒレのような形に整えている――をひと目見ようとしている。顔の左側に引っかき傷があって腫れているのは、逮捕に激しく抵抗したせいでフリーモント・ストリートの歩道に接触したからだ。

「あんたに任せますよ」ラミレスが言う。

ハリスはコーヒーを残りかすまで飲み干して、ネクタイを直してから取調室にはいる。

「やあ、クレイグ。FBIのハリス捜査官だ。今朝の調子はどうかな？」

「あんたが〈ウィン〉の事件の担当者だな？」

「そうだ」

　クレイグはTシャツの袖をめくり、肩の長く深い切り傷を見せる。ふたつに裂けて腫れた皮膚には、十字を描くように縫われた痕がある。ハリスはそれ以上の説明を求めない。例の動画は百回も見ているのだ。

「あれはおれなんだよ、相棒（マイト）」クレイグは言う。「さあ、弁護士を呼んでくれ」

5

昼まえに降った雨が地面から蒸発したころ、ダイアンは門に守られたプリンストンのゴシック風キャンパスと静かな大学町とを分ける通りに出る。スピードは出すが実直なドライバーで、曲がるときや車線変更のときは必ずウィンカーを出し、携帯電話も使わない。アレックスが通りをへだてて彼女の家のまえにグリーンのジープ・チェロキー——彼女に見られたのとは別の車——を停め、J・エドガー・フーヴァーの伝記のCDを聴いていると、三時間後の午前十時三十五分、彼女は家を出た。最初の立ち寄り先はフェデックスで、つぎはネイルサロンだった。今は南に向かっており、アレックスが朝からずっと車三台とあけずに尾行していることに気づいていない。

昨夜マロリー宅を辞したあと、アレックスはペンシルベニアの自宅キッチンでテーブルのまえに座り、ノートパソコンと赤ワインのボトルを開けた。ダイアンはネットですぐに見つかった。会社のウェブサイトに載っている略歴では、生まれも育ちもニュージャージーで、二十年以上ケータリング業界で働き、海とクラシック・ロックと友人たちのために料理することが好き、ということしかわからなかった。ソーシャルメディア上に存在するのは、ほとんどがケータリングをしたイベントの写真――手の込んだロー・バー（生の魚介類を使った料理が並ぶコーナー）や、ウェディングケーキ、串刺しの豚の丸焼きなどだ。関連する検索結果を二ページぶん見たあと、国内の別のダイアン・アリソンを見ていることに気づいた。オクラホマ大学の女子学生クラブのメンバーや、デモインの年配の弁護士助手を。会ったばかりの女性の情報の不足に疑いがつのり、観察が必要だと思った。以前にもやったことがある。六時間の監視で六週間デートするより多くのことがわかる、とは元同僚のことばだ。ダイアンは本人が言うとおりの人間ではないような気がするが、見覚えがあると言われた偶然を見逃すことはできない。

街を出て二マイル走り、国道一号線に乗って南のハミルトンおよびトレントン方面に向かい、マーケット・ストリートに出る。ダイアンがブレーキに触れることなく郡庁舎と刑事裁判所の建物を通りすぎると、アレックスはほっとする。二マイル走って、彼女はチャイニーズ・レストランの駐車場に車を入れる。アレックスは通りの向かいの駐車スペースに車を入れ、レストランの入り口が見える場所を見つける。携帯電話ですばやく検索すると、〈四川家（しせんけ）〉にはテイクアウトもあるらしい。ということは、ダイアンが食べ物を手に出てくるかもしれないので、背後の中古品特売店でトイレを借りることはできない。郡庁舎から五分のところなので、ここでだれかと会うのかもしれない。すると、角のテーブルにひとりで座り、携帯電話をスクロールしている彼女が窓越しに見える。アレックスはメニューとネットのレビューにいくつか目を通す。ここはあまり知られていないおすすめの店で、本格的な成都（中国四川省の省都）料理で有名なので、彼女がわざわざランチに来るのもわかる。ケータリングが仕事だというが、ダイアンはなぜその職業を選んだのだろう。最近彼は、さまざまな人びとのことが気になってしまう。この二十年、自分はつねにまちがった道を進み、まちがった選択をしつづけてきた気がするのだ。いつもこんな調子だったわけではない。何年ものあいだ、世界でもっとも自由な男だと感じ、望んだ仕事だけをし、九時から五時まで拘束されることなく、孤独を満喫してきた。変化は突然訪れた。この午後車のなかに閉じこめられていると感じているように、人生のなかに閉じこめられていると感じるのだ。

ダイアンの料理が運ばれてくる。こういう外出に仲間はいらないのだろうか、とアレックスは思う。店にはいって彼女と食事をともにしたいと思う一方で、ほんとうのことをろくに話せない状態で新たな関係をはじめるよりは、ひとりで食事をするほうがいいと最近では思ってしまう。あまりに長いあいだ壁を作ってきたので、どうすればいいのかわからないのだ。アレックスは足元のクーラーボックスに手を伸ばし、ランチに持参したBLTサンドの包みを開く。アイスティーでサンドイッチを流しこみ、空いたボトルに小便をして、待つ態勢にはいる。

四十分後、ダイアンがレストランから出てきて、ひとり言を言いながら車に向かう。運転席に乗りこもうとして、通りの向こうにあるものが彼女の目を引く。アレックスは凍りつく。彼を見ているのだろうか、それともその向こうを？　わからない。彼女は彼のほうに近づいてきて、道路の脇で立ち止まり、横断するタイミングを待つ。アレックスは顔を隠すためにそっぽを向き、車をバックさせる。数秒後、ダイアンは空いた駐車スペースを通り抜けて、中古品店のなかに消える。ブロックをまわりながら、彼女がここで買い物をするのは審美眼があるからだろうか、それとも経済的理由からだろうか、と彼は思う。おそらく収入は彼と同様に不定期だろう。生活が苦しいのだろうか？　かつてアレックスはそうだったが、最近はちがう。この十年は人にあやしまれないようにすごしている。現金はたっぷりあるが、運用することもそれについて話すこともできない。金は海外や、家の壁のなかのほか、煉瓦状にした札束を袋や箱に詰めて庭に埋めてある。今、重ねたグリーンのガラスプレートを両手に持って店から出てきたダイアンのような人に、これをどう説明すればいいいだろう。

彼女は来た道を戻り、プリンストンの二マイル手前の出口からコールド・ソイル・ロードに出る。

「なるほど」彼女がワーゴ・レーンに曲がるとアレックスはひとりごつ。

道路は、彼が夏になると毎週末行く農場につづいている。ここで地域支援型農業（CSA）（消費者が生産者に代金を前払いして、定期的に作物を受け取る契約を結ぶ農業）から自分のぶんの野菜を受け取るのだ。彼女とはおそらくここで会ったのだろう、と彼は自分に言い聞かせる。ダイアンは農産物直売所につづく未舗装道路にはいるが、アレックスは直進する。

半マイルほど進んだあと、彼は引き返す。彼女に近づくのはやめよう、少なくとも今日は。明日予定していたことだが、レインボーチャードとプラムトマトを受け取って帰ろう。アレックスは彼女のアコードからできるだけ離れた場所に車を停め、グローブボックスのロックをはずし、装塡済みのグロック19の下からCSAの会員バッジを取り出す。

イタリアンパセリを袋詰めしていると、名前を呼ばれる。ダイアンが首を傾げ、バスケットを腰に抱えて背後に立っている。短いカットオフジーンズから日に焼けた長い足がのぞき、額は汗で光っている。「二日で二回も？　わたしをつけてるの？」

「そのとおり」アレックスは言う。

彼女の笑みから、二度目の遭遇にはなんらかの意味があると思っているのがわかる。アレックスが偶然を重視しないのはそのせいだ。意味のない偶発事態か、だれかの周到な計画のどちらかなのだから。

ダイアンは彼のTシャツにつけたバッジを示して言う。「緑色のは週末に受け取る人用だと思ったけど」

「近くに来たから」

「あなたにルールは適用されないってこと？」

彼女がほんとうに怒っているのかどうかわからず、彼はたじろぐ。

「大丈夫よ」彼女は言う。「わたしは密告屋じゃないから」

「よかった。ところで、このリーキはどうすればいいかな？」

「ジャガイモといっしょに冷たいスープにするか、フリッタータね。タマネギを使うものならなんでもリーキで代用できる」

「訊きたいことがもうひとつある」自分でも驚いたことに、アレックスは言う。「明日の夜は何してる？」

「週末はずっと仕事。デートに誘ってるの？」

「まあね」

「来週は？」

「街にいない」彼は言う。「金曜日に戻る」

「するとわたしはまた仕事」彼女は携帯電話をチェックする。「今は何をしてるの？」

「今？」

「この午後。そのバスケットを車に置いたあと」

「そこまでは考えてなかった」

「何かしたいんでしょ、今なら時間あるわよ」

「実はおれも時間はある。何をしようか？」

「ワインは好き？」

「大好きだ」アレックスは言う。

「この先にワイナリーがあって、まずまずのリースリングを作ってるの。信じてもらえるなら」

「正直、信じられないな。でも、まちがいを正してくれてもいいよ」

「よかった、男性のそういうところが好きなの。それはそうと、あなたは完全にまちがってるわよ。ついてくる？」

「ああ」アレックスは言う。「いいとも」

農場の数マイル先の改装された納屋で、ダイアンは彼を〈ユニオンヴィル・ヴィンヤード〉のワイン醸造業者に紹介する。早くも髪が薄くなりつつある二十代の男は、彼女がドアからはいってくると、マッチを擦ったようにぱっと顔を輝かせる。

「ティム」ダイアンは言う。「友だちのアレックスはガーデン・ステート（ニュージャージー州の愛称）で作られるワインを信用していないの。目を開かせてやってくれないかしら？」

「やってみましょう」ティムは言う。「奥で白を冷やしてあります。それでどうです？」

「完璧よ」ダイアンは言う。「それを持って、彼にここを見せてまわってもいい？」

ダイアンは心得顔でアレックスに微笑みかけ、ティムはバーの向こうに引っこんで、開けてからふたたびコルクをしたボトルとグラス二脚を持って戻ってくる。アレックスが財布に手を伸ばすと、彼は首を振る。

「やさしいのね、ティミー」ダイアンは言う。「今回はちゃんとグラスを返すわね。絶対に」

岩だらけの小道が葡萄畑を囲む低い丘の上までつづいており、並んで歩きながらダイアンはアレックスのほうを盗み見る。平らな胸、平らな腹、ほっそりした腰、お尻はほとんどなく、ふくらはぎと二の腕は筋肉が複雑にからみあっている。大きな力強い手の甲をまえに向けて歩く様子は類人猿のようだ。草のしみがついたチノの短パンに、着古したグレーのTシャツという服装は、平日に二日つづけて庭仕事をするような格好ができる職業とはなんだろうと思わせる。

　丘の上の開けた場所にベンチがあって、そこからはホープウェル・ヴァレーの眺め――広がる農地や曲がりくねった開発地や森――が一望できる。遠くで減速するトラックの音が、植物のまわりを飛び交う虫の羽音と混じり合う。ダイアンは歯でコルクを抜き、グラスにワインを注ぐ。

「乾杯」彼女は言う。

　グラスが触れ合い、目が合う。アレックスはグラスを揺らしてリースリングの香りをたしかめ、口にふくんで転がす。神経が昂（たかぶ）っている。こんなことは計画にはなかった。

「うーん」彼は言う。「悪くない。賭けをしなくてよかった」

「別に勝ち誇ったりしないわよ」

「してもいいのに」

「そういうのは趣味じゃない。ワインが好きだって言ったわよね。自分で選ぶときは何を飲むの？」

　カルトなフランスの生産者にはまっていることを、トレントンの中古品店で買い物をし、まずまずのニュージャージー産リースリングを紹介してくれた女性に認めるか？　まあいい、とアレックスは思う。どうしてもということ以外は隠さないほうがいい。

「贔屓はブルゴーニュだ」彼は言う。

「シャンパーニュをのぞけばお気に入りの地域よ。あそこに行って、肌が革みたいなチェーンスモーカーの老人に弟子入りすることを妄想してるの」

「少しまえ、収穫時にドメーヌ・ルフレーヴで働いていた」

「うそでしょ。それっていつ?」

「三、四年まえかな」

「どんな感じだった?」

「きみの妄想を壊すことにならないといいんだが。たくさんの瓶を洗い、たくさんの草をむしった。ワイン生産者と配合を微調整する、というのとはちがう」

「ブルゴーニュで何をしてたの?」

「ヨーロッパで仕事があったんだ。それで、ストレス解消のためにワイナリーに行った」

「たいていの人は飲むだけでしょうに」

「それもやってみた」彼は言う。「効果が出なくなるまではね」

ダイアンはそのことにグラスを掲げる。ふたりは早口で話し、飲むスピードはもっと早い。ワインがたちまち頭に効いて、思考が傾き、肌が突っ張る。だれかが太陽の光度を上げたかのように、来たときより陽射しが明るく感じられる。

「トレントンの四川料理レストランにランチを食べに行ったの」彼女は言う。「これも知らないかもしれないけど、ニュージャージーの中心部ではおいしい中華料理が食べられるのよ」

「何かで読んだよ」アレックスは言う。「それが飲むまえの儀式？」

「昼に飲むことはそれほどないわ。それを言うなら、奇妙なドラッグ・パーティで男を引っ掛けることもそれほどないけど。これまでのところ、あなたの影響力は絶大よ」

「このあとヨガのクラスに出てもいいよ。バプテスト派の教会の礼拝に出ても」

「信心深いの？」

「いいや」

「結婚はしてる？」

アレックスは首を振る。「昔、一度ね。きみは？」

「結婚したことはないの。でも、子どもはひとりいる」

「同じく」

「興味深いわ。その息子さんだか娘さんはどこにいるの？」

「母親とボゴタ（コロンビアの首都）にいる」

「結婚していた期間はどれくらい？」

「二年。つきあっているうちにパオラができた。おれの人生で文句なしに最高の出来事だったが、予定外のことだった。妊娠がわかると、おれたちは赤ん坊を堕ろそうとしたが、それはよくないとふたりとも気づいた」

「パオラっていい名前ね。よく会ってるの？」

「数カ月ごとに。彼女が来たり、おれが行ったり。毎年いっしょにどこかに行く」

「わたしも毎年夏には息子を連れて出かけるの。これってシングルペアレントにありがちなことなのかしら？　義務的に親子で休暇旅行をすることが？」

「シングルペアレントのサポートグループに訊いてみよう。息子さんはここに住んでるの？」

「プリンストンだけど、いっしょに暮らしてるわけじゃないわ。ラトガーズ大を卒業して、街の資産管理会社で働いてる。すごく頭がよくて、どこまでも野心的なの。だれに似たのかしらね。父親は起業家精神はあったけど、実現はしなかったのに」彼女はグラスを上げかけて止め、小さく笑って首を振る。「なんで破綻した関係や予定外の子どもの話なんかしてるのかしら」

「世間話は二回目のデートのためにとっておくことにしているんだ」

「いいわ、でもわたしは何もかも訊きたい気分なの。あなたは何を知りたい？」

彼女のすべてが知りたいが、二十の質問は彼にとって危険なゲームだ。反対に訊かれたときのために、アレックスは正直に難なく答えられることを探す。

「ニュージャージー出身？」

「ええ、生まれも育ちもね。ほとんどはロングビーチ・アイランド。ケープ・メイ、スプリング・レイク、サミット。全部住んだことがあるわ。あなたは？」

「生まれはマイアミ」アレックスは言う。共通の友人を探されるとまずいので、アトランティック・シティの幼少時代はとばす。「ニューヨークに十年ほどいた」

「どうしてバックス郡に家を？」

「その近くに母の家があってね。母のために家を買ったんだが、引っ越すまえに容体が悪化して」

「それは残念だったわね。ところで、わたしたち、謎を解くべきじゃない？」

「謎って？」

「わたしたちがどこで会ったのか。ＹＭＣＡじゃないと思う。農場でもない」

その謎を解きたい思いは彼女よりも強いが、過去を探られたくはないので、アレックスは初めてダイアンにうそをつく。「実は、その謎が気に入ってるんだ。自然に解けるのを待つのはどうかな？」

「いいわよ」彼女は言う。

ふたりは日光を浴びながらそこに座って眺めを愉しむ。アレックスは沈黙が重くのしかかるのを待つが、そんな気分は訪れない。やがて、彼女の携帯電話がメールを受信して振動する。

「いけない」彼女は言う。「忘れるところだった。一時間でプリンストンに行かなきゃ。ディナーパーティがあるの。早めに行って手伝うってホストに言っちゃったのよ」

「またこういう機会を作ろう。計画を立ててもいい」

「それか、いっしょにディナーパーティに行くのはどう？　あなたさえよければ。正直に言って。ノーでもかまわないから」

ノーと言うべきだが、彼女の率直な申し出が彼の警戒心を解く。それに、これで終わりにしたくない。

「いいね」彼は言う。「ほんとうにかまわない？」

「ええ」彼女は電話をかけながら言う。「でも、いちおう訊いてみるわね。きっとあの人たちのことが気に入るわよ。いつも退屈してて――もしもし、リンゼイ？　わたしよ。ねえ、今夜知り合いを連れていってもいい？　最近出会った人なの。ええ、すごく。ある人の家の集まりで。アレックスよ。何をしてるかって――ちょっと待ってね」ダイアンは電話を下ろす。「仕事は何をしてるの？」

「イベント関係」信じられない思いで彼女を見つめながら、アレックスは言う。「おもにイベント制作を」

「最初に思ったのとちがうわ。リンズ、聞こえた？　ええ、彼ここにいるの。何か――えっ？」彼女は笑う。「いいわね、それは思いつかなかったわ。アレックス、あなたは連続殺人鬼？」

「週末だけね」

「それなら真夜中まえに蹴り出さないとね。歳は？　五歳のサバ読みは認めるって、リンゼイは言ってる」

「四十一歳」

「四十一歳ですって。ええ、たしかに、男ざかりよね。待って、ひとつ聞いていい？　あなたのフルネームは？」

まいったな、と彼は思う。しかたない。「アレックス・デュラン・キャシディ」

「オーケー、四十一歳、仕事あり、連続殺人鬼じゃないアレックス・デュラン・キャシディ――あなたは正式に招待されたわよ。リンズ、ほかに何か思いついたらメールして。彼、とても社交的よ。わたしたちは何を持っていけばいい？　ばか言わないでよ。はい、はい。

じゃあ、あとでね」ダイアンは電話を切る。「リンゼイは何も持ってこなくていいって言ってるけど、何かワインを持っていきましょう。ここのじゃないのを。彼女の旦那さまは知識のないスノッブなの。あなたがそうだったみたいに」

「気の毒に」アレックスは言う。「向かう途中でワインを買おう。今度はおれに払わせてくれ」

「うちに寄って着替えなきゃ」彼女は言う。「こう言ったら失礼かもしれないけど、あなたもそうしたほうがいいと思う」

アレックスは非常持ち出し袋に三日分の衣類を詰めてトランクに入れているが、ダイアンに言う必要はない。ダッフルバッグのなかのダークジーンズと白のボタンダウンシャツで充分間に合うだろう。彼女のお気に入りの店であり、彼も愛用しているワインショップで一時間後に待ち合わせることにする。そしてふたたび彼女の車のあとを走る。午後の陽射しに目を細め、明らかに血中アルコール濃度が法定基準値を超えているので、グローブボックスのなかの装填済みの拳銃のことを心配しながら、丘の上での会話を思い起こし、仕事についてはほとんど触れずにすんだことに驚きを覚える。ダイアンは車を飛ばしていく。アレックスが先を走っていたとしたら、これほどスピードをあげないだろう。が、そうではないし、彼女のことはどういうわけか信用しているので、彼はあとからついていく。

6

〈ウィン〉での仕事のあと、クレイグがライダー1を降ろしたというカークランド・アベニュー三二七番地の家は、〈シエラ・パシフィック・モーゲージ〉が所有している。荒れ果てた牧場スタイルの家は、貸し手が一年半まえに抵当流れにしてから空き家状態で、早朝のクレイグの自白のあと、ラミレスがふたりの刑事を向かわせたが、不法侵入の形跡はなかった。〈シエラ・パシフィック〉の支店長は、住宅金融会社の人間はだれもその家の敷地に足を踏み入れていないと請け合い、ほかに鍵を持っているのは仲介業者である〈シルバー・ステート不動産〉のヘザー・リチャーズだけだとハリスに告げる。ハリスは別の捜査官に彼女のことを調べさせる。三十六歳、染めたブロンドのシングルマザーで、評判は申し分なく、六年まえの飲酒および薬物の影響下での運転[DUI]以外に犯罪歴はない。

午後二時四十五分、〈シルバー・ステート不動産〉の受付係は、リチャーズさんはコーヒーを飲みにいったとハリスに告げる。戻ってくるのかとラミレスが尋ねると、受付係の若い男は近くの〈スターバックス〉をのぞいてはどうかと言う。警察の人間だということは見ればわかるという顔で。

ハリスとラミレスが角を曲がると、白いブラウスにグレーのスカート姿のヘザーがコーヒーショップから出てくる。ふたりの男に道をふさがれて不意に立ち止まり、スティレットヒールでわずかによろめく。

「リチャーズさんですね？」ラミレスが言う。「LVMPDのラミレス刑事です。こちらは――」

「たいへん」ラージサイズのアイスコーヒーを片手で危なっかしく持ちながら、もう片方の手を口に当てて彼女は言う。「カークランド・アベニューの家のことですよね？」

「どうしてそう思うんですか？」ハリスがラミレスを見やってから訊く。

「聞いてください、あの男性のことは知らないし、彼があそこで何をやっていたかも知りません。お金はもらいましたけど、それだけのことです。ほんとです。知っていることは全部お話ししますから。子どもだったなんて言わないでください」

「子ども？」ラミレスが訊く。

「ビデオです」ヘザーは言う。「あそこでビデオを撮ってたんでしょう？　子どものじゃありませんよね？」

「くわしいお話を聞かせていただいたほうがいいようですね」ラミレスは言う。「歩道ではないところで」

「わかりました。弁護士は必要ですか？」

「法を破ったんですか？」ハリスが訊く。

「いいえ。つまり、ポルノビデオの撮影のために家を使わせたりはしません、絶対に。もしボスに知られたら殺されるわ。ライセンスを失うかもしれない。絶対に、何があってもライセンスを失うわけにはいかないんです」

「では、署までご同行願います」ハリスは言う。「でなければ、上司の方にすべて話すことになります。あなたが決めてください」

レイク・ミード・ブルバードのFBI支局で、ハリスはヘザーと向かい合って座り、ラミレスはデスクの角に腰掛ける。ハリスに最初から話すように促されると、彼女はコーヒーをごくごく飲んでから話す。

「一カ月まえにある男性が電話してきて、カークランドの家のことを尋ねたんです。名前はたしかリチャード、リチャード……なんとか――どこかに書き留めてあります。最初の電話は場所についての問い合わせでした。翌朝会うことになりました。建物がちゃんと建っていることをたしかめて、見てまわるために、わたしは数分早く現地に行きました。男性は時間どおりに現れました」

「どんな外見でしたか？」ハリスが言う。

「大柄でたくましい感じでした。背の高さはあなたくらいです。スキンヘッドに野球帽を被っていました。濃いあごひげは茶色で、白髪も混じっていました」彼女は言う。クレイグが〈ウィン〉の仕事で自分を雇ったという男の外見と同じだ。「それと、高そうなグレーのスーツ。ずっとサングラスをかけていました。自分は投資家のようなもので、あそこのような投資物件を探していると言いました」

「男が運転していた車の車種はわかりますか？」ハリスが訊く。

「車じゃありませんでした。郵便受けの横で待っていたら、角を曲がってそのブロックを歩いてきたんです。変だなと思ったのを覚えています。わたしたちはなかにはいって見てまわりました。もちろん、家のなかは空っぽです。見るものはそれほどありません。あれこれと質問をされました」

「どんな質問を？」

「設備はどれくらい古いかとか、害虫の問題はあるかとか、ガレージのドアは動くかとか。ガレージにとても興味があるみたいでした。ご近所のことも訊かれたので、ご近所って？と訊き返しましたよ。あのブロックに建つ四軒はすべて空き家で、だれも住んでいないんです。申し分なさそうだから、同僚とまた来ると言われました」

「それで、そうした？」

ヘザーは首を振る。「帰るときになって、友人がちょうどこういう家を探しているので、午後の数時間だけ貸してもらえないだろうかと言いだしました」

「ビデオ撮影のために」

「ええ。言い方がそんな感じでした。口には出さないけどわかるだろ、みたいな。それについては住宅金融の仲介業者に訊いてくださいと伝えました。すると、ここだけの話にしてほしいと言われました。そのまま立ち去るべきなのはわかっていたんです」

ハリスはあごの下で指先を合わせてテントを作る。「だが、そうしなかった」

「あの手のお金に背を向けろと？　できませんでした。できるわけないわ。血友病の六歳児を抱えているんですよ？　違法なことをするような口ぶりではなかったし」

「それからどうなりましたか？」

「彼は鍵を受け取ると、二十三時すぎまで家に来ないでほしいと言いました。用事がすんだらプロの手で清掃すると約束して。そんなことはないと思うが、もし何かの場所が変わっていたときのために、五千ドル払うと言いました。彼は払ってくれました。現金で」

「その後彼から連絡はありましたか？」

ヘザーは首を振る。「翌日確認のために立ち寄りました。しみひとつありませんでした。漂白剤のにおいがしました。洗浄したのだと思いました……なんにせよ、終わったあとで」

「その男性の電話番号を教えてもらえますか?」ラミレスが言う。

「連絡がつくといいですけどね。クリーニングのお礼を言おうと思って電話したら、この番号は使われていませんという例のメッセージが流れました。それですごく不安になったんです、どのくらいひどかったんですか?」

「何がですか?」ハリスが訊く。

「ビデオです」

「ビデオはありません」

「それで……わたしはまずいことになっているんですか?」

「おそらく大丈夫でしょう。合鍵は貸していただきますが」

「もちろんです。あの、ほんとうにすみません……なんにしろ」そして、口をつぐんだあと、つづける。「児童ポルノじゃなくてほっとしました。もしそうだったら生きていけません」

「漂白剤とはね」ハリスがヘザーをエレベーターまで送って戻ると、ラミレスが言う。

「指紋も、DNAも、衣類の繊維もなしか。いずれにせよ、鑑識を向かわせて、家じゅう調べさせましょう」

「そうだな」ハリスは言う。「みんなの時間を無駄使いしてやろう」

7

ふたりのパトロール警官がハルフィッシュ・ストリートをぶらぶらと歩いてきて、〈プリンストン・コルクスクリュー〉の外でダイアンを待っているアレックスに重々しくうなずく。警官たちが角をまがって消えると、アレックスはネイビーの花柄ワンピースにハイヒールを合わせた薄化粧のダイアンが歩いてくるのに気づく。男性ふたりが、それぞれ女性の連れがいるにもかかわらず、通りすぎる彼女を振り返って半ブロックほど見る。

「シンプルでクラシックね」アレックスを上から下まで見て、彼女は言う。「なかなかいいじゃない。じゃあ、ワインを選びましょう」

ダイアンがアメリカ産のピノ・ノワールの棚を見ているあいだに、アレックスは気に入っているブルゴーニュの白を二本つかんで、足早にレジに向かう。彼女にそのワインを味わってもらいたいが、店員が合計三百四十六ドル五十二セントと告げるのを聞かせたくないし、代金を現金で支払うのも見せたくない。

「すばやい決断ね」ダイアンが背後で言う。「何にしたの？」

「フランスのワインだ。気に入ってもらえると思うよ。それで、行き先は？」

「歩いて行けるところなの」彼女は言う。「だから歩きましょう」

ダイアンは彼と腕をからめ、人通りの多い歩道を歩きながら、ホストたちについて話す。ふたりともいい具合に酔っており、低くなった夏の太陽が火照った顔を温める。夫のローリーは、アレックスでも聞いたことはあるが読んだことはない雑誌の編集者。妻のリンゼイはニューヨークやラスベガスやマカオのレストランにシェフをPRする仕事をしている。夫婦は取り壊すことになっていた物件を買って家を建て、次女が生まれた一年後にブルックリンから引っ越してきた。

「ローリーはいつまでも街にとどまっていたでしょうね」ダイアンは言う。「でもリンゼイは、子どもができてからはそれをいやがったの。夫婦で出かけるとき、子どもたちはいつもおばあさんに預けられてたから。リンゼイはやさしい人だけど、自分の望みはよくわかってるのよ。頭がよくて、おもしろくて、必要とあらばテーブルの上で踊るのもためらわない。ローリーは――まあ、会えばわかるわ」

「どういう意味？」

「彼に気に入られれば、宇宙の中心になれる。そうでなければ、鼻も引っ掛けられない。

リンゼイをいらいらさせる、それがローリー。もうひと組のカップル、ピーターとスーザンのことはよく知らない。ピーターはマーケティングをやってるって言ってたかしら？スーザンはイギリス人で、すてきなサングラスを作ってる。眼鏡といえば」ダイアンはバッグから丸いパールホワイトのフレームの眼鏡を取り出す。「ふたりはあなたより何歳か年上だけど、見てもわからないと思う。ところで、わたしはあなたより年上なのよ。わかってると思うけど」

今朝公記録を調べたので彼女の年齢は知っていたが、二度目のうそをつく。「知らなかった」

「わたしは四十六歳よ」

「とてもそうは見えない」

「ありがとう。右側の家がそうよ」

ハリソン通り二三六番地にはどんな人が住んでいるのだろう、とアレックスはよく思っていた。控えめなケープコッド様式の家が建ち並ぶブロックにある、シーダー壁と大きな窓のしゃれたモダンなこの家に。幅広のスレートの階段を半分のぼったところで、ダイアンはアレックスの手首をつかむと、タンゴのパートナーのように引き寄せ、つま先立ちになって彼の口にキスする。彼はワインを危なっかしく脇に抱えながら、空いている手を彼女の首から髪のなかに這わせる。ごわつくジーンズの下のものがたちまち硬くなって心地悪い。ようやく彼女は体を離し、頬を赤らめ目をきらきらさせて彼の胸を軽くたたく。

「よかったわ」彼女は言う。「なかにはいりましょう。遅くなっちゃった」

ドアベルのくぐもった音のあと、足音がする。口元にほくろがあるにこやかなブルネット美人が、通常の二倍の高さがあるドアを開けてうしろにさがり、チノパンツに裾を出した白いドレスシャツ姿の裸足の男性の腕のなかにはいる。ふたりの背後では、広々とした一階フロアじゅうに配置されたしゃれた中間色の家具が自然光を浴びており、隅にまとめられた鮮やかな色の子どもの玩具がアクセントになっている。アレックスは思う。おれは編集者になるべきだったかもしれない。いろいろなものに興味があるし、語学の心得もある。編集者以上にふさわしい職業があるだろうか？　きちんとしていて豊かでまっとうな暮らしをしている人物に会うたびに、人知れずこういった小さな危機に陥る。

「ハイ、ローリー」ダイアンは彼と抱き合って言う。「こちらはアレックスよ」

「来てくれてありがとう」ローリーが言う。「いつだって歓迎だ――」手を差し出すが、その手でアレックスを指差して目を細める。「やあ、きみを知ってるぞ。レッスンを受けたことがある」

「YMCAで？」ダイアンが尋ねる。

「ＹＭＣＡ？　いや、ちがう、ちがう」ロイはそう言って指を鳴らす。「〈プリンストン・ブラジリアン柔術〉だよ」

「いつから柔術をやってるの？」ダイアンが訊く。

「何年かまえのクリスマスに、うちの作家のひとりがレッスンをプレゼントしてくれたんだ。私にはかなりきつかったよ。柔術というのは太極拳やカポエイラ（楽器の伴奏に合わせて足技などを披露する、奴隷の護身術から生まれたブラジルのスポーツ）やなんかと同じだと思っていたんだ。危うく腕を折られるところだった」

「つまり、あなたはそこで教えているの？」リンゼイが訊く。「イベントの仕事をしてるってダイアンは言ってたけど」

「週末に教えてるんです」アレックスは言う。「イベント制作をしていないときは。そう、本業はそっちなんで」

　ピーターに自己紹介しているとき、アレックスはダイアンが自分を見ているのに気づく。ピーターは目元にベテランサーファーのようなしわのある健康的なブロンドの男で、スーザンは感情豊かな洗練されたイギリス人妻だ。こういった人たちのなかで見るダイアンがさらに気に入る。彼女には、この人たち――洗練されていて、進んでいて、落ち着いている――にはない生々しさがある。

「さてと」リンゼイが言う。「様子を見なきゃならない料理がコンロに三つあるの。飲み物がほしい人はいる？」

「男性陣には火を熾す手伝いをしてもらうよ」ローリーが言う。

家の裏庭で、ピーターがみんなにバーボンのオンザロックを作るあいだ、ローリーはチムニースターターに入れた木炭に火をつける。

「それで、アレックス」ピーターが言う。「武術を教えているのは刺激を求めて？」

「若いころはかなり練習しました。最近は単に趣味でやっています。教えていると忘れないですむし」

「ダイアンはたくましい男が好きなんだ」ピーターが言う。「少しまえにはどこかの特別捜査官とつきあってなかったか？」

ローリーは飲み物をひと口飲んで言う。「火器のインストラクターだったと思う」

「ほんとですか」アレックスは言う。「それは興味深いな」

「心配いらないよ、きみ」ローリーが言う。「とても友好的に別れたから。きみを撃ちにきたりしないよ」

「ところでアレックス、どんなイベントを手がけているんだい？」ピーターが訊く。「うちの代理店が使っている会社が、まるであてにならないんだよ」

「かなりニッチなものなんです。アウトドアでのリーダーシップのためのトレーニングとか、長期の修養会とか、そういう類（たぐい）の。今日は名刺の持ち合わせがないので、よかったら帰るまえにあなたの名刺をください。ローリー、雑誌の仕事はどれくらいやっているんですか？」

ホストは自分の仕事歴を説明する。だれかのアシスタントから、だれのアシスタントでもなくなり、自分のアシスタントが持てるようになり、管理職のオフィスをもらう。終わり。ピーターは、コーポレート・イノベーション研究所のようなものを経営しており、とくに砂糖水業界からペプシを引き抜く（ヘッドハンティング）任務に力を入れている。アレックスは彼らの話を聞く。社内の政治的駆け引きや独創的な妨害行為、重役たちの心理劇——別世界からの耳よりな情報を。ボトルのウィスキーが減っていくとともに太陽が沈む。肉がグリルに載せられる。

夕食は雑談や、銀器の音、ワインが跳ねをあげながらグラスに注がれる音のなかでぼやけていく。純白のナプキンが、炭になった野菜や、醤油のマリネや、コート・デュ・ローヌのせいで抽象画のキャンバスになる。

「たまげたな」アレックスが買ってきたボトルのひとつを調べてローリーが言う。「こいつはどこから来たんだ？」

「ダイアンが選んだものです」アレックスが言う。

「そんなことしなくてもよかったのに。でもありがとう」

「おかしな人ね」ダイアンがアレックスにささやく。「デザートの準備を手伝って」

キッチンの大理石のアイランドテーブルでダイアンを手伝い、オーブンで軽くローストしたサマーベリーを皿に盛る。果汁は濃くて血のように暗い色をしている。アレックスが生クリームを泡立てるあいだ、ダイアンはゆっくりと隆起していく表面にライムの皮をすりおろして加える。テーブルでは、ピーターが消費者向けの広告について熱弁を振るっている。

「つまりね、女性向けのジュエリーを男性に売るのは、キャットフードを人に売るのと同じことなんだ」彼は言う。「代金を払う人物がエンドコンシューマーというわけじゃない」

ダイアンは軽くアレックスのつま先を踏み、あきれ顔で目をまわす。彼女に触れられると背筋がぞくぞくし、ふたりがこの世界の一部でありながら、同時に切り離されているように感じる。ふたりのあいだには、ことばにしなくてもわかりあえるものが、内輪ネタが存在しうる。秘密さえも。その考えが希望をくれる。二枚の皿を差し出されて彼がその皿の縁をつかむと、彼女は皿ごと引き寄せてキスをする——上を向き、目を開けたまま、軽く唇を開いて。

ローリーはデザートに合わせて芳醇なヴィンテージのシャンパンを注ぐ。やがて、パーティは終わる。人びとはテーブルから椅子を引き、すべてが無秩序化する——食べ物は冷め、氷は融け、炭酸水は気が抜ける。アレックスがウッドチャックの蔓延によるピーターの苦労話を適当に聞き流していると、テーブルの上手でリンゼイが顔を輝かせて言う。

「ダイアン、あなたも見てないの？　ピーターは見てるわよね」

「何を？」ピーターが訊く。

「オートバイで宝石店に強盗にはいった人たちの動画よ」

「もちろん見たよ」ピーターは言う。「かなり出まわってるからね」

「そうそう」リンゼイが言う。「視聴数が百万回とか」

ダイアンはアレックスを見る。「あなたは見た？」

アレックスは自分が「ああ」と答えるのを聞く。

彼は凍りつく。そして考える——おれは自分の家にはいるように罠に足を踏み入れたのだ。今になってみるとすべてがわかる。機会の到来、加速する親密さ、見知らぬ他人の家への招待。玄関と裏口が同時に開き、銃が向けられて背後の窓ガラスが割れるのを待つ。

アレックスは武装していないことを示すためにテーブルの上に両手を開いて置き、おとなしく連行されるつもりでいる。思い描いたこととはちがうが、この結末を思い描くのにそれほど時間はかからない。リンゼイはまだ動画のことを話している。アドレナリンが引いていき、これは罠ではないとわかる。ディナーパーティの客たちが、デザートのあとで話題の動画を見るだけだ。これはみんながやることなのだ、と自分に言い聞かせる。

「いま見てみましょうよ」リンゼイが言う。「ローリー、あなたのノートパソコンはどこ？」

客たちが彼女のまわりに集まる。例外はアレックスで、みんなから離れて立ち、両手をポケットに入れている。〈シーザーズ・パレス〉のプレロール広告が流れる。視聴数は今や二百万回になろうとしている。

エスプラネードの光景が、たちまちアレックスをラスベガスに引き戻す。鎖骨に銃のストラップを感じ、香水のにおいの空気を嗅ぎ、ヘルメットのなかで自分の呼吸音を聞く。見たくはないが、動画から目をそらすことができない。画面ではクレイグが背後の通路を見るためにミラーを調節し、もうひとりのドライバーのロイ・フレッチャーが、人びとを寄せつけまいとしてエンジンをふかしている。ダイアンの顔に浮かんだ恐怖の表情を見て、詳細に見たいというアレックスの興味は消える。リンゼイが解説するあいだ、ダイアンの横顔を観察する。

「ねえ、この子は彼らのまえに歩いていって動画を撮りはじめたのよ。どうしてそんなことをしたのかしら?」
自閉症だからだ、とアレックスは思う。オートバイが大好きで、オートバイしか見てい
なかったからだ。ジェレミーはあらゆる新聞に載り、アレックスはあの年頃の自分を思い
出した。やせっぽちで、落ち着きがなくて、友だちがいなさそうで、強迫観念にとらわれ
ていた。画面上では、アレックスが大股で店から出てきて、迷惑な動画撮影者に顔を向け
る。エンジン音のなか、ジェレミーが恐怖のために荒く息を吸いこむ音が聞こえる。
「なんてこと(オー・マイ・ガッド)」ダイアンが言う。「これってほんとに現実にあったことなの?」
「もちろん」リンゼイが言う。「あらゆるニュース番組で流れたのよ。ほら、この部分な
んてぞっとしちゃう」

アレックスは口をつぐんだまま、手袋をした自分の手がカメラに伸びるのを見る。画像
がぶれ、母親がジェレミーを乱暴に引き寄せ、動画はそこで終わる。
「犯人たちはどうしてつかまっていないんだろう?」ピーターが訊く。
「さあ」リンゼイが言う。「ローリーならわかるんじゃない。取り憑かれてるから。この
話を本にしたがってるの」
「できればね」ローリーが言う。「聞いたところによると、警察には手がかりがないらし

い。犯人たちは今頃どこにいてもおかしくないよ」

アレックスは席をはずす。階上のバスルームでひとりになると、エンドツーエンド暗号化アプリを開き、〈ウィン〉の仕事のあとで装備を脱がせてくれた男にダイヤルする。三千マイル離れた場所にあるメキシコの沿岸部、リビエラ・マヤ地域の町トゥルムのヴィラのキッチンカウンターの上で呼び出し音が鳴る。ローブ姿のベン・キスラーが電話に出る。

「おれだ」アレックスが言う。

「わかってる」

「あの動画が広まってる」

「いいコンテンツだからな。エキサイティングだし本物だ。みんなああいうのが好きなんだよ。心配そうだな」

「心配じゃないのか？」

「時間をさかのぼって透視する機械でも発明されたのか？　あの動画のなかにおれが何を見たかわかるか？　匿名で厳密に実行された計画。すべてがうまくいっている。心配する理由はない。なぜそんなことを訊く？」

「今ディナーパーティにいる。ホストはデザートを食べながら客に動画を見せた」

「もっとおもしろ味のあるやつとつきあえよ」

「またバイクに乗っている夢を繰り返し見るんだ。たいてい、いい終わり方じゃない」

「現実はうまくいったじゃないか」

「あの若造はちがった」

「オーストラリア人の人力車引きか？　あいつはプランCだったこと、話したかな？」

「なんの話だ？」

「プランAは却下された。プランBももうこっち側の人間じゃないってことで却下された。その時点で決行まで三日しかなかった」

「知らせるべきだとは思わなかったのか？」

「そのころにはもうおまえさんはすっかり集中していた。よけいなことは考えさせたくなかった」

　アレックスは笑って首を振る。

「プランCはなかなかよかっただろう？」ベンが訊く。「名前もクレイグ（Craig）だし」

「やつは撃たれて、転倒しそうになった。おしまいだと思ったよ。〝つかまってろよ、相棒（マイト）〟それが後輪を横すべりさせて中央分離帯を飛ぶ直前にやつが言ったことだ」

「〝つかまってろよ、相棒〟か。いいじゃないか。クレイグに会ったときは気に入らなかったが」

「どうしてだ？」

「生意気なんだ。それに若い。二十二歳にしてもな」

「そうか」

「やつの電話番号は削除しないほうがいいってことか？」

「おれならしない。また同じバイクに乗るかもしれないし」

「覚えておこう。もうユーチューブ・クラブに戻っていいぞ。これからクリスチャンと本物のパーティに行くんだ。彼が支度をしろとどなってる」

「愉しんでくれ」アレックスが言う。

「そうする。ネットは見るなよ」

階下に戻るとテーブルにはだれもいない。アレックスはポーチで煙草を吸う者たちに加わるが、ピーターが差し出すジョイントは辞退する。マリファナは自己不信とパラノイアを急激に増大させるし、今夜はどちらも充分間に合っている。

カップルたちは玄関で長々と時間をかけて別れの挨拶をし、夏が終わるまでにまた集まろうと約束する。アレックスはローリーに柔術のプライベート・レッスンをすると空約束をして、ダイアンとともに玄関を出る。スーザンとピーターは手を振って、ドライブウェイを帰っていく。

「車はどこ?」ダイアンが訊く。

「街のワインショップの近くだ」

「うちはその途中よ」彼女は言う。「歩いて送って」

8

アレックスは無言のままダイアンと腕を組んでだれもいない通りを歩く。彼女は煙草を吸い、彼に考え事をさせておく。息子にも似たようなところがある。大勢の人とすごしたあとは沈黙を求めるのだ。歩いて家まで送ってほしいと言うなんて積極的すぎただろうかとも思うが、やがてアレックスが手をつないできて、笑顔で彼女を見おろす。

「ここよ」彼女は三階建てのヴィクトリア朝建築のまえで立ち止まって言う。「締めに一杯いかが？　それとも水がいい？」

「両方もらおう」アレックスは言う。

一階のアパートメントが彼女の住まいで、キッチンは木製のまな板の上で熟しているまるまるとしたエアルームトマトの香りがする。ダイアンは明かりをつけて音楽をかける。アコースティックギターに合わせて男がファルセットで歌う。

「オールド・ファッションドにはまってるの」

「いいね」アレックスは言う。

彼女は手早く材料を集める。慣れた動きだ——冷蔵庫から砂糖だけで作ったシロップを、コンロの横の棚からバーボンとビターズを、フリーザーから角氷二個を。アレックスはカウンターに中古品店の皿があるのに気づき、銀縁のオールド・ファッションド・グラスも同じ店で買ったのだろうかと思う。

「乾杯」彼女は言う。「ローリーがレッスンに来てたことは覚えてたの？」

「いいや、でもあそこには大勢の人が来る。口ぶりの割に興味はなさそうだった」

「彼は話を盛る人なの。彼が語りはじめたら、話半分に聞いておくべきだってリンゼイはいつも言ってる。飲み物のお味はいかが？」

「この街でいちばんの味だ」

「本物のカクテルバーを開けそうなほど？」

裏のポーチで足音が聞こえて、アレックスは身をこわばらせるが、ダイアンには聞こえていないらしい。

「だれか来る予定でも？」

「いいえ」彼女は言う。「そんなわけないでしょ。どうして？」

家の裏からガシャンという音がして、声を殺した悪態がつづく。アレックスはコンロのそばのマグネット式のナイフラックのほうに一歩移動し、大きな中華包丁に目をやる。ダイアンはためらいながらもとくに心配している様子はなく、カウンターに自分のグラスを置く。

「あれは息子よ。うちのポーチにサーフボードを置いてるの。紹介してもいいかしら?」

「もちろん」アレックスは言う。一日に何度予想外のことが起こるんだと思いながら。

ダイアンは裏口に行き、暗闇に向かって息子の名前を呼ぶ。

「わっ」彼は言う。「びっくりするじゃないか。起こしちゃった?」

「いま帰ってきたところ。こっちだってびっくりしたわよ。ちょっとはいって、会ってほしい人がいるの」

ポーチの階段をのぼるトム・アリソンは、まだ仕事用の服装をしている——ぴかぴかのウィングチップ、グレーのスーツのズボン、襟元を開けたワイシャツ。母の頰にキスをして、両手でダークブロンドの髪をかきあげ、なめらかな肌にまばらに生えた無精ひげをなでる。酒がはいっている。ゆるい笑みと焦点の合っていない目の輝きで、ダイアンにはそれがわかる。感じやすくて皮肉屋で、ワーカホリックのわたしの息子。

「会ってほしいって、今?」トムが訊く。

「ここに来てるのよ」ダイアンは息子の腕を取って言う。

ふたりはアレックスが冷蔵庫に貼られた写真を一心に見ているのに気づく。逆毛を立てた脱色ブロンドの二十代のダイアン、初めてのリトルリーグの試合でバットを肩に担いだトム、高校の卒業式のトム。ダイアンが息子を連れて戸口から現れ、アレックスは不安げな困惑した表情で顔を上げる。トムがキッチンの明るい光のなかに足を踏み入れると、アレックスは目を見開く。

「トム、こちらアレックス・キャシディ。アレックス、息子のトムよ」

「会えてうれしいよ」アレックスはわれに返って言う。「すまない、友人にそっくりだったものだから」

「よく言われます」トムはふざけて言う。

「今夜はどうだったの、ハニー」ダイアンが訊く。「愉しんだみたいだけど」

「そっちこそ」

「言うわね。ところで、明日はこっちに来る？　メラニーにブランチに呼ばれてるんだけど」

「明日はまずまずの波になりそうなんだ」じっと自分を見ているアレックスのほうを疑わしそうに見やりながら、トムは言う。「ボードを取りに来ただけだから」

「ローリーにあなたのことを訊かれたわ。今度街にいるとき、彼の新しいアシスタントを連れ出してほしいんですって」

「出かける時間がとれそうならローリーに連絡するよ。明日は数カ月ぶりの休みなんだ」

「じゃあ、引き止めちゃ悪いわね」彼女は言う。「寄ってくれてありがとう」

「会えてよかったよ」アレックスが言う。

トムはさよならと言って裏口から出ていく。アレックスはカクテルを半分流しに捨て、両手のひらを後頭部に当てて、無言でダイアンを見つめる。そのあいだに、彼女の息子はドライブウェイを引き返していく。

「何？」彼女は訊く。「なんなの？」

「トムの父親の写真はないと言ったよね。どうして？」

「なぜ訊くの？」

「死んだから？」

「な――なんでそう思うの？」

「若いころに死んだんだろう？　撃たれて？」

ダイアンはひるむ。「あなたには関係ないでしょ。どうしてそんな話になるのよ？」

「おれたちは一度会ってる。ＹＭＣＡでじゃない。農場でもない。アトランティック・シティで」

「いつ？」

「若いころ。〈ドックス・オイスター・ハウス〉で。きみはおれの友だちのクレイと店を出た」

　彼女の顔の中心から外に向かってショックが波のように広がっていき、唇が開き、目がまるくなる。「ああ、うそでしょ（オー・マイ・ガッド）」彼女は言う。

　アレックスはうなずく。サイレンの音が近づいてきて、目的地に到着して消える。

「あの夜のことでわたしが何を覚えていると思う？」ダイアンが言う。「子どもの父親に出会ったこと以外で？　あそこのマティーニはおいしかったってこと。あなたはマイアミ出身だと思ったけど」

「生まれはね。六歳のときアトランティック・シティに引っ越した」

「そこでクレイと知り合ったのね。彼から事情を聞いてたの？　それとも息子を見てわかった？」

「クレイから聞いていた。それに、あの写真のトムは彼にそっくりだ」

「ええ」彼女は首を振って言う。「怖いくらいでしょ？　わたしの遺伝子ははいってないんじゃないかと思ったものよ」

「子どもは堕ろすとクレイは言っていた」

「そのつもりだった。そうしたら、マナラパンの殺人課の刑事から電話がかかってきたの」

「スティーヴン・リッツォ刑事だね」アレックスが言う。

「名前を覚えてるの？」

「ずいぶん話をしたから。あの週のことはすべて覚えている。トムはどれくらい知ってるんだ？」

「あの子を未婚で産んだことと、クレイが死んだこと。自動車事故だったと話したわ、半分は事実だから。でもあの子は知ってると思う」

「何を知ってるんだ？」

「わたしが何か隠してることを。いい話じゃないってことを」

アレックスはそれについて考える。言いたくないのはわかるが、秘密にしているのは友人の思い出を汚すことのように思える。

「でも、言わないでおきたいの」ダイアンは言う。「あの子にひと言でも話したら殺すわよ」

「もちろん、話さないよ」アレックスはいかにたやすく心を読まれたかに驚きながら言う。

「クレイとは親しかったのね」

彼はうなずく。

「いっしょに仕事をしていたのね」

「ああ」

「あのとき現場にいたの？」

「遅かった」アレックスは言う。「間に合わなかった」

ダイアンはカウンターの上の汚れをじっと見て、親指の爪でこする。「帰って」彼女は言う。「わたし――ひとりになりたい」

「それがきみの望みなら」

彼女は顔を上げずにうなずく。

「ばかなことを言うようだけど、今日はすごく愉しかったよ」

「そうね」彼女は言う。

9

鹿が路肩の溝から道路に飛び出してきて、ハイビームのまぶしい光に凍りつく。アレックスは驚いた動物が動けるようになるのを待ちながら、トム・アリソンが母親のキッチンにはいってきた瞬間を回想する。クレイの引き締まった体つきと、クレイのブルーグレーの目と、話を聞きながら頻繁にまばたきをするクレイの癖。クレイはガールフレンドが妊娠したこと、説得して堕ろさせるつもりだということを親友であるアレックスに話していた。クレイが死んだあと、彼女が子どもを産んで育てていたとは思いもしなかった。死んだ友人に驚くほどそっくりな若者が、アレックスと握手して、まさに彼の父親ならそうしたように、明日の朝サーフィンに行く話をして帰っていくまでは。

アレックスがクレイ・ドハティに出会ったのは、アトランティック・シティのテキサス・アベニュー・スクールの登校初日だった。感謝祭まえの火曜日で、厚紙で作ったピルグリム・ファーザーズや手形で描かれた七面鳥が並ぶ廊下を、教頭に連れられてクック先生が一年生を教える教室に向かった。アレックスと母親が、おんぼろのシビックに天井まで荷物を積んでアトランティック・シティに着いたのは、そのまえの週だった。ふたりはマイアミから千二百五十マイルも車を走らせてきたのだ。食事とガソリン補給のために二度、車を出すときにアレックスの父親に野球のバットで割られた窓にゴミ袋をテープで貼るために一度止まっただけだった。クック先生にあなたの家族はどこから引っ越してきたのと訊かれたアレックスは、半サイズ小さすぎるスニーカーを見おろしてあいまいなことをつぶやいた。

「ごめんなさいね、よく聞こえなかったわ」クック先生は言った。「以前はどこに住んでたの？」

「それはママが話しちゃだめだって」アレックスは言った。

クック先生はすぐに話題を変えた。

ふたり組で作業をする時間になると、先生はアレックスにクレイ・ドハティを紹介した。この亜麻色の髪の人気者のトラブルメーカーなら、おとなしい新入生が友だちを作るのに手を貸せると思ったのだ。どちらの少年もブルース・リーの映画が好きだった。クレイは父親がボクサーだったからで、アレックスは悪いやつらを相手にするとき危険で恐れ知らずな男の気分になりたかったからだ。どちらの少年も問題のある家庭で育ったが、ふたりはそれぞれの家庭のあいだを行ったり来たりしながら、ひとつのそれなりにまともな子ども時代を経験した。両親がけんかをすると、クレイは荷物をまとめて、割れたガラスの嵐と相手を責めるどなり声が収まるまでアレックスのところに避難した。アレックスの家のつらい夜はもっと多かった。レイシー・キャシディは〈トロピカーナ〉のカクテル・ウェイトレスだった。息子は七歳なのだから、ドアに鍵をかけ、受付カウンターの電話番号をポストイットで電話に貼っておけば、仕事に出ているあいだアパートにひとりにしても大丈夫だろう、と彼女は判断した。レイシーの仕事が終わるのは午前四時で、運のいい夜は四時十五分には帰宅するが、勤務明けにカクテルを飲んで朝まで街ですごすことも多かった。四時半までに帰ってこなければ、日が昇るまで母には会えないとアレックスは知っていた。それでもたいてい母は息子を学校に送り出すために帰ってきた。そして、わずかな時間をいっしょにすごそうと、煙草のひどいにおいをさせながら、ときにはまだ煙草を吸いながら、息子のランチ用に角のデリで買ったバターロールの紙袋を持って、いきなり部屋にはいってきた。「起きなさい！」と彼女はどなった。錠に鍵が入れられる音を待って、彼がひと晩じゅう起きていたことなど知らずに。母親はスティレットヒールのせいでわずかにぐらつきながら、息子の服を選び、着るのに手を貸した。男が無言でソファに座って待っているときもあった。そういう朝、アレックスはリビングルームを避けたが、男たちァーのときもあった。レイシーが帰れなかったときや、冷蔵庫に食べ物がはいっていないとき、アレックスは自転車でクレイの家に行った。彼の存在は血の気の多い友だちの両親を落ち着かせる効果があった。

クレイの父親は三流のノミ屋だったが、アマチュア・ボクシングの大会、ゴールデン・グローブにも出場したことのある元ボクサーで、ガレージのサンドバッグで少年たちを鍛えた。ふたりはミドルスクールでレスリングをはじめ、彼らの親たちでも会費を払えるショッピングセンターのなかの道場で空手のレッスンを受けた。アトランティック・シティ・ハイスクールの二年生になると、レスリングのコーチに車でマーゲート・シティのボクシングジムに連れていってもらった。そこでは午前中に韓国人のブラックジャックのディーラーが柔道を教えており、週末には〈バンコク・カフェ〉のシェフがムエタイを教えていた。会費が払えないと、少年たちはたびたび早めにやってきては、床にモップをかけ、タオルを洗濯した。身長が伸びてたくましくなってくると、ふたりの対照的な性格は、それぞれが身につけた戦うスタイルにも反映された。アレックスは正確な攻撃をし、戦略的で几帳面だったが、クレイはリングにのぼるとまるで電動丸のこだった。長いリーチをもち絶妙なタイミングをこころえたアレックスは、柔道の投げ技や関節技が得意で、クレイはけんか腰で爆発的な攻撃をしかけてくる疲れを知らないレスラーだった。少年たちは絶えずお互いの弱点を掘り起こし、コーチを驚かせるほどの速さで上達した。けがをしていても、家族の危機や休暇や試験のときでも、ひたむきにトレーニングとスパーリングをつづけた。

クレイのおじは修理工の仕事のかたわら押し込み強盗をしていた。どちらの技術も甥に教え、甥は違法なほうの仕事に才能を発揮し、ハイスクールの三年になると親友も共犯者として引き入れた。小さなものからはじめた――マーゲート・シティのコンドミニアム、ロングビーチ・アイランドにぽつんと建つビーチハウス、オーシャン・シティに繫留されたヨット。クレイのおじは、近場では絶対にやるなと強く助言した。そのため、丸一年というもの、弟子たちは自分たちの家の裏庭に金鉱があることに気づかずにいた。

ハイスクールを卒業して三週間後、少年たちはアンジェラ・リッツォと〈トランプ・プラザ〉のバーにいた。薬物の問題を抱えたアンジェラはクレイの元ガールフレンドで、ホテルの客室清掃をしていた。アレックスとクレイはペプシでねばり、アンジェラはマティーニを飲んでマネージャーのことで文句を言った。バーテンダーが行ってしまうと、クレイは口の端から爪楊枝を取って言った。「アンジー、新しい客のこと、アレックスに話してやってくれよ」

「メキシコから来た夫婦なんだけど」アンジェラは言った。「すごい大荷物でさ。有名人か何かみたいで、どこに行くにも執事みたいな人を連れてるの」

「執事？」アレックスが訊いた。「ボディーガードだろ？」

「大丈夫、そいつは別の階で寝てるから。奥さんはあんたたちには信じられないようなダイヤモンドの指輪や、イヤリングや、ブレスレットや、金製品を持ってる」

「本物なんだろうな？」

アンジェラは吸っている煙草で別の煙草に火をつけた。「王さまが使うようなペントハウス・スイートに泊まってんのよ、アレックス。それに、まがい物の宝石だったらあたしだって見分けがつくわよ」

「夜には出かけるのか？」

「うん、でもそのときに押し入るなら、彼らが身につけてるものはあきらめることになるね」

クレイは微笑んだ。「ミス・リッツォの言うとおりだ」

「どうやったってかなり音をたてることになる」アレックスが言った。「しばらくはおとなしくしていよう。それだけの価値があることを確認しないと」

「あの男、あたしの手首ぐらいの太さの金のチェーンをつけてるのよ」アンジェラが言った。「あれならヨットでも繋げそう。毎日ちがうロレックスをつけてるし。ほんとよ、あんたたちが時間をかける価値はあるわ」

「あんたの取り分は?」

「五百ドルか二十パーセント、どっちか多いほう」

「おれはやるぜ」クレイが言った。「うまくいきそうな気がする」

アレックスは冷笑した。「彼らがなかにいるときにドアを蹴破るのか? だめだ。いないときにはいろう」

「パジャマ姿の夫婦ものなんてちょろいって」

「そのやり方でいくならアンジェラとやれよ」

「わかったよ、腰抜けめ。留守のあいだにやろう。アンジー、そのときは教えてくれるよな?」

ふたりは土曜日の午後と夜をクレイの家の地下室で、ニンテンドーをやりながら、ポップターツと冷凍ピザを食べてすごした。午後十時をすぎてから、クレイがバスルームにいるとき電話が鳴り、アレックスが出た。

「出かけたわ」アンジェラが言った。

「ノックした?」

「もちろん。がんばってね、あんたたち」

三十分後、クレイとアレックスは〈トランプ・プラザ〉の金ピカのロビーを通り抜けた。ポーカーのトーナメントがたけなわで、サングラスと深く被った野球帽で目を隠したふたりの若者を気にする者はいなかった。クレイとアレックスはカジノを突き進み、無人のエレベーターが来るまで数分待った。ぴかぴかの真鍮の扉が閉まる直前、その隙間に手がかかって、コカインでハイになり、ウォッカくさい息を吐き、スーツやカクテルドレスに煙草の煙をまとわせた、ふた組のカップルと同乗することになった。

「きみたち、トーナメントで大勝したのかい？」バラ色のレンズの金縁眼鏡を直しながら男が尋ねた。

「いいえ、ちがいます」クレイが言った。「今夜はツキがなくて」

「それなら戻るべきだ。まだ宵の口だよ」

「そんなこと、勧めるんじゃないわよ」男のガールフレンドがきついブルックリンなまりで言って、男の腕を赤いレザーのクラッチバッグでぴしゃりとたたいた。「あなたみたいに負けたらどうするの？」

つぎはツキがあるといいねと言って、カップルは二十階で降りた。エレベーターは上昇をつづけた。クレイはその場で飛び跳ね、アレックスはその横で鼻から深く呼吸しながらじっと立っていた。三九〇四号室は廊下のいちばん奥で、そこに着く直前、クレイが父親の三八口径のスナブノーズ拳銃（銃身の短いリボルバー）を背中のくぼみから左腰に移した。

「それだと武装強盗になるぞ」アレックスがささやいた。「懲役が何年か長くなる」

「懲役？　冗談言うなよ。そんなことになりっこないって」

アレックスは首を振って、胃のなかのパチパチと火が燃えているような感じに注意を向けた。そして、それを意識しながら呼吸した。ボクシングのコーチに教わった、試合まえに精神を落ち着かせるためのテクニックだ。クレイはドアに耳を押しつけたあと、動きを止めた。

「どうした？」アレックスが口の動きだけで訊いた。

「何か聞こえた気がする」

「確認しろ」

クレイは手早く解錠したが、ドアが開くと、スイートのすべての照明がついていた。窓を背にして白いレザーの椅子に、ダクトテープで縛られ、猿轡（さるぐつわ）をされたカップルが座っていた。ドアが開く音に、赤い〈トランプ・プラザ〉のウィンドブレーカーを着たふたりの男がさっと振り向き、ウェストバンドにはさんだ銃に手を伸ばした。が、クレイの銃はすでに出ていた。

「そこまでだ」彼は言った。「手を上げろ。早く」

男たちはゆっくりと従った。ひとりは濃い口ひげをたくわえ、朝剃った部分のひげも目立ってきており、両手にごつい指輪をはめていた。きれいにひげを剃った、肩までの長さの髪をひとつにまとめているもうひとりの男は、威嚇するように少年たちに微笑みかけた。

「どうすりゃいいんだよ?」ふたりの男に交互に銃を向けながら、クレイが小声で言った。

「やつらの銃を奪うんだ」アレックスが言った。「援護しろ。おれがやる」

アレックスが近づくと、男たちは互いに顔を見合わせた。彼らはクレイの不慣れさや声の震えに気づいていた。やがて、ひげのないほうが小声で何かつぶやいた。スペイン語に堪能なアレックスが、〝ポル・ラス・ピエルナス〟は〝脚をねらえ〟という意味だと説明する時間はなかった。口ひげの男が飛びかかろうとするのを見て、アレックスはクレイの名を叫んだ。クレイはカーペットに向けて一発撃ち、銃を下ろして男の背中に覆いかぶさると、男ごとブレイクダンサーのように背後に倒れ、床を蹴ってボディロックをかけた。ひげのない男が銃に手をやっているのを見たアレックスは、頭にハイキックをお見舞いした。男は体を硬直させたあとくずおれ、意識を失うと動かなくなった。床に倒れたときはまだ目を開けていたが、すぐにアレックスが上になってパンチを雨あられと繰り出したので、男の頭はカーペットの上で何度も弾んだ。自分の下の体がぐったりすると、アレックスは両手をさすりながら立ち上がった。クレイはもうひとりの男をいとも易々とうつ伏せにしたが、男はまだ抵抗していた。アレックスはクレイの名前を呼んで、床から四五口径オートマチックを拾って放り、クレイはスライドをつかんでそれをキャッチした。首に銃口を感じた男は凍りついた。アレックスが部屋を見まわすと、女が目を合わせ、コーヒーテーブルの上にあるダクトテープのロールにあごをしゃくって見せた。ふたりの男を縛って猿轡（さるぐつわ）をかませたあと、アレックスとクレイは立ち上がって呆然と顔を見合わせた。クレイの帽子とサングラスが床に落ちていた。顔に手をやったクレイはその手に血がついているのを見て、足元の男のあばらに二発蹴りを入れた。カップルは興奮気味に目を見開いてただ見ていた。アレックスはクレイの三八口径を拾って女に向けた。

「ここにはほかにだれがいる？」

女はベッドルームのほうにあごをしゃくった。そこではボディーガードがベッドにつながれていた。そのそばには、開いたスーツケースがふたつあり、中身は真空パックにされた煉瓦状の白い粉だった。

「こいつはたまげた」クレイが言った。「ジャックポットだぜ」

アレックスは手のひらを首に当てた。「おそらく彼らは――」

だれかが懐中電灯か警棒でドアをたたく音がして、少年たちはさっと振り向いて銃をかまえた。廊下から男の声が聞こえてきた。

「ミスター・サンドバル？　警備員です。開けてください」

アレックスはつま先歩きでドアに向かい、覗き穴から外を見た。

「警備員だ、ひとりじゃない」ささやき声で言った。「バッジも何もかもある。女のテープをはずせ。ドアのところに行かせるんだ」

「だめだ」

「サンドバルは無事だと思わせるんだ。無視すれば応援を呼ばれる。窓ガラスを撃って飛び降りたいのか？　早く彼女を自由にしろ」

またノックの音。「ミスター・サンドバル？　何も問題はございませんか？」

アレックスは三八口径の銃口を女の眉間に突きつけて言った。「何も問題はないと言え、いいな？」

彼女は力強くうなずき、床の上の男たちを見おろしてから、バスルームのほうに顔を動かした。アレックスが男たちを見えないところに引きずっていくあいだに、クレイが彼女を引き受けた。猿轡がはずされると、彼女は大きく口を開けて返事をした。「ちょっと待ってくださる？」わずかにイギリスのアクセントがある落ち着いた声で、いかにも風呂から出てきたばかりのように聞こえた。クレイが腕を離すと、女は鏡のまえに行って、にじんだ口紅を拭った。

「ごめんなさいね」ドアを開けて女は言った。「夫が暗闇でつまずいて、ナイトスタンドを倒してしまったのよ。ひどい音だったでしょう。ご近所さんたちに謝っておいてちょうだい」

「いえ、その――ええ、実は苦情がはいっていまして」警備員は言った。「壊れたものはありませんか？　ご主人におけがはありませんでしたか？」

「とにかく恥じ入ってるわ。今はバスルームよ。主人と話します？」

「いえ、けっこうです。ですが、くれぐれもお静かに願います。深夜ですので」

「わかったわ」彼女はそう言って、たたんだ百ドル札をポケットから出し、ドア越しに差し出した。「ほんとうにごめんなさいね。ご心配おかけしました」

彼女はドアを閉めると、その場で遠ざかる警備員の足音に耳をすました――小柄できりっとした顔立ちの女で、手は小さく、短い黒髪をうしろに流している。ネイビーのシルクのジャンプスーツは、金のメッシュのベルトでウェストが絞られていた。おれの母親であってもおかしくない歳だ、とアレックスは思った。エレベーターの音がすると、彼女はバーのところに行って、三つのグラスにウィスキーをストレートで注ぎ、ふたつを少年たちに勧めた。

「さてと」女はそう言うと、さっきまで縛られていた椅子にまた座った。「これで話ができるわ。座ってちょうだい」

彼女の夫がうなり、テープで縛られたままもがいたが、女は気にしなかった。クレイとアレックスは恐る恐る夫のほうをうかがいながら、それぞれソファに座って銃を膝に置いた。

「あなたたち、何者なの？」女は訊いた。

少年たちはどう答えるべきかわからず、顔を見合わせた。

「ほんとうに絶妙なタイミングで来てくれたわ」彼女はサイドテーブルにあったパックを取って、煙草に火をつけた。「こういう状況だから、腹を割って話しましょう。何が目的で来たの？　宝石？」

アレックスはうなずいた。

「なるほど。予想以上の収穫だったわね。あなたたちの選択肢について話し合いたいんだけど、いいかしら？　ひとつ、目的のものを手にして立ち去る。ベッドルームで見たものを持っていくなとは言えないけど、その場合、夫とわたしに追われることになるでしょう。わたしたちはあなたたちの顔を見ている。それに、あなたの名前はたしか、クレイだったわね」

「あんたたちを撃ってもいいんだぜ」クレイが言った。「そのあと、すべてをいただく」

女は見くだすように笑った。「三つ目の選択肢は、おそらく全員のためになると思う。今夜いくらかせげると思ってた？　三千？　五千？」

「そんなところだ」アレックスが言った。

「それを現金でもらえるとしたらどう？」

「悪くないな」クレイが言った。

「よかった（ブェノ）。ではそうしましょう。ところで、わたしの名前はマリセル。こちらは夫のロベルト。あなたたちはクレイと――」

「アレックス」クレイが言った。

「アレックス、夫のテープをはがしてもらえるかしら？　数ではあなたたちに勝てないし、見てのとおり彼は丸腰よ。なんの脅威にもならないと請け合うわ」

「ほかのやつらはおれたちが帰るまで縛られたままだな？」アレックスが言う。

「もちろん」

アレックスに三八口径を向けられたまま、クレイに口からテープをはがされたロベルトは、悪態をついてつばを吐いた。縛めを解かれるとゆっくりと立ち上がり、髪をなでつけて黒いシルクシャツのボタンを留めた。動作はゆっくりで抑制されていたが、口元は震え、目には怒りがみなぎっていた。ロベルトはバスルームに行って、うつ伏せになっているひげのない男をまたぎ、あごと後頭部を押さえて何やらスペイン語でささやいた。首がボキッというまでひげなし男の頭をひねると、男は肩越しにうしろを見るような姿勢のまま痙攣した。アレックスはひるんだ。男の相棒はテープでふさがれた口で殺さないでくれと訴えた。ロベルトはバスルームのドアを閉め、マリセルは使用済みの札束をふたつ持ってベッドルームから戻ってきた。

「はい、五千ずつ」彼女は言った。「これは好意のしるしよ。歳はいくつなのか訊いてもいいかしら？」

「十八だ」アレックスは言った。「ふたりとも」

「あんな戦い方をどこで習ったの？」

「このあたりで」

「何を恐れていたの？」アレックスが肩をすくめて座り直すと、彼女は微笑んだ。「その質問のほうがあの男たちより怖いみたいね。ほんとうに、今まで不思議なほど落ち着いて見えたのに」

アレックスはまた肩をすくめた。そう見えていたとしても、彼は落ち着いてなどいなかった。アレックスと母親がマイアミから逃げる原因となった父親は、背の高いイタリアンレストラン経営者で、かなりサディスト的傾向があり、白い麻のスーツとコカインをこよなく愛していた。彼はガールフレンドと息子を殴ったが、怖がっているのが明らかなアレックスに対してはとくにひどかった。恐怖をあらわにするとぶたれ、怖がっているように見えれば見えるほど殴られた。アレックスはどきどきすると冷静を装うようになり、やがて暴力に直面すると自然と冷静さがにじみ出るようになった。

ロベルトがバスルームから現れて、うしろ手にそっとドアを閉めた。

「仕事はほしくない？」マリセルが尋ねた。

「なんだって？」クレイは笑って言った。

「ここからそう遠くないところにある小さな空港がらみの取引をはじめるところなのよ。そこでこれから何週間か手伝いが必要なの。もちろん、興味があるならだけど。付帯条件はなし。見返りは求めない」

「おれたちに仕事を世話しようっていうのか？」

「冷静に対処できて、人目を引かない運転手が必要なの。ハンサムな若い白人（グリンゴ）なら理想的ね」

「運転手？」アレックスが訊いた。「空港で何をやるんだ？」

「飛行機が着陸する。取引が成立する。飛行機はまた離陸する。そのあとは、日によってニューヨークかアトランティック・シティに車を走らせなくちゃならないの。その旅一回に千五百ドル出すわ」

「旅一回で二千ドルがいい」クレイが言った。「分けるのが楽だ。数学は苦手なんでね」

マリセルは微笑み、ベッドルームでスーツケースが無事か確認している夫に向かって声をかけた。「ロベルト、一回につき二千（ドス・ミル・ポル・ビアヘ）でいい？」

ロベルトはうなずいた。

「いいでしょう」彼女は言った。部屋のなかを歩いて、ホテルのメモパッドに鉛筆で何か書いた。「この番号に明日電話して。最初の飛行機が到着するのは来週よ。さて、わたしたちはこれからまだやることがあるから、今夜はこれでさよならということで」

エレベーターを待つあいだ、クレイは帽子とサングラスをはずした。

「じっとしてろ」と言って、アレックスはクレイの目の上の、今や開いた口のように見える腫れた切り傷から血を拭った。

下降するエレベーターのなかで、アレックスは恐怖についてのマリセルの質問を反芻（はんすう）した。彼女に見抜かれたことで、たとえ正しくないことだとしても、提示された仕事は避けられない道なのだと思えた。受け入れることは、ドアを通り抜けたあとで、そのドアもそれを支える壁も消えるのを見るようなものだった。いま彼は別の、さらに広い部屋にはいったのだ。ほかに行くところはどこにもなかった。報酬は法外で、理解を超えていた。車は空港でドラッグを満載するのだろうし、それがいちばん気になった。ドラッグのせいで彼の父親は偏執狂になり、虐待好きな暴君になり、一度ならず彼の母親を殺しそうになったのだ。だがこれで、ドラッグがそのツケを払ってくれるかもしれない。

ふたりはエレベーターを降りて、土曜の夜で最高潮ににぎわっているカジノのフロアに出た。出口に向かって歩いていると、だれかがアレックスの肘をつかんだ。振り向いてこぶしをにぎると、目のまえにいたのは、先ほど部屋に向かおうとしてエレベーターを止めた男だった。

「言ったとおりだったろ?」男は少年たちを示しながら、仲間たちに向かってどなった。「やっぱり抵抗できなかったんだ。戻ってきたぞ」

10

アレックスが帰ったあと、ダイアンは酒を飲み干し、お代わりを作る。今なら彼のことを思い出せる。初めて会った日の、目にかかるほど髪を伸ばした、シャイで無口なニキビ肌の少年を。二十四年後の今はほとんど面影がない。今はまだ、彼とトムの父親とのつながりを頭が処理しきれない。どうしてこの手の男に一度ならず二度までも出会ってしまったのだろう。

クレイと、そしてほんの一瞬アレックスと出会ったあの夏の土曜日、アトランティック・シティに行く予定はなかった。あの朝、ダイアンは友だちと車でマーゲイトの海辺の町に行き、手入れの行き届いた裏庭でおこなわれたささやかな午後の結婚式のために働いた。花婿は六十代で、花嫁もそれよりたいして若いわけではなかった。ダイアンはバーのうしろに立って、静かで落ち着いた式の進行に感心していた。涙ながらの情熱的な誓いはないし、ふたりがいかに完璧なカップルかというまじめなスピーチもない。披露宴は早めにお開きになり、ケータラーたちが残りもののシャンパンを飲んでいると、だれかが車でアトランティック・シティに行って〈ドックス・オイスター・ハウス〉のマティーニを飲もうと言いだした。ダイアンは最初こそ丁重に断ったが、二杯のシャンパンを飲んだあとはステーション・ワゴンの後部座席に座って、ヴェントナー・アベニューを北に向かっていた。〈ドックス〉は涼しくて暗く、七月の暑さから逃れられるのがありがたかった。バーは混んでいて、六人のケータラーは牡蠣をちりばめた山盛りの氷のそばの三つのスツールのまわりに陣取った。ダイアンの横に、ブロンドの髪を長く伸ばし、耳にゴールドのリングをはめた、青い目の若者が立っていた。左目が血走っていて、まわりが青あざになり、その上の眉に大きな絆創膏が貼られている。ダイアンが傷をじっと見ているのに気づくと、彼はやたらとまっすぐな白い歯を見せた。ダイアンはこれに弱いのだ。目が合ったが、のどがつかえたようになって、すぐに目をそらした。

同僚たちは牡蠣を注文したが、大皿がダイアンのところにまわってきたときには、レモンはすべて使われたあとだった。バーテンダーを呼ぼうと手を振ると、目にあざのある若者が、自分のウォッカのソーダ割りからくさび形のライムを取って、彼女が手にした牡蠣の上で絞った。ダイアンは笑い、彼に礼を言った。

「ここのサービスはひどいんだ」

「教えてくれてありがとう」

「このあたりの人じゃないね」

「ええ」彼女は言った。「そうよ。目をどうしたの？」

「金属との折り合いが悪くてね。強そうに見える？」

「いいえ」彼女は言った。「つきあいにくそうに見える」

若者はクレイといった。隣にいる長身の若者も紹介されたが、彼はクレイがダイアンと話すあいだ、自分の飲み物をちびちび飲むことで満足しているようだった。どちらの若者も未成年に見えたが、バーテンダーとは知り合いらしかった。常連たちがはいってきて、人との間隔が密になった。ダイアンがクレイに同僚たちを紹介すると、クレイはたてつづけにみんなに酒をおごり、だれとでも苦もなくしゃべり、ときどき彼女のほうを向いては、秘密を共有するかのようにずるそうな笑みを見せた。

「みんなとはぐれちゃったみたい」一時間後、バーの奥の壁にもたれ、彼女の肩に肘をのせたクレイとディープキスをしていたダイアンは、一時休憩して言った。

「よし」クレイは言った。「じゃあ、ここから出よう」

外の歩道に出たふたりは、遅い午後の陽射しにたじろぎ、笑いながら目の上に手をかざした。クレイは彼女の手を取って水辺に向かった。人でいっぱいのボードウォークの潮風に、屋台のファネルケーキと綿菓子の砂糖のにおいが混じり、下の砂浜には色あざやかなパラソルが点在していた。カモメが鳴き声をあげ、食べ物に向かって急降下した。

「あなたいくつ？」ダイアンが訊いた。「バーでお酒を飲んでも大丈夫なの？」

「充分な年だと言っておくよ」

「その目、ほんとはどうしたの？」

「言ってもきっと信じてくれないよ。走って逃げるかも」

「言ってみて」

「やめておくよ。まだつきあいにくそうに見える？」

「正直、だんだんいい感じに思えてきた」

「ねえ、腹減ってない？」クレイが尋ねた。「イタリア料理は好き？」

ふたりは酒屋に寄って、分厚いプレキシガラスの向こうにいる男から赤ワインをひと瓶買い、男はクレイにおじさんは元気かと尋ねた。

「どこに連れていくつもり？」静かな住宅地の通りを歩きながら、ダイアンは訊いた。

彼は前方のブロックにある、白い下見板張りの建物を指さした。建物のまえではエンジンをかけたままのリムジンが何台か停まっている。運転手たちは歩道の上で煙草を吸いながら雑談し、カーステレオからはフランク・シナトラが流れていた。クレイはダイアンを連れて家をまわりこみ、何も書いていないドアを通って、ボクサーや映画スターや地元政治家のサイン入り写真が並ぶ階段室を降りていった。階段を降りきると、分厚いカーテン越しに混み合ったレストランの喧騒が流れてきた。地下のダイニングルームにはテーブルがきちきちに詰めて置かれ、低い吊り天井が、前菜やパスタの皿、山盛りの副菜、ワインのボトルの上に覆いかぶさっていた。客はフレンチカフスのシャツを着た色黒のどっしりした年配の男性と、手の込んだ髪型をして大量の宝石を身につけた女性たち。だれもが同時に笑っているようだった。

「ミスター・ドハティ」案内係の女性がクレイに言った。「事前に電話してくれって何度言えばわかるのよ？　ついてきて」

ウェイトレスはメニューの代わりに大量のイタリア料理の名前を暗唱した。クレイとダイアンはひと山のイカと、バターで焼いた仔牛肉のチョップにトマトソースととろけるプロヴォローネ・チーズをかけたものを分け合った。ワインは蒸発するようになくなった。どら声のシェフが重い足取りで挨拶にやってきて、ボトル半分のシャルドネをテーブルに置いていった。

「お代わり自由に」クレイがグラスを掲げて言った。

夕食後、ふたりは手を繋ぎ、腕を組み、街のあちこちを歩きまわった。アイリッシュバーから地下のナイトクラブ、マリーナに繋留されたヨットの上の隠れ家カジノまで。バーテンダー以外はだれも目にはいらず、そのバーテンダーが提供する酒を、ダイアンは自分の口とクレイの口で味わった。最後の立ち寄り先は〈トロピカーナ〉で、鳴りつづけるスロットマシンと、点滅する光と、浮かぶように運ばれていく、トレーに満載されたカクテルがぼやけて見えた。クレイがポケットから巻いた分厚い札束を出してルーレットをやった。ダイアンが連続で当たりを出したあと四百ドルまで勝って、全部を黒にかけて失うまで。ディーラーにすべてのチップをレーキで持っていかれると、彼女はその場に立ったまま、真っ赤になって凍りついた。

「どうしよう（オー・マイ・ガッド）」彼女はささやいた。「ごめんなさい」

「何が？」クレイが訊いた。「つぎはブラックジャック？　クラップス？」

「どうかしちゃったの？」

「それとも階上（うえ）に行く？」

部屋——いつ部屋を取ったのだろう？——からは、分厚く暗い模様ガラスのような海が半月の下に見えた。ダイアンはバスタブのなかでクレイにもたれて眠ってしまい、彼がタオルにくるんでベッドに運んだ。

ノックの音と、一週間ぶんはありそうな大量のルームサービスで目覚めた。朝食のあと、ふたりはまたベッドに倒れこんだ。どちらもコンドームを持っていなかったが、クレイは気をつけると約束した。

三週間後、生理が遅れていることに気づいた。

最初はクレイに何も言わずに堕ろそうと思ったが、不本意ながら電話で彼にそのことを伝えた。驚いたことに、クレイは産んでほしいと言い張った。彼女がほしいだけいくらでも援助すると誓った。稼ぎならあるし、これからもっとはいってくることになっている、と言って。ダイアンは拒絶した。お金の問題ではない、と彼女は言った。準備ができていないし、お互いほとんど知らない仲だ。クレイは激怒した。マーゲイトで会ってランチをすることになり、そのあとレストランの外の路上で言い合いになった。彼女がひとりで決めるべきことではない、と彼は言った。「くそくらえ」彼女は言った。「なめないでよ」クレイは手を上げたが、ダイアンはひるまなかった。「やりなさいよ」彼女は言った。「これまで殴られたことがないと思うの？」クレイは自分を恥じて背を向けた。

二日後、彼からの電話が途絶えた。三日目、電話しても折り返してこなくなった。よかった、とダイアンは思った。これであいつの正体がわかった、やることが楽になる。五日目、電話が鳴った。電話してきたのはクレイではなく、マナラパン郡区警察の刑事で、クレイの名前を出し、彼とはどういう関係なのか、メニューの切れ端に書かれたこの番号——

――彼女の番号――がなぜクレイの財布にはいっていたのかと訊いてきた。

「どうして？」彼女は訊き返した。「それのどこがおかしいんですか？」

11

ラミレスは空き室だらけのオフィスビルの会議室で情報提供者に会う。クレイグは保釈されている。留置場で七十二時間すごしたあと、弁護士なしで全面的に協力することに同意したのだ。犯人逮捕につながるたしかな情報を提供すれば起訴はされない、とハリスは彼に話した。罪状認否で、判事はクレイグにパスポートの没収と市外に出ないこと、ハリスおよびラミレスと定期的に会うことを命じた。ふたりは今〈イン・アンド・アウト・バーガー〉からテイクアウトしたランチを食べながらクレイグのまえに座っており、温かい部屋には油のにおいが満ちている。

「腕の具合は？」ラミレスが尋ねる。

「新品同様さ、相棒（マイト）。訊いてくれてどうも」

「もう一度おさらいしよう」ハリスが言う。「最初に〈グラフ〉襲撃の話を聞いたのはいつだ？」

「何週間かまえ、ロイに誘われてビールを飲みに行った。おれが興味を持ちそうな仕事があると言われた」

「ロイというのは？」

「ロイ・フレッチャー、職場の上司だ」

「もう一台のバイクに乗っていたのがロイだな？」

クレイグはうなずき、ケチャップに浸したフライドポテトを口に詰めこむ。

LVMPDはクレイグの逮捕後ロイを調べていた。〈シン・シティ・モーターースポーツ〉の取締役で、ヘンダーソンにある寝室三つの家に、妻と五歳の双子の娘たちと二匹のロットワイラー犬とともに住んでいる。午前八時から八時十五分に出勤し、午後五時ちょうどに職場を出て、車でまっすぐ帰宅したあとは犬を散歩させ、裏庭で子どもたちを乗せたブランコを押す。前科なし、犯罪者との関わりなし、とくに金遣いが荒くなってもいない。クレイグによると、ロイは〈ウィン〉の仕事についてはアリバイがあるという。問題の午後、彼といっしょにレッド・ロックにハイキングに行ったとふたりの友人が証言しているのだ。ロイは四十四歳で、クレイグよりもずっと抜け目がない。

「どうしてロイがおまえみたいなご立派な若者にあんな仕事の話をするんだ？」ラミレスが訊く。「おまえが興味を持つかもしれないとどうしてわかる？」

「おれが故郷でちょっと問題を抱えてるって、ロイは気づいていたんだと思う」

「もっとくわしく」ハリスが言う。

「アデレードで銀行強盗の運転手をやったんだ。記録は封印されてるけどね。未成年だったから」

「うまくいったのか？」

「運転のこと？　うまくいったよ。あとでしゃべったやつがいたんだ」

「いつもついてないやつだな」ラミレスが言う。「故郷では何回運転手をやったんだ？」

「一回だけだよ」

「信じよう」ハリスが言う。「ベガスの話に戻るぞ。ロイはどんな仕事だと言ったんだ？」

「ダイヤを盗むのが目的だと言った。大金が関わる、プロの仕事だ。おれたちの役目はやつらが無事にはいって出られるようにすることだって」

「それで、おまえはなんと答えた？」

「五万ドルだぜ？　ぜひやらせてくれと言ったよ」

ラミレスは冷笑する。「五万ドル？　運転するだけで？」

「いいものは値が張るんだよ、相棒」

「ロイは元締めがだれだか言ってたか？」ハリスが訊く。

「名前は教えてくれなかった」

「だがおまえはそいつに会った」ハリスは手帳のページを戻す。「おまえが言ってたゲイの男だな」

「ああ」

「どうしてゲイだとわかった？」

「ゲイバーで会ったから。やつにナニをつかまれた」

「職場でのハラスメントで訴えたか？」ラミレスが訊く。「この件が落ち着いたら真っ先にするべきだな」

「ゲイバーの名前は覚えてるか？」ハリスが訊く。

クレイグは首を振る。「スイングドアがあったな、西部劇で見るようなやつが。それと、壁に〝ライフスタイル〟がどうとかいう看板があった」

「〈バッドランズ・サルーン〉か」ラミレスが言う。

「そう、それだ」

「〈バッドランズ〉とは昔つきあいがありましてね」ラミレスがハリスに言う。「あそこは信用できる。防犯カメラも豊富だし」

「おまえとロイは〈バッドランズ〉に行ったと」ハリスが言う。「おまえを雇ったやつに会いに。それからどうした？」

「朝食の集まりだ」クレイグが言う。「八時をすぎたばかりだった。バーに客はいなくて、おれたちとバーテンダーだけだった」

「相手の男は先に来ていたのか？」

「ああ、奥のテーブル席にいた。でかい男で筋肉もりもり、両腕じゅうにタトゥーがあった。ハゲ頭にあごひげ。おれと握手をしてソーダでも飲むかと訊いた。おれの歳をからかってのことだと思う」

「いっしょに仕事をする仲間の話は出たか？」ハリスが訊く。

クレイグは首を振る。「いいや、相棒。話さないさ。それははっきりしてた――おれたちは仲間の名前を知ることも顔を見ることもない。向こうに話しかけられないかぎり口もきくなと言われた。そういうことはすべてまえもってロイから聞いていた」

「ということは、ロイは以前にも彼らと仕事をしたことがあったのか？」

「はっきりとは教えてくれなかった」

ロイはクレイグの質問をすべてかわし、〈バッドランズ〉に行けば何もかもわかると言った。そして、二時間かけて徹底的に説明がなされた。クレイグによると、ハゲの男は交通監視カメラを撃つ役目を負っていたという。

「それで、なんでその男はおまえのナニをつかんだんだ？」ハリスが訊く。

「質問のしすぎだってさ。駐車場でおれたちが組み立てたバイクを見せてるときだった。ロイはサスペンションを調節するために、うしろに乗るやつらの体重を訊いた。そいつらは英語を話せるのか、とおれは訊いた」

「なぜそんなことを訊く？」

「東ヨーロッパのやつらなんじゃないかと思ったんだ。モンテネグロとかセルビアとか。ヤバい（ペアー・シェイプト）ことになったとき、やつらの言うことが理解できるのかたしかめたかった」

「洋ナシ形（ペアー・シェイプト）？」ラミレスが訊く。

「おもしろいだろ。失敗したときってこと」

「それで、どうなった？」

「股ぐらをがっつりつかまれたのさ、相棒。もぎとられるんじゃないかと思ったよ。それで〝どうだ、愉しいか？　おれもだよ〟ときた。なんでそんなことを訊くんだと言われたから、好奇心だと答えた。そしたら〝好奇心は猫を殺すって言うぜ、若いの〟だってさ。ふざけた口をたたかせるなとロイに注意してた。あとはおれの頬をはたいて終わり」

「そのあとは彼に会ってないのか？」ハリスが訊く。

「仕事が終わった直後までは」

「もう一度あの日のことを話してくれ」

クレイグは午前中バイクに乗ってすごした。そのあとロイとノース・ラスベガスの倉庫に向かうと、自分たちが使うギアが用意されており、後部に同乗するライダーたちが、ライダースーツ姿でUホールのトラックのそばでストレッチをしていた。クレイグとロイがインターコムとヘルメットをつけると、背の高いほうの同乗者がマイクのチェックをした。

「彼はなんと言った？」ハリスが訊く。

「聞こえたら手を上げろ」

「声を聞いたのはそのときだけか？」

「いいや。仕事の途中で話しかけてきた。ていうか、怒られた」

「それはいつのことだ？」

「店から出てくる直前だ。目のまえでガキが動画を撮ってたから、やめさせようかと訊いたんだ」

「なんと言われた？」

「思い出せない」

ラミレスが言う。「なんとか思い出してくれ」

クレイグは指で奥歯から食べかすを取り除く。今朝の彼はやたらと生意気で、新品のスリーピーススーツのように訴追免除への自信を身につけている。いま記憶を呼び覚まそうとしている彼はさらに若く見える。

「ガキに指一本でも触れたら、おれを撃つって言ったんだ」クレイグが言う。「天気の話でもしてるみたいに、すごく冷静だった。あれはアメリカのアクセントだ」

「もうひとりの男は？」ラミレスが訊く。「彼も何か言ったか？」

「男かどうかたしかじゃない」クレイグは言う。

ラミレスは笑う。「なぜだ、そいつにもナニをつかまれたのか？」

「ただの勘だよ、相棒。とにかく、背の高いほう——おれがうしろに乗せてたほう——があんたたちの捜してる男だ」

「どうしてそう思う？」ハリスが訊く。

「何かまずいことになったら彼についていって、指示に従うことになってたから。ハゲの男は彼が何かの導師（グル）みたいな言い方をしてた。それに、彼をロイじゃなくおれのうしろに配置した」

「どういう意味だ？」

「バイクの運転はおれのほうがうまい」

「そうなのか?」ラミレスが訊く。

「ロイがちがうと言うなら、うそをついてるってことだ。でも、うそはつかないと思う」

「わかった」ハリスが言う。「ロイはうしろの男だか女と倉庫に戻り、おまえは背の高い方をカークランドで降ろした。それからどうした?」

「ロイとおれは彼の友人のガレージで落ち合って、バイクを分解した。部品はまえの週にオンラインで売りに出していて、燃やせないものにはすべて買い手がついていた。まだあったかいうちに荷造りしたものもあったよ」

「だれの考えだ?」ラミレスが訊く。

「当ててみなよ、相棒」

「そのあとは音沙汰なしか?」

クレイグは首を振る。

「なら、なんでやつらがまた連絡してくると思うんだ?」ハリスが訊く。

「おれが大通りからはずれたところは見た?」

「おまえが警官ふたりを轢きそうになったシーンか?」ラミレスが訊く。「ああ。見たよ」

「悪かったと伝えてくれ。即興でやるしかなかったんでね」

「だからまた別の仕事の話が来ると思うのか？」

「やつらはいい仕事がどういうものか知ってる」クレイグは言う。「きっと電話してくるよ。見てなって」

「せいぜいそう願ってろよ」ハリスが言う。「〈バッドランンズ〉の防犯カメラで何もわからなかったら、おまえはなんの役にも立たないってことになるからな」

12

曇って湿気の多い日曜日の朝、アレックスはジム用の短パンにラッシュガード姿で、小ぶりの黒いダッフルバッグを手に自宅の田舎家を出る。車に向かう途中、立ち止まってスニーカーの紐を結び直し、落ちていた棒切れを草のなかに放る。バッグのなかは〈プリンストン・ブラジリアン柔術〉の近接格闘クラスで教材として使うゴム製のナイフやダミーの拳銃でいっぱいだ。車を走らせながら、ダイアンとディナーパーティに出た家を通りすぎる。あの翌朝彼女に送ったメールは十回以上読み返した——きみとすごしてとても愉しかったともう一度言いたくて。きみが必要なだけ距離を取るつもりだが、話したければいつでも連絡してくれ。八日たつがまだ返事はない。つきあっていた背の高いイベントプロデューサーのことを友人たちに訊かれたら、彼女はどう話すつもりなのだろうか。きっともう連絡はもらえないだろう。

駅の近くのショッピングセンターにあるマーシャルアーツ・スクールのドアを開けてな

かにはいると、そこはまるでサウナのようで、汗まみれのポリウレタン素材のにおいがたちこめている。引退した消防士が地元の総合格闘技の有名選手のためにパッドをかまえ、マットの上では十人以上が、絞め（チョーク）や固め（ロック）や返し（スイープ）といった組み技の稽古をしている。アレックスは何人かと握手をし、座ってストレッチをする。膝を両側に開き、足の裏を合わせるバタフライポジションで入り口に背を向けているとき、もうひとりのインストラクターが新規の生徒に向けたスクールのお決まりの口上を述べはじめる。アレックスが肩越しに見ると、トムとダイアン・アリソンが権利放棄の書類にサインをしている。

「やあ」アレックスはぎこちなく手を振って近づく。「ミッチ、おれが代わろう。会えてうれしいよ。どうしてここへ？」

「わたしはジムが大嫌いなんだけど」ダイアンは言う。「トムの同僚がここをべた褒めしてて。レッスンスケジュールであなたの名前を見て、来てみようかと思ったの」

アレックスはすばやく考える。教える予定でいた〝武器を所持した暴漢に襲われたときの防御法〟では、最終的に暴漢役は床に倒れてこめかみに銃を向けられることになる。あの動画を見たときのリアクションからすると、ダイアンのまえで披露したい動きではない。アレックスはミッチに準備運動の指導をたのむと、男子トイレに行って鏡をのぞきこみ、彼女はここで何をするつもりだろう、これにはどんな意味があるのだろうと考える。今朝はコーヒーを飲まずに来たが、今すぐ空っぽの胃にエスプレッソを入れたくてたまらない。

トイレから戻ると、生徒たちがマットの上に円を描いて座り、アレックスのバッグから出した模造銃で武装している。ミッチはアレックスにあとを託す。

「オーケー」アレックスは言う。「今日は少しちがうことをやってみようと思うので、ひとまず銃はしまってください」人びとからうめき声と笑い声があがる。「ミッチ、ちょっと手伝ってくれるかな？　ミッチが私にちょっかいを出そうとしているとします。私は彼を殴れる距離にいますが、その方法はとりたくない。ミッチは若くて間抜けなやつかもしれませんが、ここは彼の友人たちがたくさんいるバーかもしれないので、乱闘は避けたい。そこで私は、左手で彼の右手首をつかんで、右手を相手の脇の下に押しこみ、このように三頭筋を覆います。これで腕の二カ所を押さえたことになるので、ぐいっと引けばミッチの体を引き寄せることができ、手首を離せばうしろにまわることができます。うしろにまわれば、ミッチをきつく締め上げて両腕の動きを封じることができる。こうなれば彼は基本的に動けませんが、それより重要なのは、彼にけがをさせずに私がこの状況をコントロールしているということです。このあとは選択肢が生まれます。状況が悪化した場合、右腕を彼の首に巻きつけて、このように自分の上腕二頭筋をつかみ、裸絞め（はだかじめ）に持ちこみます。ミッチが顔を引っかいてきたら、腕の絞めに力をこめるか、彼の膝の裏を膝で押して体重をかけ、地面に押し倒します。そのあとはなんでも好きなことができます。でも、そこまでする必要はありません。圧力安全バルブのように腕を締め上げた状態で立っていると考えてみてください——殴らずに先制パンチをお見舞するようなものです。選択肢を温存する手段として、ここで力を加えます。このあとしなければならないのは、きれいに退散することです。何か質問は？」

アレックスはダイアンから目を離さずに、部屋のなかをぐるりと歩いて生徒の質問に答え、状況に合わせてテクニックを調整する。彼女は息子とともに隅のほうで体を動かしており、彼女の動きはトムよりもなめらかで自信に満ちている。アレックスはゆっくりと近づく。

「調子はどう？」

「質問があるの」ダイアンが言う。「相手の腕をつかんでうしろにまわろうとしたら、こんなふうに頭をつかまれちゃうんじゃない？」

「押さえつけられるってことかな？　うん、いい質問だ。おれならその勢いを利用して相手を倒すね。これからそれを見せよう」

「まだ覚えてるかやってみるわ」彼女は言う。「久しぶりだけど」

ダイアンは頭を下げてトムの脚をとらえようとし、たちまち距離を詰める。左膝をマットにつきながら、彼の腿を両腕で抱えて不意に体を起こし、トムを投げとばすと、彼は息を切らしながら目を丸くして母親を見上げる。

「こんな感じ？」

「ああ」アレックスはトムが立ち上がるのに手を貸しながら言う。「そのとおりだ。どこで覚えた？」

「兄弟たちがレスリングの州代表だったの」ダイアンは言う。「いつも練習台にされたわ」

トムとダイアンは別々の車で来ており、クラスが終わるとトムは会社に寄ると告げる。

「それは残念だ」アレックスは言う。「でも、来てくれてありがとう」

「あなたの予定は？」髪をおろしながらダイアンが訊く。「ランチの時間はある？」

彼女は彼を連れて、昔ながらのクロムめっきのボックス型ダイナーに行き、むっつりした大学生くらいのウェイターにオムレツを注文する。ウェイターはコーヒーを取りにいく。

「わたしが来て驚いた？」ダイアンが訊く。

「まだ驚いてる」

「あの晩あなたを追い出したことを謝りたかったの。話をしただけなのに、と思ってるでしょ……ちがう？　でも、ほかにどうすればいいかわからなくて」

「そうね。でもそうしたいの。あの写真を見返すと、出会ったころのわたしのヘアスタイルについても謝る必要がありそう」

「八〇年代だからね」アレックスは言う。「失敗ばかりだった」そして、自分が意図せずにほのめかしたことに青くなる。「別にそういう意味じゃ――くそっ」

「いいのよ」彼女は言う。「ほんとうのことだから。みんなそうだった。あなたのことは彼から聞いてたのよ。クレイから」

「あの夜、マロリー家でトリップ中にあいつに会ったんだ。ほんの短い時間だけど。顔は見えなかったけど、たしかにクレイだった」

「今はもう彼だとわからないかもしれない。あなたが帰ったあと数えてみたの。わたしがクレイに会ったのは全部で三回よ。信じられる？」

「彼に関しては信じがたいことばかりだった」

「彼のご両親は今もご存命なの？」

「おふくろさんは生きてると思う。あれ以来話してないけど。向こうから電話してきたんだ。責める相手が必要だったんだろう」

「もうやってないんでしょ？」

「何を？」

「取引したりとか、運んだりとか、そういうこと」

「あの手の仕事はあれが最初で最後だった」

厳密にはほんとうのことだ。アレックスはふたりのあいだの砂糖入れの位置を直し、つぎの質問にはうそをつかなければならないだろうと身がまえた。ウェイターが戻ってきて、カップをコーヒーで満たした。

「今そのことを話すのはやめましょう」ダイアンは言う。「わたしたち、最初からやり直せるんじゃないかと思ったの。普通の人たちみたいに、ゆっくり時間をかけてお互い知り合うのよ」

「昼間から飲んだり、ディナーパーティに乱入するのはなしってことか」

ダイアンは笑う。「ケタミンの注射もね。レイバーデイ（九月の第一月曜日。他の国のメーデー）に何をするつもりかあなたに訊きそうで怖いわ」

「メキシコに行く」

「どのあたり？」

「トゥルムだ。東海岸のカリブ海側だよ。あっちに友だちがいるんだ。アクマルのちょっと先に部屋もある」

「去年友だちがトゥルムで結婚したけど、わたしは行けなかった。ずっとまえから行きたい場所リストに載ってるのに」

「いっしょに行こう」

「それはすてきだけど、その週末はいつも息子とすごすの」

「それなら彼も連れてくるといい」

「本気で言ってるのかわからない」ダイアンが言う。

「彼はクレイの息子だ。本人がそれを知っているにしろ知らないにしろ、彼のことが知りたい。それに、彼には休みが必要な気がする。ひとりになりたければホテルを取ってもいい。おれたちがお互いに耐えられなくなったときは、きみにもホテルを取ろう」

「それはなかなか実際的ね。それにちょっとどうかしてる」

「悪いアイデアかな？」

「あんまりよく知らない人とメキシコに行くのは、悪いアイデアそのものよ。リンゼイに話すまで待って。彼女、ディナーに連れてくるほどだから、わたしがあなたに夢中だと思ってるの」

食べ物が運ばれてきて、ハッシュブラウンと中身がたっぷり詰まったオムレツと、しんなりしたバタートーストが載った皿二枚が並ぶ。ダイアンはホットソースをたのむ。

「トムに訊いてみないと」ウェイターが歩き去ると、彼女は言う。

「あとで知らせてくれ。待ってるよ」

「普通の人たちみたいに段階を踏んで親しくなるのは無理みたいね」

「おれたちのスピードは普通とはちがうんだよ」アレックスは言う。

13

〈バッドランンズ・サルーン〉はノース・ラスベガスのショッピングセンター内にあり、人気のタイ料理レストランと、福音派教会、かつては繁盛していたハプニング・バーと軒を並べている。ラミレス刑事が〈ロータス・オブ・シャム〉の近くに車を停めてハリス捜査官を待っていると、アイスコーヒーをふたつダッシュボードに載せたハリスの車が十分後に駐車場にはいってくる。

「おれの気持ちがわかるんですね」バーに向かって歩きながら、カップを振ってラミレスは言う。「例の中国人開発業者について、何かわかりましたか？」

「上海のミスター・リー・ジャンロンは交通違反さえしてない。うちのやつらがとことん調べたんだが」

「悪事に手を染めても、あちらでは違法ではないのかもしれない」

「それか、われらが友のマーヴィンがでたらめを言ったか。あれが例のバーか？」

「ええ。カウボーイがテーマの店で、二十四時間営業。週末はかなり騒々しくなる。オーナーは数年まえに麻薬の手入れに協力してくれました。トイレでクリスタルを売ってたガキがいたんです。おれが話を聞いたバーテンダーは、オーナーはいつも午前中に来ると言ってました」

ハリスが先に黒いガラスドアを、そしてその先のスイングドアを通り抜ける。店内には窓がなく、バーカウンターに設置されたスクリーンのビデオポーカーが明かり代わりで、タップのそばでグラスを拭いている男以外はだれもいない。男はがっしりしていてもじゃもじゃのあごひげを生やし、カットオフジーンズと控えめにビーズが施されたウェスタンシャツという姿だ。

「何にしましょうか、旦那がた?」彼は顔を上げずに言う。

「コーヒーがまだあるんでね」ラミレスは言う。「ポール・セルヴィートか?」

「そうだけど」

「LVMPDのヘクター・ラミレスだ。こっちはFBIのデイヴ・ハリス。いくつか質問しても?」

「ご勝手に」

「ここはあんたの店か?」

「そうだよ」

「午前中はいつもここにいるのか？」

「いないとき以外はね」

「この時間帯にはどんなやつらが来る？」

「あらゆるやつらが来る。あとは掃除屋だね。日によるよ」

「ここで話し合いをするのか？　ビジネスの話とか、そういうことを？」

「全部の会話を聞いてるわけじゃないんでね。いったいなんの話だ？」

ハリスはバーの上の壁にある防犯カメラを示して言う。「カメラの映像を見せてもらえるかな？」

「カメラは動いてない」

ラミレスは笑う。「いつの映像かは言っていないが」

「いつのだ？」

「先月の十四日だ」

「その日なら切っていた」

「別の日ならどうだ？」

「言ってみな」

「令状を持って戻ってきたほうがいいのか?」ハリスが訊く。

「戻ってきてほしいとは思わないが、あんたたちはやるべきことをやるといい。ついでに、署の仲間に伝えてくれよ。だれかがうちのドアをぶち割って壁にスプレーペイントで〝地獄へ行けオカマ〟と書いたら、そいつはヘイトクライムで逮捕されるべきで、男っていうのはしょうがないねっていう軽罪の破壊行為なんかじゃないんだとね。そいつの父親がだれかなんてどうでもいい」

「ミスター・セルヴィート」ラミレスが言う。「その事件のことは知らなかったが、今度ここで何かあったらおれに直接電話してくれ。名刺をわたしておく」

「もしまたあんなことがあったら、おれが自分でなんとかするから心配いらないよ」

「例の映像を見ることはかなわないわけだな?」

「令状なしじゃね」

「ちなみに」ハリスが言う。「なんであれ今の会話に関わる映像を消去したら、重大な犯罪の捜査を妨害することになるからな」

「あんたらはもう知ってるんだろ? さあ、飲まないならどこかほかの場所に行って愉しくすごしてくれ」

14

トムとダイアンの乗った飛行機は十五分早く着陸するが、滑走路の混雑のため三十分間座席で待たされる。飛行機から降りようとすると、機体とボーディングブリッジの隙間から熱い空気が吹きこんでくる。カンクン国際空港は適度に涼しく、ピンクのタイルの床は結露のため、汗をかいた肌のようにすべる。母と息子はシルバージュエリーとピストル形ボトルのテキーラが並ぶギフトショップを通りすぎ、アメリカのファストフードの出店を通りすぎ、パスポートをちらりと見て行ってよしと手を振る税関係員のまえを通りすぎる。ターミナルの外ではカオスが待っている——パック旅行を扱う旅行業者や、現地コーディネーター、タクシー運転手らがひとかたまりになって、到着した人びとに向かって口々に大声で呼びかけている。そのなかのだれよりも頭ひとつぶん背が高いアレックスが、ふたりのほうにやってくる。彼の飛行機は二時間まえに到着したので、レンタカーを調達したあと、空港近くの居酒屋(カンティーナ)に行って、気持ちを鎮めるためにビール二杯とタコス・アル・パストール（豚肉のタコス）という遅い朝食を食べていた。彼はダイアンの頬にぎこちなくキスし、トムと握手する。

「来たね」彼は微笑んで言う。「生水は飲むなよ」

「誘ってくれてありがとう」ダイアンが言う。「遅れてごめんなさい」

「休暇中なんだから、気にすることないさ。あの白のトヨタがおれたちの車だ。道中ビールがほしい人は？」

「いいわね」ダイアンが言う。「わたしたちが飲み物を調達するから、あなたは車のエアコンをつけておいて。あそこにあるのはバーかしら？」

「そうですよ、マダム。荷物を持とう。ペソはある？」

「大丈夫」トムが言う。「ぼくが出すよ」

ダイアンは息子を連れてターミナルの外にある簡易バーに行き、ビール三本とテキーラを二ショット注文する。

「乾杯（チアーズ）」彼女は言う。「大丈夫？　やけに静かだけど」

「疲れただけだよ」トムは言って、グラスを掲げる。「こっちではなんて言うの？　乾杯（サルー）？」

息子もいっしょにというアレックスの誘いを保留したダイアンは、まずトムに、あなたといっしょでなければどこにも行くつもりはないと言った。これは母子の週末で、ジェイとキャンディスとともにサウサンプトンですごすか、ことばにすると常軌を逸しているが、アレックスとその友人たちとメキシコですごすかなのだと説明した。

「メキシコに行こうよ」と言ったあと、トムは挑むように間をおいた。

ダイアンは息子がなんでも二回は試してみることを思い出した。それは、母として誇らしく思うと同時に心配でもある息子の特徴だった。この子は母親に調子を合わせているのだろうか、それとも母親がこの計画のなかに見ている奇妙な論理と同じものを見ているのだろうか？　何か――仕事や病気やときどき会っていた女の子――のせいで来られなくなるのではないかと思ったが、息子は今、このカンクンの空港の外にいて、母親と同じように上唇の上に玉の汗を浮かべている。トムは自分のコロナビールの瓶にライムのスライスを突っこみ、飲み口に親指でふたをしてひっくり返し、果実が柑橘の風味を抽出しながら金色のラガーのなかに浮かぶのを眺める。ダイアンの親指は小さすぎてそんな芸当はできないので、トムにやってくれとたのもうとすると、息子にビールをわたされる。ここにいてくれることへの感謝の念が湧き上がり、照れ隠しにいきなり息子の髪をくしゃくしゃにする。

「なんだよ？」彼が訊く。

「なんでもない。来てくれてありがとう」

「当然だろ？　乾杯（サルー）」

白のトヨタが縁石に停まり、ハザードランプを点滅させる。

「十年前は未舗装道路だったんだ」六車線のハイウェイで車を走らせながらアレックスは言う。道の両側を、金属板で建てられたタコス屋や、果物を売る屋台のほか、大規模小売店とガソリンスタンドと銀行がはいっているショッピングセンターがいくつも流れていく。

「これから行くところはもっとずっと静かだよ」

「知ってる」ダイアンが言う。「ネットでさんざん画像を見たから」

南に進みつづけると、ショッピングセンターの数が減り、その距離が間遠になって、道路沿いの売店が目立ちはじめる。低木のジャングルが長いことつづき、ときおり滞在型リゾートの派手派手しいエントランス――そびえる円柱、ほとばしる噴水、燃え盛るたいまつが不意に現れる。アクマル方面の出口を下りると、未舗装道路がつづく。右手に並ぶヴィラやコンドミニアムのあいだに、白い砂浜とターコイズブルーの海が垣間見える。左手にはジャングルが何マイルもつづいている。背の高いヤシの木と先史時代からありそうな植物に囲まれた、四階建てのスタッコ塗りの建物のまえに、アレックスは車を停める。彼のコンドミニアムは建物の最上階で、階段をのぼりきってタイル敷きの四階フロアにたどり着くころには三人とも汗をかいている。ドアノブをつかんで解錠しようとしたアレックスは、ドアがすでに解錠されているばかりか、きちんと閉まっていないことに気づく。急いで身を引き、腕を伸ばして角を曲がったところまでトムとダイアンをさがらせる。

「だれかいるの？」彼女が訊く。

「たぶん清掃業者だろう」アレックスは言う。「ちょっとそのまま待っていてくれ」

彼はアパートのなかに消える。なかではだれかがダンスミュージックのシンセサイザーに合わせて歌っている。

「いったいどういうこと？」トムがひそひそ声で言う。

「用心深いだけでしょ」ダイアンは不安そうに言う。「たぶんなんでもないわよ」

どちらも眉間にしわを寄せながら待っていると、アレックスが気まずそうながらほっとした様子で出てくる。

「ごめん」彼は言う。「大丈夫だ。どうぞ」

長い廊下の先はオープンキッチンで、刻んだコリアンダーとパロサント（南米産の香木）とマリファナのにおいがする。冷蔵庫の横に立っているのは、エスパドリーユにエレクトリックブルーのTシャツ姿の若い女性で、ワンピースのように体にぴったり沿ったTシャツの下に、濡れたビキニを着ているのがわかる。トムよりも若い、小妖精のような印象的な美人で、暗いブロンドの豊かな巻き毛は、健康的に焼けた肌より何段階か明るい色だ。そして、アレックスと同じ目をしている。

「これは」アレックスが言う。「娘のパオラだ。この週末ここにいることを言い忘れたらしい」

「そっちこそ」スペイン語なまりのびっくりするほど低い声でパオラは言う。「いつから八月に来るようになったのよ？」

パオラはアレックスが話したがらないこと――この場合は季節外れに訪れた理由――を話題にしがちなので、彼はその質問を回避して言う。「パオ、こちらはダイアン」

「あなたのことは聞いてるのよ」ダイアンはパオラと抱き合いながら言う。「ここにいてくれてすごくうれしいわ」

「あたしも」パオラが言う。「あたしがここにいることじゃなくて、あなたたちが来てくれたことがね。でも、おじゃまだったんじゃない？」

「そんなことないわよ」

「パオラ」アレックスが言う。「トムだよ」

彼女はトムの両頰にキスして、彼の口の端にわずかな塩と日焼け止めを残す。

「アレックス」ダイアンが言う。「荷物を運びこむのを手伝ってくれる？」

「あーあ」親たちが廊下に消えると、パオラがトムに言う。「電話するんだった。あなたたちがいるから怒られなかったけど。どのくらいいるの？」

「三日間」トムが言う。「あの、きみはここに住んでるの？」

「ううん、ちがう。いずれそうなるかもだけど。あたしはボゴタに住んでるの、ママの故郷の」彩色された粘土の灰皿から半分吸ったジョイントをつまみあげ、煙草のパックに押しこむ。「ここは初めて？」

トムはうなずき、パオラは彼を三日月形の湾を見わたせるバルコニーに導く。ターコイズブルーの水は帯状のサンゴ礁の暗い色と白波でまだらになっている。

「『ジャージーショア』（イタリア系の男女がひとつ屋根の下に暮らすリアリティー番組）みたいじゃない？」パオラが言う。

「うん、こんなのまだいいほうだけどね。それで、アレックスときみのママはもう――」

「別れたのかって？　ええ。きっぱりとね。かなりショックだったみたいね。あたしがいてそんなに驚いた？」

「彼に子ども（キッズ）がいるなんてだれも教えてくれなかったから」

彼女は低い声を響かせて男のように笑う。「子どもはひとりよ」彼女は言う。「あたしだけ。じゃああたしはあの人の小さな秘密ってわけ？」

「ぼくは蚊帳（かや）の外なんだ」彼は言う。「それで、ここにはどれくらい滞在するの？」

「三日？　四日かな？　木曜日の夜のパーティでプレイしたら、週末も出てくれって主催者にたのまれたの」

「ＤＪなの？」

「ときどきね」パオラは言う。アレックスとダイアンもバルコニーにやってくる。彼女は父親を抱きしめて言う。「オーケー、すごく愛してる(テ・アモ・ムーチョ)。じゃあ、行くね」

「行くってどこに？」ダイアンが訊く。

「友だちのとこに泊めてもらう」

「わたしたちがいるせいじゃないといいんだけど」

「パーティをぶち壊すつもりはなかったの。友だちんところは広いし」

「ばか言わないで、ハニー。会ったばかりなのよ。まだ行かせるわけにはいかないわ」

パオラはアレックスを見る。父親は明らかに困惑しており、意味もなく怒ったままだ。

「ここにいてくれ」彼は言う。

「どうして？」

「おまえの父親であるおれがそう言っているんだ」

「たいした理由じゃないわね」

「いてほしいな」トムが言う。「このへんを案内してよ」

トムは彼女の存在をひどくありがたく思う。アレックスと母親といっしょに車に乗るまで、週末じゅうおじゃま虫でいる気まずさに思い至らなかったからだ。

「わかった」パオラは言う。「もうひとつのベッドルームを使って。あたしはソファで寝るから」

「パオ、夕食の予定は？」アレックスが尋ねる。「おれたちはディエゴとカタリナのところに呼ばれている。ベンとクリスチャンもこっちに来てるんだ。おまえに会えばみんなよろこぶぞ」

「今夜はトゥルムでプレイすることになってるの」彼女は言う。「あの人たちの家のすぐ近くよ。行くわ」

アレックスとダイアンはマスターベッドルームで荷を解く。リビングルームとキッチンから隔てられ、腰壁の上の鎧戸を開けると海が見える部屋だ。ジャングルを見わたすもうひとつのベッドルームは、ツインベッドとナイトスタンドがやっとはいる大きさだ。ベッドの一方には寝たあとがあり、シーツに砂が散っている。もう一方のベッドにはレコードと服が積み上げられている。

「ごめん」パオラがトムに部屋のなかを見せて言う。「このがらくたは片付けるから」

「ねえ、ぼくがソファを使うよ。きみの荷物は全部ここにあるんだろ」

「だめだめ――ここはゲストルームだもの。あなたはゲストでしょ」

「でも、ベッドはふたつもいらないよ」

「ほんとに？」

「きみしだいだ。ぼくはかまわない」

「わかった、ありがとう。あのソファ、寝心地最低なのよ。あなた、いびきかく？」

「まちがいなく」

「よかった」彼女は言う。「わたしもよ」

数時間後、四人はディナーのために着替えてまたバルコニーに出ると、パオラ秘蔵の冷えたテカテビールを飲み干す。海風がさまざまな香りのカクテルを生み出す――フローラルのコンディショナー、素朴なエッセンシャルオイル、煙草の煙、柑橘類。トムはビールを飲みながらみんなの顔から顔へと目を移し、この新しいダイナミクスを取りこむ。そこから生まれるエネルギーも。

窓を下ろした車で南に向かう。トゥルムは砂にまみれた碁盤目状の街で、まんなかにハイウェイ三〇七号線が走っており、コンドミニアムから車で三十分ほどのところにある。ディエゴとカタリナの家は、街の南の、長い未舗装道路とビーチにはさまれた、細長いジャングルのなかにある。絵の具だか粘土だかのしみがある、色褪せた黒いTシャツとホワイトジーンズ姿のディエゴが玄関で迎えてくれる。筋骨たくましい四十がらみの男で、引き締まったハンサムな顔に、長い黒髪はまとめて高い位置でくくられている。妻のカタリナは水泳選手のような筋肉質な肩を持ち、頭は丸刈りで、ヨガ講師の物腰で冷静にその場を仕切っている。彼女の左耳の上部が腫れている様子は、トムに高校のレスリング部にいた男子たちを思い出させる。彼女の背後に大柄なひげ面の男がふたり現れ、その腕はジムで鍛えた筋肉と、手首までのタトゥーに覆われている。しなやかな黒のポロシャツにカーゴショーツ姿のベンは、礼儀正しくていかめしく、完全な禿頭だ。彼のパートナーのクリスチャンは、穏やかな笑みを浮かべ、ダークブラウンの巻き毛がふさふさしている。

「サプライズがあるんだ」とアレックスが言うと、パオラが明かりのなかに進み出る。

カタリナはパオラに抱きついて、耳元でスペイン語をささやく。

「アメリカ人のために本物の牛肉を仕入れてあるぞ」ディエゴが言う。「牧草牛だ。筋っぽい中央アメリカの牛じゃなくて。腹ペコなやつはいるか？」

ディエゴとカタリナはメキシコシティと、天井が低くてベッドルームのあいだに広いオープンキッチンがある、この平屋建てビーチハウスの二カ所で暮らしている。ベンとクリスチャンはほとんどの時間をラスベガスですごし、ここでは通りの先に質素なヴィラを所有している。キッチンで、クリスチャンと女性たちがパオラのジョイントをまわしながら、タマネギの皮をむき、トマトを刻み、唐辛子をコンロの火で焦がす。サルサに塩を加えていたダイアンは、キッチンのアイランド越しにパオラに見つめられているのに気づく。

「ボゴタでは何をしてるの、ハニー?」

「彼女は有名なDJなのよ」カタリナが言う。

「週末だけね。ふだんは小規模金融業。女性たちがビジネスをはじめたり、自活できるように、女性の協同組合に融資する銀行で働いてる」

「女性にしか融資しないの?」ダイアンが訊く。

「男性に融資しても、男性がひとりじめするだけでしょ。でも、女性に融資したお金は家族のために使われる」

「その女性たちはグループでローンを返済するの」カタリナが言う。「だれかが遅れたら、別の人がカバーする。みんなパオを崇拝してるのよ。バイクで一日じゅうスラムを走りまわっても、だれも彼女に手を触れようとは思わないの。アレックスは気が気じゃないみたいだけど」

「でしょうね」ダイアンは言う。「わたしたちを招いてくれてありがとう。こういうビーチハウスにずっとあこがれてたの。こっちでは何をしてるの?」

「ヨガを教えてる」カタリナが言う。「あなたは?」

「これよ」ダイアンはサルサを味見してもらう。「人のために料理をするのが仕事。ほとんどはケータリングね。パオラ、あなたのお父さんは料理をするの、それともだれかが外のグリルに行くべき？」

「心配いらないわ」カタリナが言う。「あの人、焼くのは得意だから」

家の裏手のデッキでは、アレックスがバーベキューの炭の上に手をかざしたあと引っこめる。二枚の分厚いリブアイステーキを焼き網の上に置くと、ジュージューと音をたて、水分がにじみ出る。アレックスが焼き網のまえで立ち働くあいだ、ベンとディエゴはメキシコシティのアートシーンについて話題にしている。

「きれいな皿がいるな」アレックスはだれにともなく言う。

「ぼくが取ってきます」トムが言う。「お代わりがほしい人は？」

ディエゴはテキーラのショットをたのみ、ベンとアレックスはいらないと言う。

「驚いたな（ジーザス・クライスト）」トムが声の届かないところに行くと、ベンが言う。「若いころのあんたと写ってる写真のクレイにそっくりじゃないか」

「幽霊を見ているみたいだ」アレックスが言う。

「本人は知らないのか？」ディエゴが訊く。

アレックスは首を振る。

「いずれわかることだぞ」ベンが言う。

デッキでディナーを囲む。生垣越しに波の音が聞こえ、キッチンの窓のスピーカーから安っぽいレゲエのバックビートが流れてくる。切り分けられたステーキと魚がまわされ、スパイスの浮いた液体と骨の山しか残らなくなるまで食べ尽くされる。ダイアンが指で魚の頭から頬肉を掘り出し、クリスチャンの開いた口に入れてやるのを眺めながら、アレックスはダイアンがこれほど簡単にみんなに馴染んだこと、閉鎖的で有名な、新参者に手厳しい友人たちがいかにすばやく彼女を受け入れたかに驚く。パオラがテーブルの上に身を乗り出して、ダイアンの煙草に火をつけようとしたとき、ある考えがいきなり頭に浮かび、思わず口に出しそうになる——これこそ望んでいたことだ、と。最初はこの胸の痛みを喪失感だと思う。が、そうではない——これを失うことへの恐れだ。人生を一変させないかぎり、そうなることは避けられない。アレックスはダイアンのマルガリータをごくごく飲んで、不意に生じた喉のつかえをやわらげる。

「パオ、今夜はプレイするのか?」ディエゴが訊く。

パオラはうなずく。「〈パパヤ・プラヤ〉と、そのあと通りの先でやるパーティで」

「〈パパヤ〉には何時までいる?」

「十二時」

ディエゴは腕時計を見る。薄手の時計は金のパテック・フィリップで、トムは驚く。

「おれたちも行かないか?」

「そういうパーティには年寄りすぎるわよ」カタリナが言う。

「勝手に決めつけるなよ、ミ・アモール」

「ひとりで踊りに行かせるわけにはいかないな。ディエゴは男前すぎるから」クリスチャンが言う。「みんなで行かなきゃ」

ベンは首を振る。「あの列に並ぶのはかんべんしてほしいね」

「あたしと行けば並ぶ必要ないよ」パオラが安心させる。

周囲のジャングルと同様に、夜になると海沿いの道は活気づく。砂まみれの舗装道路とときおり現れるスピード抑止帯の上を車がゆっくり走り、ベースギターの重低音で空気を震わせながら通りすぎる。アレックスとダイアンはベンとクリスチャンと並んで腕を組んで歩き、そのあとにカタリナと、レコード入りのバッグを肩にかけたパオラがつづく。トムはディエゴとともにしんがりを務め、彼に軽く一発コカインを決めようと誘われる。

〈パパヤ・プラヤ〉の入り口は人でごった返しているが、用心棒が群衆のなかのパオラに気づいてまえに来いと手を振る。クラブはまばらなヤシの木立があるビーチの上にあって、いくつかの木にはハンモックがわたされ、幹を囲むテーブルが設置された木もある。一行がバーに向かうと、パオラはトムの手首をつかむ。

「いっしょに来て」彼女は言う。「でも、鼻は拭いてね、マリカ」

彼女はトムをＤＪブースに連れていく。ＤＪブースはヤシ葺きの張り出し屋根の下の長いテーブルで、デッキの向こうでは、魅力的で大胆な服装の十人ほどの人びとが酒を飲んだり踊ったりしている。パオラがバッグからレコードを出していると、黒のタンクトップに刺繡入りスカートのようなものをつけたほっそりした若者がトムに近づく。門歯が牙のように見えるその若者は、緑色の目をきらめかせて、挨拶しようと腕を広げる。

「ファン・マヌエルだ」彼は言う。「このあとおれのパーティに来ないか？」

「いいよ」トムはコカインのせいで目の奥に小さな花火を感じながら言う。「パーティは大好きだ」

「ここにはだれと来た？」

「彼女と」トムはパオラを示して言う。

「それならパーティに来るのは決まりだな。パオラのボーイフレンド？」

「今日の午後会ったばかりだよ」

「彼女のボーイフレンドになるには充分な時間だ」ファン・マヌエルは言う。「それなのに恋に落ちなかった？　どこかおかしいんじゃないか？」

　オープニングDJがヘッドホンをはずして群衆にお辞儀をすると、ダンスフロアで拍手の波が生まれ、あちこちで歓声があがる。エコーのきいた詠唱とドラムの音をふんだんに取り入れた部族的な音楽とともにパオラが登場し、十分後にはクラブじゅうの人びとがDJブースに押しかける。音楽は悲鳴のようなディスコ賛歌からキレのあるハウスミュージックへと、ジャンルが急に変わってもどこではじまってどこで終わったのかわからないほど継ぎ目なく移行していく。トムが母親を捜してダンスフロアを見わたすと、群衆から抜きん出たアレックスの頭が見つかり、ダイアンがちらりと見える。髪が顔にかかり、脈動するキックドラムの音を体で感じている。やがて彼女は人びとのあいだを縫ってブースに近づき、音響調整卓に覆いかぶさるようにしてできるだけパオラの顔に身を寄せると、「すごいわ(オー・マイ・ガッド)」と口を動かす。パオラは頭をのけぞらせて笑い、両手を差し伸べる。ふたりの女性はターンテーブルの上で指をからませながら踊る。ダイアンが群衆のなかに消えると、パオラはトムのほうを向き、口を開いてウィンクをしたあと、すばやくガッツポーズをする。

15

大人たちはＤＪブースに寄ってパオラに挨拶してから退散する。手足をぐんにゃりさせていくぶん蛇行しながらビーチ沿いの道を歩き、耳鳴りに負けないように大声でしゃべる。ディエゴの家に戻り、アレックスがゲストルームのドアを閉めて振り返ると、ダイアンがベッドの足元のほうに立って彼を見ている。顔は紅潮し、目は黄色いランプの明かりにきらめいている。両手を彼女の肩に置き、右かかとを彼女の左かかとのすぐうしろに入れてそっと足をすくい、マットレスの上にふたりで倒れこむ。お気に入りの柔道の足技の修正版だ。倒れこんだ勢いで服を脱ぎ、下着にさしかかると突然動きがゆるやかになる。アレックスはダイアンの唇に、首に、乳房のあいだに、お腹に、やわらかな内腿にキスする。パンティの上部を歯ではさむと、髪をつかまれ、引き上げられる。アレックスはベッドサイドのランプに手を伸ばす。

「だめ」ダイアンは彼の手首をつかんで言う。「つけたままにして」

彼女は彼の乳首をそっと歯ではさみながら、お尻から脚へとサテンの下着をおろしていく。ボクサーパンツ越しに彼自身を押し付けられると、彼女の呼吸と脈は速くなるが、彼はどこか遠い表情をしている。目の奥に懸念が見える。パンツのウェストに親指をかけられると、アレックスは寝返りを打つ。

「少し話をしてもいいか？」

「いま話してるじゃない」

「知っておいてもらいたいことがあるんだ――この先に進むまえに」

ダイアンは笑う。「当ててみましょうか。実はイベントプロデューサーじゃないとか」

彼女は枕越しにヘッドボードにもたれて膝を抱え、アレックスはベッドのまんなかであぐらをかいて彼女と向き合う。「わかったわ、何を話す必要があるの？」

「イベントをプロデュースしているのはほんとうだ」彼は言う。「普通の人が考えるようなイベントとはちがうけどね」

「どんなイベントなの？」

「リンゼイのところで見た動画を覚えてる？」

「話題を変えないで」

アレックスは目をしばたたく。

「あなたは――待って、何？　〝イベント〟ってそういうこと？」

「あれが専門だ」

彼女は笑ったあと、すぐに気づく。「待って。ひょっとして――あのバイクに乗ってたのはあなただったの？」

彼は黙って彼女を見つめる。

「なんてこと（オー・マイ・ガッド）」彼女は言う。「冗談だって言って」

「できることならそうしたい」

「いったいあなたは何をしてるの？」

「きみに正直に話している」

「そうじゃなくて、仕事のことよ。どうしてそんなことをしてるの？」

「話せば長くなる」

ダイアンは立ち上がり、人慣れしていない犬がうなっているかのように彼を見つめたまま、よろめきながら下着を穿く。アレックスは覚悟していたものの、彼女がこちらから目を離さずに床から服を集めるのを見て、脈が速まるのを感じる。

「どこに行くつもりだ？」と尋ねる。

「息子と空港に行くわ」

「タクシーで二十分かかるぞ」ズボンのポケットから携帯電話を取り出しながら、彼は言う。「電話で呼ぶよ。でも、タクシーを待つあいだ、話を聞いてくれるか？」

「約束はできない」

彼がタクシーをたのみ、配車係に礼を言って電話を切るあいだ、彼女は服を着つづける。

「十分で来るそうだ」アレックスは言う。「今夜は暇らしい」

「五分あげるわ」

「座ったら？」

「いいえ、けっこう」

彼はベッドの足元のほうに腰掛けるが、彼女は腕を組んでドアのそばに立つ。

「こんな話をすることになって申し訳ないが、うそをついたままでいたくなかったんだ」

「だからって正直者のメダルはもらえないわよ、宝石店に強盗にはいったんだから。それとも何？〝まあ、この女は二十代のころおれの犯罪者仲間とヤってたんだから、おれが何を生業（なりわい）にしていようとたぶん気にしないだろう〟とでも思った？」

「生業にしていた」

「していた？　ばか言わないでよ。あの〝イベント〟は先月のことよ」

「あれが最後だった。もうやらない」

「友だちの夫も、ヨガの先生にフェラチオされてるところを妻に見られたとき、もうやらないと言ってたわ」ダイアンは言う。「あれ以上のたわごとはないと思ってたけど、おめでとう、あなたの勝ちよ。やめるなんて信じられると思う？」

「やっと決心がついた。はっきりさせてからきみに話したかったんだ。つまり、きれいな体になってからきみに向き合いたいと」

「裸になるのも」

「そうだ」

「ユーチューブで〝武装強盗〟を検索したら、ほかにいくつあなたの動画が見つかるの？」

「三つ」アレックスは言う。「四つかも」

「何回つかまったの？」

「つかまったことはない」

「いつからそういうことをやってるの？」

「二十年ちょっとまえから」

「よくつかまらなかったわね」

アレックスは肩をすくめる。「幸運はいつまでもつづかない」

「人生ずっと不運な人たちだっているわ」ダイアンはバッグを置いてドアにもたれる。

「ベンはあなたの仕事仲間なのね？」

「どうしてそう思った？」

「あなたを見る目が、お気に入りの息子か何かを見るみたいだから。最初はあなたに気があるのかと思ったけど、もっと意味深だった。答えて」

彼女は答えを知っている。アレックスは彼女の直感に感心し、それを利用しようとする意欲にも感心する。これはテストなのだ、と彼は気づく。彼女とすごす時間がほしければ、親友にして長年のパートナーの秘密を明かさなければならないだろう。そんな思いを抱えて、高くなったバルコニーから下を見ながら言う。「たしかにベンはおれと仕事をしている」

「じゃあ、もう一台のバイクに乗っていたのはディエゴね」

「ディエゴ？　いや、ディエゴは彫刻家だよ。あれはカタリナだ」

「冗談でしょ」

「女性だから？」

「うるさいわね。いかにもヨガ講師っぽいと思ったのよ」

「ヨガを教えているのはほんとうだ。ヨガが得意なんでね。彼女には特技がたくさんある」

ダイアンはベッドの彼の横に座る。「どうやって出会ったの？」

「パオラの母親のマリアがカタリナのまたいとこなんだ。ある日マリアが電話してきて、ボーイフレンドやメデジン（コロンビアのボゴタに次ぐ第二の都市）出身のあやしい面々と銀行強盗をしている、このいかれた親戚の話をした。〝彼女があんなことをつづけるつもりなら、あなたといっしょにやるほうがいいんじゃないかと思って〟と。おれはやってみようと言った」

「それで？」

「以来ずっと彼女と仕事をしている」

「でももうするつもりはない」

「できることなら」

ダイアンは彼の膝の上の右手を取り、裏返して手のひらをじっと見る。「何を仕事にするかはあなたの勝手だけど、今やっていることをつづけるつもりなら、もうあなたに会うことはできない。それははっきりしてる。それに、あなたが仕事のことでうそをついているのはわかってた。つまり、今後もうそをつけばわたしにはわかるということよ。ほんとうにやめるつもりなの？」

アレックスはうなずく。

「ところで、あなたはすてきな手をしているわ。それで何かすてきなことをして」

彼は笑う。繰り返し見る悪夢のなかで、彼とクレイグはバイクから飛んでいき、交差点を横滑りする。とっさに片手を出して止めようとすると、舗装道路で手袋がずたずたになり、皮膚と骨と靭帯がすりつぶされ、血まみれの切り株のようになるのを目にしてぞっとする。体を起こすと警官に包囲されていて、ライフルをかまえることも太腿のホルスターから銃を抜くこともできない——そこで目が覚める。いつも両手を守ろうとしている。何時間も突いたり、取っ組み合ったり、登ったり、ナイフ使いの訓練をしたり、標的を撃つ練習をした記憶が、どちらの筋肉のなかにも蓄積されている手を。今となっては無意味な知識だ。武器を捨てよう。戦いをやめて平和に暮らすのだ。ナイトスタンドの上で携帯電話が振動している。

「タクシーが来た」彼は言う。

「キャンセルできる？」

「いいのか？」

「今のところはね。真夜中に息子を空港に引きずっていって、怖がらせたくないというのがおもな理由。週末いっぱいはここにいるわ。そのあとは、わかるでしょ」

アレックスはドライバーに謝り、電話が切れる。

「話はそれだけじゃない」彼は言う。「今夜会合がある」

「今夜？　もう一時半よ」

「厳密には今朝だな。もう出かけないといけないんだが、長くはかからないと思う」

「会合に出るなんて、出かける言い訳としては妙ね」

「この会合にはどうしても出ないといけないんだ」アレックスが言う。「少しまえにカタリナが手配した。ここまで来て約束をすっぽかすわけにはいかない」

「こんな時間にどこで会合をするの？」

「売春宿だ、実を言うと」

「すてきだこと。なんについての会合？」

「わからない。でも関係ない。なんであれ、おれは断ってくる。一時間もかからないはずだ」

「だからわたしたちはここに泊まっているのね？　今夜あなたはほとんど飲んでない」

「戻ったら一杯やろう」

「戻ったときわたしが起きている可能性はまずないわよ」

「それなら、ひとりで引退を祝うことになりそうだな」

「ほんとうにできるの？」ダイアンが訊く。「そういう仕事からすんなり足を洗えるの？」

「自営業のようなものだ。なぜできないと思う？」

「わからない」ダイアンは言う。「あなたが教えてよ」

16

パオラは午前二時直前に〈パパヤ・プラヤ〉での最後の曲を流す。ブースでテキーラをワンショット飲み、バーでもうワンショット飲んだあと、彼女とトムは、スピーカーやミキサーやクラブのVIPセクションにいた大半の人でいっぱいの、ピックアップトラックの荷台に乗りこむ。車は海沿いの道を南に向かい、運転手がスピード抑止帯のあいだでアクセルを踏むと、暖かな風が波のように流れてくる。パオラはトムの膝を軽くたたき、彼が何カ月ものあいだに見てきたよりも多くの星がちりばめられた空を指さす。トラックは、フアン・マヌエルのパーティがおこなわれている、石造りのヴィラのドライブウェイにはいる。一階はロフト風のスペースで、天井の梁からハンモックチェアがさがっている。ドアを開けてなかにはいると、話し手がスタンディングオベーションを受けている。

トムはパオラについていく。彼女は旧友にも初めて会う人にも同じ快活な温かさで挨拶しながら、器用に立ち回る。家の持ち主はカールという名のカニ漁師で、一年のうち四カ月はアラスカ沖の凍りそうに冷たい海で働き、トゥルムに戻ってきて冷えた体を温め、パーティを開き、稼ぎを使い果たす。彼はパオラに開始時間が遅れたことを謝り、プレイしてくれることに感謝する。

「いいのよ、ハニー」パオラは言う。「遅番は大好きだから」

群衆が十五分ごとに二倍になっていくように感じられる。ぬるいビールと火のついた煙草が手から手へとわたされるリビングルームは、パオラがデッキのうしろに立つやいなや、ぎゅう詰めのダンスフロアとなる。彼女のプレイはさらにハードに、さらにダークになり、部屋はノリのいいダンスホールレゲエ（ジャマイカ生まれのレゲエ音楽。アップテンポで、シンセサイザーなどで作られる）と、打ちこみを多用した流れるようなテクノに満たされる。コカインのように見えたが実はケタミンだったものを一発決めたあと、トムはほとんど周囲が見えなくなっている。今は近くのホテルから来たヨガのインストラクター――ほっそりして力強いにこやかなドレッドロックの女性で、トムのTシャツを脱がせてそれで顔と腕の汗を拭うことで自己紹介した――と踊っている。バスルームに行こうと彼女に誘われるが、トムは丁重に断り、パオラのために差し入れを探しにいく。煙草二本とコーヒーマグに入れたテキーラを持って、間に合わせのブースに顔を出すと、パオラが抱きついてくる。

「ああ、ミ・アモール」パオラは言う。「あたしの心が読めるのね」

「これは？」いま流れているＣＤジャケットが映し出されたスクリーンに目をすがめながら、トムが尋ねる。

「気に入った？　それ、わたしよ。自分で作ったの。ほら、あっちに戻りなさいよ、マリカ。ガールフレンドが捜してるわよ」

トムは戻らずに出口に向かう。ダンスフロアからあふれた人びとが裏口から外に流れ出て、家の裏の小さな空き地で煙草の煙の下に集まっている。トムが海岸のせまい小道に向かうと、暗闇からひとりの男が現れて、スキンヘッドに外灯の光が反射する。黒い目に樽のような胸をして、黒いあごひげを生やした男は、トムがその鼻中隔(セプタム)にスチール製の太いリングを見つけるまえでさえ牡牛のように見える。ファン・マヌエルが飛び出してきて、タトゥーだらけのその新顔に挨拶し、抱擁の最後に目立たないように手のひらを合わせて何かを交換する。見ているのを見知らぬ男に気づかれ、トムは耳のうしろから煙草を取って、ライターを捜すふりをする。

「ほら」近づきながらマッチを擦って男は言う。「アメリカ人だな。名前は？」

「そんなにバレバレかな？　トムだ」

「ラファエルだ。ここにはどうして？」

「パオラといっしょに来た。ＤＪやってる子だよ」なぜ尋問されているような気がするのだろうと思いながら、トムは言う。

「ああ、なるほど。ファン・マヌエルの友だちか。愉しんでるかい？」

「ああ」ケタミンの効き目が早急に薄れていく。「ところで、少し買いたいんだけど」

ラファエルはうなずき、短パンのポケットから小さなマッチ箱を取り出す。

「それはしまっとけ」トムが丸めたペソ札を出すと、男は言う。「贈り物だ」

「ありがとう。パオラのぶんも買っていいかな？」

「もうファン・マヌエルが買ったよ。彼女のほうが一歩先を行ってるな」

「一歩どころじゃないよ」トムは言う。「一杯おごろうか？」

「プラヤ・デル・カルメンでまだ仕事があるんだ。またあとで会おうや」

「いいね」トムは言う。「とにかく、ありがとう」

ラファエルが海岸沿いの小道の先に消えてから、トムがマッチ箱をスライドさせて開けると、細かい茶色の結晶入りの透明なカプセルが二個はいっている。ひとつをなめてみて、刺すような後味にひるむ。が、ぬるいビールのひと口ですんなりのどを通る。

17

午前三時を少し過ぎたころ、アレックスはもつれたシーツのなかにダイアンを残し、裏口からそっと家を出る。ベンとカタリナは、地元の環境保護センター（セントロ・エコロジコ）が外灯に義務づけている赤い裸電球の光のなかで待っている。白色光はウミガメの死因になるのだ。砂のなかに埋められた卵から孵化したばかりのウミガメが、海へと導いてくれる満月とまちがえるから。

「おれが運転する」ベンが言う。

三人はそっと車のドアを閉めて一路街へ向かう。アレックスは助手席に座る。彼は職業的には保護された日々を送ってきた。無言の合意によりベンがオファーをさばき、ごくたまにアレックスが受け入れるときは、後方支援および財政的支援をし、そのあいだにアレックスがカタリナの助けを借りて調査と準備をする。しかし今夜の会合には全員が呼ばれていた。そこで、カタリナが何週間も説得して、ようやくアレックスを呼び寄せたのだった。

「おれたちの話し合いは？」彼が訊く。

「大丈夫だ」ベンが愛情をこめて彼の腿をたたく。「おまえなしで何年も話し合いをしてきたんだからな。落ち着けよ」

空っぽの駐車場で外灯をたよりにおこなわれている草サッカーの試合と、花火のように明るいホットドッグの屋台を通りすぎる。旅行者の一団がよろめきながらバーから出てきて別の店に向かい、アレックスは集団のなかにトムとパオラを捜す。この街のいかがわしい部分を見てきているので、夜に出かけている娘のことが心配だ。

北に向かうハイウェイに乗ると、カタリナが言う。「わたしは好きよ、あの女」

「ダイアンのことか？　おれもだ」

「彼女はあなたが今どこにいると思ってるの？」

「売春宿に向かっていると」

「何をしに？」

「仕事の話をしに」

カタリナが座席のあいだから顔を出す。「彼女に話したの？」

「ああ。ついさっき」

彼女は勝ち誇ったように笑う。「ほらね。ベン、わたしがなんて言った？」

「〝アレックスは絶対ダイアンに話す〟」ベンが言う。

「賭ければよかった」カタリナは言う。そしてアレックスに「何がきっかけで？」

「あとで話すよりいいと思って」アレックスは言う。

「あとで？　彼女には会ったばかりなんでしょ？」

「厳密に言うと、きみたちよりまえからの知り合いだ」

「あらすてき（プータ・マードレ）」カタリナはそう言って、勢いよくシートに身を預ける。

荷台に幼い子どもを三人乗せた、錆びた赤いピックアップトラックを追い越し、二マイル先で、兵士たち――脚のあいだにライフルを置いた物憂げな男たち――を積荷として運ぶ陸軍の輸送車を追い越す。

「確認させてくれ」アレックスが言う。「この話はだれから来た？」

「サントス」カタリナが言う。「ラストネームはだれも知らないと思う」

「何者なんだ？」

「売春宿〈パーム・ツリー〉の持ち主。いろんなことに手を出してる」

「サントスのことはどうして知った？」

「彼は流通の要（かなめ）なのよ。麻薬組織がポーカーをやるときなんかに、サントスに商品を持ってさせるの、男たちがプレイしているあいだに買えるように——女たちのための時計や宝石を」

「おれたちが提供するブツを麻薬組織が買ってくれてるわけだ」ベンが言う。「いいお得意さまだよ。つねに競い合ってるんだから」

「まさに金鉱ね」カタリナが言う。「サントスによると、そのゲームをしてるだれかがわたしを指名したらしいの。大金がからむ仕事でミスは許されない。でも、先方はわたしたち全員に会いたがってる」

「サントスにそれをたのんだのはだれなんだ？」

「カンクン出身の船長だか何か。友だちのためにやってほしいそうよ」

「もうやるつもりなのか？」アレックスが訊く。「少し休むと言ってたのに」

「実行の直前はいつもそういう気分になるの。でも、そのうちまたやりたくなる。そうじゃない？」

「いつもというわけじゃない。今おれはそういう気分なんだ」

「どういう意味だ？」ベンが訊く。

「つぎのヤマはいらない」アレックスは言う。

「いらない？」カタリナがまた座席のあいだから顔を突き出す。「冗談でしょ？　足を洗うってこと？」

「たぶん」

「たぶんやめるってこと？　たぶん冗談ってこと？」

「どっちでも同じだろ」

「彼女に言われたの？」

「おれが言ってるんだ」アレックスが言う。「あんたたちはおれと話してる」

「なんでもいいわ。とにかく行って、説明を聞く。話はそれからよ。わかった？」

「わかった」アレックスは言う。「行こう。それでおれたちの話し合いは？」

「その話はあとだ」ベンはそう言って、プラヤ・デル・カルメンの出口に向かう。かつては静かな漁村だったが、この十年で無秩序に広がり、ナイトクラブやビーチクラブ、土産物屋、ジェネリック医薬品やノーブランドの日焼け止めなどを売る薬局がひしめくようになった街だ。街のはずれでちょうどストリート・フェア（大通りで開かれる市）が終わったところらしく、遊園地式の乗り物は点灯しているが動きを止めており、店じまいをした売店では荷造りをしたり屋台を解体している。ベンは静かなブロックで車を停める。向かいのブロックは、入り口に環境保護目的ではない赤い明かりが灯る、堂々たる五階建てのアパートだ。

「〈パーム・ツリー〉へようこそ」カタリナが言い、ベンはセンターコンソールから拳銃を取り出す。

「先方はもう来てるのか？」薬室に弾を込めたあとアレックスが訊く。

「たぶんまだ」カタリナが言う。「どんなやつか確認するために待つ？」

普通なら待つと言い張るところだが、今はとにかく早く終わらせたい。

「早めに行こう」彼は言う。

三人が通りに降り立つと、大音響でレゲトン（八〇年代から九〇年代にアメリカのヒップホップの影響を受けたプエルトリコ人によって生み出された音楽）を流しながら一台の車が通りすぎる。ベンが鉄製の門のベルを鳴らし、ブザー音が返ってきて門が開く。そこはアーチ型のエントランスで、女性の受付係がデスクの向こうに座り、その両側に黒スーツの大柄な男たちがいる。カタリナが話しかけると女性は神妙にうなずき、電話を一本かける。その先にある屋根付きの中庭では、ひどく酔ったイギリス人らしいワイシャツ姿の男たちがにぎやかに談笑している。上の階の回廊からも、階段で中庭におりられるようになっており、ベルが鳴って十人ほどの女たちが上階の部屋から出てくると、手すりで一瞬立ち止まってから、いっせいに階段をおりてくる。

「こちらです」と言って、受付係が階段をのぼる。

女たちが誘惑するような笑みを浮かべて、三人のまえを練り歩く。厚化粧、レースのボディスーツ、透明なプラスティックの厚底と六インチのピンヒール、つぎつぎに押し寄せる香水の香り。行列に囲まれたイギリス人たちが、手をたたいて口笛を吹く。五階までのぼると、受付係は廊下の最後のドアを静かにノックしてから開ける。壁の赤い燭台と、大画面のフラットスクリーンテレビの明かりしかない、窓のない部屋。ふたりの若者が床の上にあぐらをかいて座り、そばのベッドの上にいる若い娘のことはほったらかしで、テレビゲームに夢中になっている。薄い白いシーツの下の娘は裸で、目を見開き、ジョージア・パイン（大型のマツ）よりも高い(ハイ)ところにいる。サントスは木挽き台の上に分厚い板ガラスを置いて作ったデスクのまえに座り、半ば包装を解いた一キロの塊から六インチのカミソリの刃でコカインを削っている。やせた体は強靭そうで、白いタンクトップの下の胸はくぼみ、黒い髪の櫛跡はレコードの溝のようだ。そのかたわらで、マイアミ・ヒートのジャージを着たずんぐりした男が、コカインをスプーンですくって電子スケールで重さを量っている。薄片状のコカインが雲母のようにきらめき、赤いライトの下の法螺貝がピンク色の光を投げかける。

「どうも(ブエナス)」カタリナが言う。

「調子はどうだ？(ケ・オンダ)」サントスが言う。「座ってくれ(シエンターテ)」

「どこに？(ドンデ・エスタン)」

「二時半に来ると聞いていたんだが。(メ・ディヘロン・ケ・ベンドリアン・ア・ラス・ドス・イ・メディア)どこでもいい(ノ・セ・ドンデ・エスタン)」彼は口の片側で微笑みながらアレックスをじろじろ見る。「あんたがあの有名人だな（トゥ・アミーゴ・ファモーソ・ノ）？　サントスだ。会えてうれしいよ（ムーチョ・グスト）」

　アレックスは無言で見返す。サントスの背後の壁には大きな絵がかかっている。白のレザージャケットしか着ていないエルヴィスが、ふわふわの雲と歌う天使たちに囲まれながらマリリン・モンローをファックしている絵だ。絵の横にあるホワイトボードに三つの名前が書いてあるが、アレックスには読み取れない。いよいよ視力が衰えてきたのだろうか？　眼科医に診てもらわなければ。帰ったらすぐに予約しよう。サントスは太い線を二本作り、客たちにスチールのストローを勧める。アレックスとベンは辞退する。カタリナがテーブルの上にかがむと、ノックの音が聞こえてくる。

　だれも応答しないうちに、ふたりの男がはいってくる。ひとりはブラックデニムの短パンに袖なしのＴシャツを着て、頭を剃り、濃いあごひげを生やしている。ふくらはぎと前腕は部族風のタトゥーに覆われ、鼻中隔（セプタム）に通しているスチール製のリングは、太平洋諸島の人びとを特集した〈ナショナルジオグラフィック〉の記事を思わせる。もうひとりの男は、なめし皮のブレザーにストーンウォッシュのジーンズを合わせ、ワニ皮のカウボーイブーツを履いている。部屋のなかに目を走らせるふたりの右手は、ジーンズのウェストにはさんだ拳銃に置かれている。アレックスはカタリナを見る。カタリナはサントスを見る。サントスはびくびくしているように見える。

「どうぞ（バレ）」ドア越しでも聞こえるほどの大声で、タトゥーの男が言う。

白のTシャツにネイビーのチノパンツを身につけた、穏やかな物腰の細身の男がはいってくる。大量のドレッドロックにした髪はうしろでまとめて荷造り紐で束ねられ、傷ひとつない浅黒い肌が赤い光に照らされる。足元はパオラが履いているような底が麻のエスパドリーユだ。カタリナが動揺しているのがわかるが、この見知らぬ男について知る必要があることは、テレビのまえの若者たちの顔に書いてある。彼らは床に火がついたように立ち上がる。ブーツの男がドアのほうにあごをしゃくると、若者たちはもつれあうように急いで出ていく。年下のほうがドア口で立ち止まり、娘のところに戻って耳元で何やらささやくと、彼女の体をシーツでくるんで廊下に引きずり出す。

「おまえもだ（トゥ・タンビエン）」見知らぬ男がサントスに言う。サントスはすまなそうにうなずき、口答えもせずに出ていく。

マイアミのジャージを着た男があとにつづき、外に出てドアを閉めると、ドレッドロックの見知らぬ男はデスクの向こうに移動して、ガラスの上に両のこぶしを置く。

「ようこそコスタ・マヤへ」彼はアレックスに、アレックスだけに言う。「私の名前はアレハンドロだ」

「初めまして」アレックスはそう言って考える。この男の名前がおれの名前をスペイン語にしたものだなんて、偶然にしてはできすぎではないか？　この偶然に意味はない、考えるな、と自分に言い聞かせる。

「来てくれて感謝する」アレハンドロは言う。ゆっくりとした話し方だが、かすかになまりがある。いつもはベンが話をするのだが、アレハンドロは彼に気づいていないらしい。カタリナのほうを見て、またアレックスを見る。「電話したのはきみたちふたりだな？」

「電話というのは？」アレックスが訊く。「そっちが電話してきたんだろう。だからここにいるんだ」

「その電話ではない、警察への電話だ」

「警察？」

「ラスベガスで、宝石が盗まれるまえに」

どうしてこの男が〈グラフ〉での仕事のことを知っているのか、アレックスはわけがわからない。９１１への電話のことは、強盗事件の記者会見では語られなかったのに。ショックを隠そうとするが、一瞬翳がよぎったのをアレハンドロは見たにちがいない。

「話というのはそのことか？」アレックスは訊く。

「ちがう」アレハンドロはそう言うと、悪びれることなく大口を開けて虎のようにあくびをし、アレックスはいざとなると凶暴になる猫科の動物の力を感じる。「今夜来てもらったのはそのためではない。ある人物と話がしたいんだが、連絡がとれなくなってしまってね。その男を連れてきてもらいたい、それが仕事だ」

「それはおれたちの仕事じゃない」

「たしかに、きみたちがこれまでにやってきたようなことではない」

「それならなぜおれにたのむ？　ここにいるあんたの手下でもできそうなのに」

「うちの者たちがいつもやっている仕事より困難で、より技術が必要になる。そして、なるべく暴力は控えたい——これはおたくの専門であって、うちのではない」

「だれを捜しているんだ？」ベンが訊く。

「フェンタニルの製造者だ。合成麻薬で、ヘロインの五十倍の——」

「フェンタニルのことなら知っている」アレックスが言う。

「フェンタニルには未来がある。この男は製造者としては申し分ないが、今はいささか問題を抱えていて、そのため彼と話をする必要があるのだ」

「それはたいへんだな」アレックスは言う。

「その男のことを知っているのか？」

「彼のような人間をあんたのような人間から守る人びとのことは知っている」

「それで？」

「警備は厳重だ。太刀打ちできないほどに」

「相手があんたならどうだ？　はした金でというわけにいかないのは覚悟している。とりあえず経費として百万、今夜送金できる。仕事が完了したらあと五百万送る」

アレハンドロの申し出の重さに身がまえるように、カタリナが椅子に座り直す。

「すまないが」アレックスは言う。「力にはなれない」

カタリナが言う。「アレックス、わたしたちは――」

「少しマイアミの話をしよう」アレハンドロが言う。「グスタボ・サバガルの話を。グスタボは知っているか？」

「名前は聞いたことがある」

「だろうな。去年の十一月、彼の金庫にお宝があったことも聞いているはずだ」

「グスタボのことならみんな知っている」ベンが言う。「彼のところに高級品がごろごろしていることも」

「だが、夜にスターアイランドの彼の家をジェットスキーで訪れて、それらの品を奪った人間は三人しかいない。グスタボは友だちでね。そのことでひどく落ちこんでいる」

「それでも力にはなれない」アレックスは言う。

「いや、私のほうで力になれると言っているんだ。報酬のほかに、きみたちの負債をなかったことにしてやろう」

「負債はない」

「グスタボはそう思っていない」

「おことばだが」アレックスは言う。「グスタボがどう思おうと知ったこっちゃない」

「そう簡単には――」

「いや」アレックスは言う。「ちがうね。あんたが手を振るだけでその負債が消えてなくなると言ったところで、そんな負債は存在しないんだから、くそくらえと言うまでだ。回収のためにここにいるわけじゃないだろう」カタリナが咳払いをするが、アレックスは引かない。「話というのはこれなのか？　だからマヤ族のドラッグストア・カウボーイと特別な支援が必要なその友だちを連れてきたのか？　おれをゆすろうっていうのか？」

「ラファエル、犬のくせにユーモアがあると思わないか？（ティエネ・ウン・ウモール・デ・ペロス、ノ）」アレハンドロはそう言って、タトゥーの戦士から笑いを取る。そしてアレックスに向かい、「私は仕事をたのみにきた。それだけだ」

「ちがうね、あんたはおれが借りてもいない金の話をしにきたんだ。いったい何様のつもりだ？」

　カタリナが座り直して言う。「アレックス――」

「メッセンジャーだよ」アレハンドロが言う。「私がだれの代理なのか教えよう。この海岸線を牛耳っている人物を知っているか？」

「ああ」アレックスは言う。

「それならこの依頼の主がだれかわかるだろう。その人直々の依頼だ」

「それを信じろと？」

アレハンドロが左手の爪を調べているあいだに、アレックスがカタリナを見ると、目を閉じてうなずく。彼女もそう言おうとしていたということだ。

「彼がおれを名指ししたと信じてほしいのか」

「評判を聞いたらしい」アレハンドロが言う。

「ありえない」

「そんなことはない。きみと同じで、彼は細かいことにひじょうにこだわる。だれがやるのか、どうやってやるのか。彼はラスベガスの動画を見て、私に言った。〝こいつらならぴったりだ。捜してくれ〟とね。さて、きみはどこにいる？　この街、私の故郷だ。奇妙じゃないか？　私の雇用者はこれに何か意味があると思っている」

「そんなものは信じない」アレックスは言う。

「それは残念。私が何を信じているか教えよう。この仕事、この任務だ。それが今夜私の信じることだ」

「話し合ってみよう」アレックスは言う。「いま返事をすることはできない」

アレハンドロは微笑む。「よく考えてくれ。私の連絡先はきみの友人たちが知っているはずだ」

アレハンドロとともにラファエルも出ていき、ドアを閉める。期待するような沈黙の五秒間のあと、サントスが返事を求めて突然部屋にはいってくる。

「言うべきことなどない」アレックスは言う。「帰るぞ」

〈パーム・ツリー〉から出ると、三台のサバーバンが通りをハイウェイに向かうのが見える。三人は黙ってベンの車まで歩き、乗りこんでドアが閉まっても黙ったままでいる。アレックスが最初に口を開く。

「今のはだれだったんだ？」

「アレハンドロ・イクスト」カタリナが言う。

「いったい何者だ？」

「カルテルのために沿岸地域を仕切ってる。カンクンからベリーズに至る全域を」

「やつが言ったこの仕事の出どころを信じるのか？」

カタリナはうなずく。

「おれたちが何に足を踏み入れることになるのか、知らなかったんだな？」

「わかるわけないでしょ。だれも知らなかったのよ、サントスでさえね。ああいう人たちは、自分たちがだれで、どこにいて、何をやってるのか人に知られるのをいやがるの。パラノイアなのよ、あなたよりもね」

「どうしてベガスのことを知っていた？」

「あのポーカーゲームを通していくらか戦利品を動かした」ベンが言う。「品物で気づいたんだろう」

アレックスは冷笑する。「〈グラフ〉の品がやつらの目に止まったとでも？　何者なんだ、やつらは。カンクンの宝石学協会か何かか？」

「もっとましな説明をしてくれるなら」ベンが言う。「拝聴するよ」

「マイアミのことは？　どうしておれたちがやったことを知ってた？」

「マイアミの件は不確定要素が多かった」ベンが言う。「だれが話したのか知らないが、予想はつく」

「心配してないようだな」アレックスが言う。

「いや、心配してるよ。この件は金額以外何もかも気に入らない」

「同感だな」

「そうは言っても、大金だ」

「大金どころじゃないわ」カタリナが言う。「アレックス、抜けるつもりなんでしょ？これをやってからにしてよ。あなたの焼いてるケーキにアイシングをかけるつもりで」

「考えさせてくれ」アレックスは言う。

「わたしが心配してることを話すわ。あの人たちにノーとは言えないの。わたしもベンもここに住んでるのよ、忘れたの？」

「おれは注文を取らない」アレックスは言う。「おれたちはな。忘れたのか？　あいつらからも、だれからも。あえて危険を冒すつもりはないから、あんたらはビーチハウスを手放さずにすむさ」

「警察への通報のことはニュースに出なかった」ベンは言う。「だれも公にしていない。新聞もテレビ局も。記者会見でも話に出なかった。あいつはどうして知ってたんだ？」

カタリナはうんざりしたように笑う。「汚れたおまわりはベガスにいないと思ってるの、元ラスベガスの刑事さん？　冗談はやめてよ。アレックス、だれにメールしてるの？」

「おれの質問に答えてくれる人だ」

「マリセルか？」ベンが訊く。

アレックスはうなずく。

「彼女は引退している」

「そうだ。でも、ここで何が起こっているかは知っているはずだ」

「それは最後の手段のような気がするが」ベンが言う。

「セカンド・オピニオンだ」

ベンは肩をすくめ、車を発進させる。

18

トムは家の裏のビーチに置かれた寝椅子(シェーズ・ロング)の上で意識を取り戻す。あたりは静かで空は淡いブルー、暗い水平線の上にピンクの筋がはいっている。風に乗ってきたかのように、昨夜の光景がよみがえる。マスターベッドルームでのマッサージ・サークル、ダンスフロアにいた顔のスライドショー、いちばんはっきりしているのは、彼の尻をつかんで、笑いながら体を揺らしているパオラのイメージだ。トムはそのリズムに合わせようとするが、うまくいかない。キスはしたのだろうか？　はっきりしない。そこに、パオラが彼の名前を呼びながらビーチの小道を歩いてくる。

「やあ」トムは言う。「ここだよ」

パオラはココナッツの実をふたつ持っている。楕円形の緑色の殻の、先端部分が切り落とされている。

「ずいぶん捜しちゃった」彼女は言う。「はい、これ飲んで」

冷たく甘い液体は、かすかに血のような金属的な後味がする。

「やばい」トムは咳きこんで言う。「うますぎる」

「でしょ。横になって、マリカ。場所をあけてよ」

彼女は並んで横たわり、彼の胸に頭を乗せる。髪の毛が何本か彼の口にはいり、ネックレスの金の月があばらに食いこむが、彼女の体はやわらかくて温かく、こうした感覚をすばやく費用便益分析すると、このままでいい気がする。昨夜の記憶がさらによみがえる。空き地でひと飲みしたテキーラ、海で泳いだこと。トムはポケットをたたく。マッチ箱はなく、もうひとつの薬もない。

「あたしと分けたのよ」パオラが言う。「覚えてる?」

「覚えてないけど、どういたしまして。愉しかったよ」

「過去形？　まだはじまったばかりよ。でも、暑くなるまえに眠っておかなきゃ」

夜明けまえにパーティに戻ってきていたラファエルが小道を走ってくる。通りすぎながらトムの肩をぴしゃりとたたく。

「手を貸してくれ」彼は言う。

十人ほどの漁師が船を出して網を引くために浜辺に出ている。トムとラファエルは夜のあいだ砂の上に伏せてあった二艘の小舟をひっくり返す。カールが船尾にモーターを取り付け、三人の男は船を浅瀬に押していく。漁師たちは船に飛び乗り、砕ける波を切り裂く。明るくなりつつある空を背にした彼らの体は逆光になる。カールが水のなかにはいって大声でトムを呼び、トムはバシャバシャと彼のところに行って、網をたぐり寄せるのを手伝う。網を引いて岸に戻ると、漁師たちがのたうちまわる捕獲物を選別し、小さめの魚は波に放って、大きい魚は砂浜のほうに放る。そこでも魚はのたうちまわり、細かな白砂がうろこや目にくっつく。船が轟音をあげて戻ってきて、頭上でカモメが旋回するなか、漁師たちは獲った魚の内臓を出して切り身にする。トムはよろよろとビーチに戻ってきて、砂の上のパオラの横に倒れる。

「お疲れさま」彼女は言う。「見かけほど役立たずじゃないのね」

「仮眠が必要だ」

「どうぞ」

「あんたの彼氏は疲れてるのか？（トゥ・ノビオ・エスタン・カンサード）」ラファエルが近づいてきて言う。

「あたしの彼氏じゃないわ、お兄さん。でもいい人よ（ノ・エス・ミ・ノビオ、カバイエロ、ペロ・エル・エスタ・ビエン）」

「まだ済ませなきゃならない用事があるんだよ、あんた」ラファエルはトムに言う。「眠るのはあとまわしだ。いっしょに来い」

19

ダイアンは鳥の歌で目覚める。ベッドのなかでアレックスを求めて背後に手を伸ばすと、素肌ではなくコットンニットの生地が触れる。彼はまだ昨夜のチノパンツと黒いTシャツ姿で、両手を頭の下に入れて天井を見つめている。

「やあ」彼は言う。「おはよう」

「いま何時？」

「さあ。早朝だ」

「いま戻ってきたの？」

「少しまえに。散歩に行ってた」

「ビーチに？」

彼はうなずく。

「また行くつもりはある？」

水着に黒のサロンをまとい、彼のあとについて眠っている家のなかを歩き、皿でいっぱいのシンクを通りすぎる。足音をたてずに裏のデッキを抜けて、砂浜に降り立つ。まだ低い位置にある太陽の光はかすんでいるがまばゆく、昼ほど明るくないが、どことなく激しい。ビーチはゆっくりと息を吹き返しつつある。水辺では男たちがレーキで海藻を集めて袋に入れている。ジョギングをする人たちがやってきては去っていく。百ヤード先では、ホテルと波打ち際のあいだに低いデイベッドが置かれ、ヤシ葺きの屋根と、壁のように四方に吊るされた薄い布に守られている。ひとりの女性が横向きに寝て、自分の体で作った入り江のなかに小さな男の子を寝かせており、男の子の足は水を蹴ろうとするかのように母親の腿にぴったりくっついている。母親の手は息子のあばらの上に置かれ、肺と心臓を覆っている。

「ここはそんなに安全なの？」ダイアンが訊く。

「いや」アレックスは言う。「安全ではない」

「子どもたちにそう言ってやって」

「帰ってこなかった。今朝あの子たちのことを気にしてたのはわたしだけみたいね」

「くそ」アレックスは言う。「連絡はあったのか？」

「無事よ。トムから朝の四時にメールが来た。通りの先のパーティにいるって。〝泊まっていく〟って」

「でも無事なんだな？」

「ええ。息子はトラブルに巻きこまれたり逃れたりすることに関して経験豊富なの」

「どういう意味だ？」

「信じられないかもしれないけど、高校の時ドラッグを売って逮捕されたの。まあ、あなたはあの子の来歴を知ってるわけだから、信じられるわよね。〝生まれか育ちか〟問題の答えが出たわけ」

「驚いたな。そんなことをしていたんだ」

「思い返せば学費の高い寄宿学校に入れたのがまちがいだったわ。あの子はなんとかついていこうとしていたけど。それで、例の会合について話すつもりはあるの？」

「うまくいったよ」

「それなら話して」

「仕事を依頼してきた人物がいた。おれは断った。その気持ちは変わらない」

「どんな仕事？」

「おれがやるような仕事じゃない」

「つまり?」

「ある人物を見つけ出して送り届ける」

「それって誘拐よ。あなたはやらないのね?」

「ああ、やらない」

「今までやったことがないから」

「ああ」

「報酬はいくらなの?」

「経費込みで六百万」

「うそ。ペソで?」

「いや、ペソじゃない。正直、ハイエンドの仕事だ。高額すぎる」

「六百万ドルですって? まったく、仕事をまちがえたわ」

「おれもだ。ほかに知りたいことは?」

「ええ、実を言うとあるわ。ちょっと座りましょう。何があったか知りたいの」

「いま話したじゃないか」

「今朝のことじゃないわ。彼に何があったか知りたいの。クレイに」

アレックスはひとにぎりの砂をすくい、指のあいだからこぼれるにまかせる。「いい話じゃない」

「ねえ、わたしは大人よ。話すのがつらすぎるならそれでいい。でも、わたしを守っているつもりなら、その必要はない。二十年のあいだあらゆるひどい状況を想像してきたのよ。どんな真実でも、知らされたほうが救われる」

「彼がどんな仕事をしていたかは知ってるんだよな？　おれたちが当時何をしていたのかは？」

「知らないわ、くわしくは」

「八〇年代の初めに、とあるクソ野郎どもが破産オークションでオーシャン・カウンティ空港を手に入れた。医者、弁護士――お決まりの面々だ。不動産ゲームだった。滑走路を引き剝がして整備し、ゴルフコースやカントリークラブにする計画だった。そいつらのひとりは、コロンビアに家族がいるという友だちがマイアミにいた。この友だちが空港の話を聞いて、いい考えを思いついた。地価が上がるのを待っているあいだ、そこを通じてコカインを密輸しようという計画だ。空港を買ったやつらには警察にも地元の政治家にも知り合いがいたし、おれが知るかぎり、地元政治家自身もいた。買収する必要がある相手全員と話をつけた。首尾は上々だった。街なかに出回ることのないドラッグが届くだけで、ひとつも犯罪は起こらないし、生活（クオリティ・オブ・ライフ）の質にも影響はない。必要なのは、見て見ぬふりをし、当局に気づかれたら手を引くこと、そうすれば金持ちになれる。八〇年代を覚えているだろう。欲望は果てしなかった」

「あなたとクレイはどうしてそれに関わることになったの？」

「あいつに会ったとき、目にあざをつくっていただろう？　どこでやられたか、やつはきみに話したか？」

「金属との折り合いが悪かったとか言ってた」

　アレックスは笑う。「あいつらしいな。〈ドックス〉できみと出会う二日まえ、おれたちは〈トランプ・プラザ〉のとある部屋に押し入った。そこに滞在していたカップルは、派手な宝石をたんまり持ってたんだ。クレイのおばかな元彼女にたのんで部屋をノックしてもらい、留守だとたしかめた。カップルがノックに応えなかったのは、なかで縛られ、猿轡（さるぐつわ）をはめられていたからだった。銃を持ったふたりの男がおれたちより先に来ていたんだ。クレイは銃を持っていたが、おれたちが予想外のことにどうすればいいかわからずにいることはすぐに見抜かれた。やつらは襲ってきた。おれたちは巻きこまれたんだ。なんとかなるはずもなかった。が、どういうわけか、なんとかなった」

「どういうわけか？　どうして？」

「クレイは銃の腕前はからきしだったが、素手で戦うのは強かった。あの頃のおれたちがやっていたことといったら、トレーニングとスパーリングだけだったからな。けんかになれば、おれたちに勝算はあった。助けてやった相手は密輸業者で、分配地点としてオファーされたこの地方空港を調べるためにメキシコの街から来ていたことがわかった。それで、妻のほうがおれたちに仕事を提案してきた」

「強盗しようとしたあとで？」

「車を運転して、商品を運ぶ仕事だ。どんな仕事？」飛行機は一日に二回着陸した。空の玄関はいっぱいにひらかれていた」

「わたしと会った直後にその仕事をはじめたってこと？」

アレックスはうなずく。「おれたちはこのろくでもない空港の格納庫を拠点として仕事をした。飛行機が着いては、積み荷を降ろし、また飛び立った。クレイとおれは車を運転してニューヨークやフィラデルフィア、アトランティック・シティ、ボストンへも行った。あの午後、おれは仕事に行けなかった。おふくろがようやく治療を受けることになって、身のまわりのものをまとめる手伝いをしなきゃならなかった。それで、連絡係に相談した。すると、クレイにひとりでやらせろと言われた」スポーツブラにヨガパンツ姿の女性ふたりがジョギングで通りすぎ、アレックスは口をつぐむ。「彼は予定の時間に現れなかった。電話がかかってきて、彼はどこにいるのか、なぜまだ姿を現さないのかと訊かれた。おふくろの車でハイウェイに乗った。何マイルも渋滞していた。路肩を走っていくと、警官たちの壁に出くわした。クレイの車は九五号線をはずれたところにある木に巻き付いていた。だれかが彼を道路から追いやって撃ったんだ。ドラッグは奪われていた」

ダイアンは膝を抱える。「その日彼がひとりだということを知っていたのはだれ？」

「おれは雇い主にしか話さなかったが、それがもれなかったとはかぎらない」

「雇い主って？」

「おれたちが強盗しようとしたカップルだ」

「彼らだったはずはないと？」

「積荷は彼らのものだった。クレイとおれは彼らのために荒稼ぎをしていたんだ。命を助けたことは言うに及ばず」

「それでどうなったの？」

「何かあったら電話することになっている番号があった。ニューヨークにいる弁護士の番号だ。彼にメキシコ行きの飛行機に乗せられた。何週間かマリセルのところに泊まった」

「マリセル？」

「妻のほうだ。彼女と夫はコロンビアから合衆国にドラッグを運んでいた。メキシコのカルテルが引き継ぐまえのことだ。夫のほうはもう死んでいる。彼女とおれは今でも親しくしている」

「今やってることに引き入れたのは彼女なの？」

「そういうことになるかな。おれが滞在中、夫は自宅でパーティを開いた。彼はしょっちゅうパーティを開いていたが、あのときは自分自身の誕生日パーティだったから、これでもかというほど豪勢だった。ペルシャ絨毯の上で小便をするホワイトタイガーの子ども、いたるところにあるコカインのボウル、リビングルームでの乱痴気騒ぎ。それが何日もつづいた。あるとき、おれが失業中だとだれかが言った。別のだれかが、ベンに相談するといい、ベンは元ベガスの警官で、チームの編成係だから、と言った。冗談のつもりだったらしい――彼の提案にみんなが笑った。おれはあとでそのベンに詰め寄って、チームに入れてくれと言った。死ぬほどおびえていたんだ。ほかにどうすればいいかわからなかった」

「理由と言い訳のちがいを知ってる？」

「まずい判断だったことは認めるよ」

「まだその女性と親しくしてるのね？」

「今日ランチをいっしょにとることになっている」

「いったい何のために？」

「この仕事を断っても波風が立たないようにしてもらうために。彼女は依頼人たちを知っているると思う。ガキのころからおれの世話をしてくれているんだ」

「彼女はクレイを知ってたのね？」

「彼女はおれたちを雇った。だが彼を知っていたとは言えない」

「でも、彼に会ってる」

「一度だけだ」

「彼を知っていた人がいるなんて、不思議な感じ。わたしの友だちも家族も知らなかったのよ。トムのことがなければ、彼は存在していなかったみたい」

「彼が死んだとき、家族を探そうとしなかったのか？」

「何があったか知らされたとき——言わせてもらえば、わたしは何年もこのことに取り憑かれていたのよ——心のどこかで間一髪で逃れられたという気がした。こんなことは自分の人生に起こってほしくなかったし、子どもの近くでも起こってほしくなかった。無一文だったけど、彼のお金はそういう種類のお金だったわけでしょ？　そんなものいらない。遠慮する」

「そうだな」アレックスは言う。「わかるよ」

「以前はわからなかったんでしょう」ダイアンは言う。「でも今はわかるのね？」

20

水のボトルと袋入りの氷と冷えたビールと発電機用のガソリンとともに戻ると、トムとラファエルはヒーローさながらの歓迎を受ける。キッチンではイタリア人たちのグループが、通りの先のジューースバーで買ってきたマンゴーのスムージーに、マジックマッシュルームを加えている。客の数はしばらく減少傾向にあったがまた盛り返しており、ダンスフロアではさわやかな顔つきの新参者と、サングラスをかけ、服が脱げかけたよろよろの古株が入り混じっている。ファン・マヌエルは日の出からデッキにいて、そっと家から出たトムは、まばゆい日の光のもとで彼とハイファイブをする。ふたりの漁師がパーティに加わっている。ひとりはギターでランチェーラ（メキシコの伝統的な音楽）の曲を奏で、そのあいだもうひとりは、空き地で火を熾してシイラを料理する。借り物のアビエイター・ジャケットに黄色いビキニ姿のパオラが、ハンモックチェアでトムを呼ぶ。トムが腕をまわすと、彼女は脇の下に鼻を突っこむ。

「あたしとほとんど同じくらい臭いわよ」

「まあね」彼は言う。「でもそこまでではないよ」

ラファエルがショットグラスとライムのスライスを載せたトレーを手に、家から出てくる。グラスを取り、テキーラだと思ってあおると、水に溶かしたＭＤＭＡの粉っぽく薬臭い味がして、トムは思い切り顔をしかめる。

「うわっ」彼は言う。「まじで？　またこれ？」

「なんだと思ったの？」パオラが訊く。

「ショットグラスだよ？　テキーラだと思ったよ」

「彼に気をつけてやれよ」ラファエルがパオラに言う。

「あたしが心配してるのは彼じゃないわ」パオラが言う。

ラファエルの半笑いにトムの内臓が収縮する。感覚がなくなり、ひどい味が弱まる。トムは目を閉じ、鳥の鳴き声のメドレーと、テクノ音楽と、バイリンガルの会話が流れていくにまかせる。耳元でせかすようにささやくパオラの声で目が覚める。

「ねえ、起きて、マリカ。海にはいろうよ」

トムは目を開け、すぐに理解する。太陽は頭上五十フィートあたりにあるように感じられ、見えるものすべてが今にもポンと弾け、炎を上げ、火花を散らして燃え上がりそうに見える。ドラッグの恍惚感にはフリーフォールのような威力がある。トムとパオラは立ち上がり、よろめきながらビーチへの小道を進み、砂浜を横切る。トムは波打ち際で立ち止まり、ボクサーブリーフ一枚になって、彼女のあとから浅瀬にはいる。感覚が更新される。海は下半身にあたるひんやりした風のようで、顔と肩にのしかかる熱い空気は風呂のようだ。パオラは潜ったかと思うと、髪をオールバックにして彼のまえの水面に浮かび上がる。彼女のまわりで水が粉々になったガラスのようにきらめき、顔の輝きはあまりに強烈で、トムはそれを低いハム音として感じる。

「ラファエルはどこでこれを手に入れてるのかな?」彼は尋ねる。

「先に言っとくべきだったけど、ラファエルには気をつけたほうがいい」

トムがなぜと訊くまえに、彼女はまた潜ってしまい、体を横にして彼の脚のあいだをくぐり抜ける。パオラは彼の知らないことをたくさん知っているらしい。

「ラファエルの何がいけないんだい?」ふたたび浮き上がった彼女に、トムは尋ねる。「ぼくはいいやつだと思うけど」

「それはあなたがハイになってるからよ」

「ああ、サイコーにハイだ」

「いい感じでしょ?」

「ああ。きみに会えてよかった」

「昨日会ったばかりだなんて変な感じ」

「親たちは先月出会ったばかりだし」

「そのまえに会ってるわよ」パオラが言う。

「どういうこと？」

「なんでもない。気にしないで。あなたのママの好みのタイプは？」

「これまでの男のこと？　たいていは負け犬だね」

「これからもそうかも」

トムは笑う。「アレックスはいい人そうだけど。お父さんとうまくいってないの？」

「そんなことないよ、うまくいってる」

「でも、親密ではない」

「ある意味、親密よ。お互いを理解してる。子どものころはずっとそばにいたわけじゃないけど」

「どうして？」

「ママがいっしょにいたがらなかったから。話せば長くなるわ。あなたはお父さんと仲いいの？」

「父のことは知らないんだ」

「まったく？」

「母と結婚してないし、ぼくが生まれるまえに死んだから。車の衝突事故で。会ったことないし、写真も見たことない」

「お母さんはなんて言ってるの？」

「その話題は避けてるんだ。子どものころでさえ、母が話したくなさそうなのはわかった。ふたりはレストランで出会って、一夜の関係を結んだ。何を話すことがある？　いびきをかいたこと？　チップをけちらなかったこと？」

「知りたいとは思わなかったの？」

「とくには」

「わたしにうそをついてる？　それとも自分に？」

トムは笑う。「ぼくの心を読めるんだ？」

「顔に書いてあるもの。クソみたいにハイになってるのに、もっと知りたいって認められないの？　わたしにそれを認められなくても――別にいいのよ。会ったばかりだもの。でも、自分には認めるべきよ」

「オーケー」彼は言う。「認める。別に重要なこととは思わないけど」

「ええ、そうよ。それで何か変わるわけじゃない。親がだれだろうと、死んでいようと、人はみんなどうなりたいのか決めなきゃいけないときがある。そんなとき、知識がいつも助けになるわけじゃない。ほんとよ。ねえ、足が立たなくなっちゃった。抱き上げてくれる？」

「いいよ」

首に腕をまわされ、腿にかかとを引っ掛けられると、新たな神経化学物質が放出されて視界がぼやけ、トムは快感に打ち震える。

「寒いの？」彼女が訊く。

「寒い？　全然」

「ああ」彼女は言う。「そう。さっき言ったのはうそ、あなたのにおい好きよ」

彼は今の彼女のにおいが、赤ワインビネガーと金属のようなにおいが気に入る。だれかの体臭が気に入るということは、深い生物学的親和性があることを示していると、高校時代のガーフルレンドから聞いたことがあるが、それは言わずにおくことにする。彼女と密着したまま波に身をまかせ、足で海底の砂をかくうちに、時間の感覚がなくなる。今や太陽は肉焼き機のようだ。彼から離れる直前、パオラは「溶けちゃう（メ・デリテス）」とささやく。

「何？」

が、パオラはまた水に潜り、岸に向かって泳いでいる。砂浜でトムはズボンを振って砂を払い、携帯電話をチェックする。メールが二通と、不在着信が三件、いずれも母からだ。

「ここを出ましょう」パオラが髪を絞りながら言う。「レコードを取ってくる。あの家でこれ以上失望されたくないし。みんなもうアクマルに帰った？」

トムはうなずく。

「乗せていってくれる人を探そう。こっちよ」

ふたりはカールの隣家の庭を横切り、どちらの方向からも車が来ていない海岸通りに出る。

「つぎはどうする？」トムが訊く。

「いいから待ってなさいよ、マリカ」パオラが言う。「信じるの」

「〝マリカ〟ってどういう意味？」

パオラは笑い、彼の髪をかき上げる。「弱虫って意味」彼女は言う。「ほんとはオカマっていう意味だけど。でも褒めことばよ」

21

北に向かうハイウェイ三〇七号線は、三車線の駐車場のようだ。新聞売りや、窓洗い屋や、揚げた豚皮（チチャロン）を売る子どもたちが、アイドリングする車の迷路を歩きまわり、その体は熱波と排気ガスのせいでぼやけ、ゆらめいている。〝心配無用（ノー・フィアー）〟と書かれたシャツを着た太った男が、フロントガラスに水を吹きかけるが、アレックスは手を振って追い払う。神経が昂（たかぶ）って、いらいらしている。マリセルは待たされるのが好きではない。

彼女の住む地中海風邸宅は、人里離れた海岸沿いの三エーカーの土地にあり、左右を五つ星のリゾートと、座礁した石油タンカーのように見える岩石層にはさまれている。マリセルと夫はそのリゾートのレストランの常連で、ある夜ディナーのあと、ボディーガードを引き連れてビーチをそぞろ歩くうちに、その場所に惚れこんでしまった。マリセルがほしいと思った土地は、リゾートが所有する浜辺と、国立保護区として管理されているジャングルからなっていた。この土地を買いたいのだが、だれに話をすればいいのかとマリセルが訊くと、リゾートの不動産担当部長は笑った。六カ月後、彼女が雇った建築業者は建設に着工した。

マリセルの夫が家の完成を目にすることはなかった。ロベルト・サンドバルは社交的でせっかちな男だが、コーヒーとデザートと最後の一杯、そして帰路用の一杯を手にするまでレストランをあとにしなかった。彼が七十一歳で亡くなると、タブロイド紙は冗談で、七〇年代と八〇年代のアメリカに大量のコカインを供給した男の死因として、結腸癌は不自然だと報じた。ロベルトはひじょうに裕福な男として死んだ。

アカプルコのナイトクラブの混み合ったバーでマリセルを見つけたとき、ロベルトはひょろりとしたハンサムな二十一歳の若者だった。アレックスはふたりの出会いのストーリーをマリセルから、のちにロベルトからも聞いていた。マリセルはバーテンダーに気づいてもらうのに苦労していて、そういう苦労とは無縁のロベルトが、彼女にグラス一杯のシャンパンを進呈した。だれからの飲み物か訊いた彼女は、ぴかぴかのチェルシー・ブーツにホワイトジーンズを穿き、ボタンをはめていない派手なプリントシャツから胸骨をのぞかせた若者に近づいた。若者は彼女より六インチ背が低かったが、まばたきもせずに見つめられても動揺しなかった。

「うれしいけど」彼女は言った。「わたしは女友だちのために飲み物を買いに来たの。あなたと飲むんじゃなくて」

ロベルトは注文を受けている最中のバーテンダーをもう一度呼んで、若い女性たちのいる隅のテーブルにボトルを一本注文した。彼はマリセルを見た。「これで友だちにも飲み物が届いた」彼は言った。「おれと飲めますよ」

彼女はクリスマス休暇中のウェルズリー大学の学生だった。ボストン郊外にある女子大学で、卒業後はアカプルコに戻って高校時代のボーイフレンドと結婚するという取り決めのもと、そこで英文学を学んでいた。ロベルトが不動産の仕事をしていると言うと、彼女は笑った。ふたりは同じカトリックの高校出身だったが、ロベルトはドラッグを売っていたために退学になった。若さゆえの無分別な行動だったが、これがすぐに仕事になった。この女はこんな悪名高い男に惹かれているらしい、と彼は気づいた。これはそうあることではなかったし、さっきまでベッドをともにしていたような長身ブロンドのアメリカ女に弱い自分が、どうして彼女に惹かれてしまうのかもわからなかった。何年もたってからマリセルは、彼の生きようとする本能に惹きつけられたのだと言った。ロベルトの食欲は野望によってのみ増進したので、彼女のさりげない影響力とすぐれた助言がなかったら、自然死するまで生きられなかっただろう。

初球は直球だった。

「あと一時間以内に車でマンサニージョまで行かなきゃならないんだ」彼は言った。「いっしょに来てほしい」

「あのね」彼女は言った。「ほしいものをすべて手に入れることはできないのよ」

「ほんとにそう思う？」

そのときまではそう思っていた。マリセルは何年もまえからうつに悩まされており、霧のように消散するまで、それは何週間も、ときには何カ月もつづいた。うつに襲われるたびに彼女はさらに落ちこみ、ときには人生から徐々に幸せが失われていき、少しずつ戦争に負けているように思えることもあった。ロベルトの質問で彼女のなかの何かが揺さぶられた。裕福だが平凡な両親が娘のために計画した人生を選ぶつもりはなかった。文学に興味を持ったのは、そうするしかなかったからだ。それは現実逃避であり、現実とは別の世界を学問的な厳しさで探索し、アカプルコでもマサチューセッツ州のウェルズリーでもなく、本のなかで生きるための口実だった。でも、もうそれは必要なかった。目のまえの若者は別の世界への門だった。

「あなたの車にラジオはある？」彼女は尋ねた。「音楽を選ばせてくれるならいっしょに行くわ」

中レベルの密売人といっしょになるために政略的な婚約を破棄すると、両親は勘当すると脅した。きらびやかな世界の暗い面――ほかの女たちや、ことばにするのもはばかられるような暴力をひとたび目にすれば、うんざりして自分の非を認め、許しを請うことになるだろう、とマリセルをさとした。が、ボストンで教育を受けた本好きな娘は、将来について幻想など抱いていなかった。

ロベルトがたちまち頭角を現したのは、マリセルをパートナーに選んだことが大きかった。ロベルトという鈍力の陰でマリセルはブレーンを務め、そのために彼は自分でも意外なほど彼女を愛した。マリセルは最初こそ彼の魅力に驚かされたが、以後そういうことはほとんどなかった。男はたいてい予測可能で、これは男ばかりの業界では大きな利点になった。ロベルトはトマス・ピンチョンについて語ることはできないし、座って交響曲を鑑賞することもできない。でも彼は、潜在能力を最大限に発揮する機会をわたしに与えてくれた、とマリセルはのちにアレックスに語った。

マリセルはたちまちアレックス・キャシディを気に入った。クレイの死後、プエルト・バジャルタの空港で彼を出迎え、好きなだけいっしょにいていいと伝えた。長時間ランチやディナーをともにし、ワインセラーから何本もボトルを出してきては、ワインのことを教えた。第二外国語としての英語のぎこちなさと、やけによそよそしい口調の混ざった彼女の話し方に、アレックスは飽きることがなかった。ある午後、ふたりでプールのそばでくつろいでいるとき、アレックスはロベルトに誤解されるのではないかと心配になった。マリセルは笑った。夫はわたしがほかの男たちといるのを見るのが好きなのよ、会話以外のことをしていてもね、と彼女は言った。何年もたってから、アレックスはうわさを聞いた。彼女みずからロベルトの愛人たちを審査し、その女たちはロベルトのものになるまえにマリセルを悦(よろこ)ばせなければならないらしい。うわさは本当らしかった。彼女はウェルズリーの寮の部屋でのおふざけについて冗談を言ったことがあったが、そんなかわいいものではなかった。それは慎重さと献身を装いながら自分の欲望を充(み)たす行為だった。どこまでもマリセルらしかった。

　アレックスはマスクをした海兵隊員が警備するハイウェイの検問所に向かってじりじりと進み、アビエイター・サングラスをかけた士官の合図を受けて止まる。サングラスに映る自分の姿を見て、海兵隊員が何を目にしているかわかる——中型のレンタカーを運転する中年のアメリカ男(グリンゴ)。海兵隊員は手を振って通過を許可する。車列はしだいに分散していく。オートバイに乗った若い娘を見て、昨夜パオラが戻ってこなかったことを思い出す。今朝子どもたちの安全を確認しなかったことに罪悪感を覚える。ひどい父親だとダイアンに思われただろうか？　つねにローレベルの警戒状態をたもち、ひとたび子どもがいなくなると、まるで幻肢を失ったかのように瞬間的にパニックになる親たちには感心させられる。彼には備わっていない本能だ。散発的親権だから仕方がないのかもしれないが、心の底では親に向いていないとわかっている。幸いパオラは世話のかからない娘だ。

ハイウェイを降りて、蛇行する未舗装道路を、くぼみや最近の嵐で落ちたヤシの葉をよけながらゆっくりと進む。ドライブウェイの入り口の錬鉄製の門が、鋼鉄で補強された黒っぽい硬木の厚板に変わっている。どうして変えたのだろう、とアレックスは遠ざかる防弾壁を見ながら思う。門のなかにいる武装警備員がうしろに下がって彼を通す。

ドアの上のカメラは、彼の髪の最近薄くなってきた部分に向けられている。長年サンドバル家にいる家政婦が彼をなかに入れ、奥さま（セニョーラ）はすぐに降りていらっしゃいます、と言う。マリセルが頭上の踊り場に現れるまえに声が聞こえる。

「エルネストに二品のランチコースをたのんであるの。午後に予定があるのかもしれないと思って。でも、足りなければいつでも追加できるわ。今朝はすばらしいイエローテイル（ブリやハマチ、ヒラマサなど）がはいったの」マリセルは手すりにつかまりながら言う。その様子はアレックスに彼女と自分の年齢を意識させる。「道路がひどかったでしょう。木曜日に片付けてもらうことになっていたんだけど、ここではそういうことが予定どおりにいかなくて」

彼女は手の甲を彼の額に当てる。「具合が悪そうね」

「疲れてるだけです」腰を折って彼女を抱きしめながら言う。

「座りましょう」彼女は壁一面の窓から海を見わたせるダイニングルームに彼を導く。

「いつ帰るの？」

「月曜日。あなたとふたりで会う機会が持ててよかった」

「ええ、そうね」彼女はだれもいない室内を示して言う。「知ってのとおり、このところとても忙しいのよ」

ガラス製の長いダイニングテーブルの、海を見わたせる側の椅子を彼に勧める。アレックスはズボンのポケットから小さなベルベットの包みを取り出す。

「これは何？」それをマリセルのほうにすべらすと、彼女が訊く。

「ささやかな誕生日プレゼントです。早いのはわかっていますが」

「いくらなんでも早すぎるわよ」彼女はそう言って留め金をはずす。ポーカーフェイスが自慢のマリセルの目がきらめくのを見て、アレックスは微笑む。エメラルドに目がないのだ。カタリナはこのイヤリングの買い手を見つけていたが、アレックスはとりあえず取っておいた。こんな顔が見られるのなら一万八千ドルは安い。

「ありがとう」彼女は言う。「きれいね。どこで手に入れたの？」

「知らないんですか？」

「どうしてわたしがこういうものにくわしくないといけないの？　それはあなたの仕事で

しょ」

　コックのエルネストが湯気のたつトルティーヤ・スープのボウルをふたつ運んできて、ビジネスの話は最初の一品を食べ終えたあとにしようとアレックスは決める。

「お嬢さんはきれいな女性になったわね」マリセルが言う。

「会ったんですか？」

「着いたときカクテルを飲みに来たわ。とてもゴージャス（ケ・プレシオーサ）な子ね。でも、あなたの話を聞かせて」

「ある人と出会いました」彼は言う。「彼女もいっしょにこっちに来ています」

　マリセルはエルネストを呼んでシャンパンをたのむ。「乾杯しましょう」彼女は言う。

「ありがとう。今夜アクマルの〈ラ・ブエナ・ヴィダ〉で飲むことになっています。あなたも来てくれたらうれしい」来ないのはわかっている。マリセルがハーフムーン・ベイのビーチバーに足を踏み入れるとは到底思えない。

「きっと愉しいでしょうね」彼女は言う。「真剣なのね？」

「ええ。それに込み入っている」

「どんなふうに？」

「おれの友だちのクレイを覚えていますか？」

「ええ。あれはとても不幸なことだった」

「あのとき、クレイに子どもができたと話したはずです。彼女はその子どもの母親です。最初は知らなかったんですが、あとになってわかりました。おれたちは先月偶然出会ったんです。父親にそっくりな彼女の息子を見るまで、お互いの正体を知りませんでした」

エルネストがグラス二脚と水滴のついたボトルとともに戻ってくる。コルクを抜くと、シュッという音とかすかな気泡が上がる。ワインが泡立ちながらグラスに注がれる――とても薄い手吹きの脚付きグラスに。あまりに薄いので、アレックスは液体だけを手にしているような気がする。

「サルド、アモール、ディネーロ、イ・エル・ティエンポ・パラ・ディスフルタルロス」マリセルは言う。

健康、愛、金、そしてそれを愉しむための時間に。そうだ、とアレックスは思う。だからおれはここにいる。

「あなたの恋人(ノビア)についてもっと知りたいけれど」彼女は言う。「別のことを話すためにここに来たんでしょう」

アレックスは膝の上の固いナプキンで口を拭う。「昨夜アレハンドロ・イクストに会いました。彼をご存じですか？」

「知っているわ、ここのだれもが知っているように。かなりの有名人よ。会ってどうだった？」

「彼と、彼のボスのために仕事をしてほしいとたのまれました」

「なるほど。彼らはどうやってあなたを見つけたの？」

「おれたちの最後の仕事はラスベガスでした。ネットに流れた動画、おそらくあれを見たんでしょう。盗品のいくつかは彼の仲間に流れたようですし。そこから推論したらしい」

「それはたしかにありそうね。かなりの報酬が約束されているんでしょう」

「金が問題なわけではありません」

「それなら何が問題なの？」

「辞退したい」

「アレハンドロがだれの代理をしているかわかってるわよね」

「ええ」

「それなら、申し訳ないけど、何が訊きたいの？」

「その仕事がしたくない場合、どうすればいいか」

「この場合、あなたが何をしたいかは関係ないわ」

「彼らと話してもらうことはできませんか？」

　マリセルは笑う。「わたしを買い被らないで。もう昔とはちがうのよ。トップからの依頼だと、アレハンドロのボスからの依頼だと言ったわね？　わが国の大統領ともつながりのある人物よ。システムのなかで働けば、権力者の道具になる。あなたは何年もまえにその契約にサインしているの」

「システムのなかでは働きません。自分のために働きます」

「お願い、アレックス。子どもみたいなことを言うのはやめて。本気で言ってるの？　もちろんあなたはシステムのなかで働いている。ロベルトだって理解していたわ。考えてみると、あなたとアレハンドロは名前以外にもいくつかの妄想を共有しているみたいね。子どもじみた独立精神とか。あなたたち、いいチームになれるかもしれないわ」

「つまり彼を知っているんですね」

「知っていると言ったでしょ。アレハンドロについて知っていることを教えてあげる。彼は長いことトゥルムで瞑想の道場を経営していたの。マインドフルネスのための施設をね。講師として高く評価されていた。二年まえにはチベットの僧院に移り住んで、さらに修行をした。一年滞在する予定だったけれど、六カ月後に母親からメッセージが届いた。友だちに会いにプラヤ・デル・カルメンに行ったところ、街はひどく様変わりしていた、と。男たちは警察から丸見えの目抜き通りでドラッグを売っていた。あなたも知っているように、昔はそんなことはなかった。長いことこの海岸は神聖な地で、権力者たちが家族を住まわせている場所だった。でも、旅行者のあいだでトゥルムの人気が高まると、そこから得られる旨味はあまりにも大きかった。アレハンドロについて理解すべき重要なことは、母方に強大なマヤ族の先祖がいるってこと。この海岸の開発は、ここに住むマヤ族にとって衝撃的なことだった。あなたは笑うかもしれないけど、マヤ族たちは毎日先祖を感じ、スペイン人がやってきたとき先祖が受けた痛みを感じているの。そして、海がごみだらけになり、陸にリゾートが建ち並ぶ今、彼らは歴史を再体験させられ、ヨーロッパ人たちがふたたびすべてを破壊するのを見せられている。アレハンドロの母親は街でひとりの男に気づいた。彼女が育ててやった男だった。それなのに、声をかけると無視された。そのとき、男が仕事中だということに、白人（グリンゴ）にコカインや錠剤を売っていることに気づいた。彼女は耐えられなかった――わずかな金（ペソ）のために故郷を破壊する同胞たちを目にするのが。彼息子に手紙を書くと、息子はすぐに戻ってきた。アレハンドロはどんなことをしても秩序を取り戻し、故郷を守るのが自分の義務だと感じた。そして、この提案をカルテルのトップに伝えたの」

「どうして瞑想の講師が会ってもらえたんです？」

「アレハンドロはユニークな提案をしたの。彼が求めたのは必要な物資――人材、機材、情報、そして彼と母親とおばのための安全な住まいだけ。代わりに、この海岸を管理し、安全を維持すると。人がもっとも恐れるのは、理解できないことよ。カルテルの敵対勢力には理解できなかった。金の鎖にも車にも娼婦にも興味がないのに命をかける男を、母親とその姉妹とともにジャングルに住む男をどうすれば理解できる？　でも、カルテルは理解した。節操のある男が腐敗した組織と関わりたがるのはよっぽどのことで、おそらくきわめて重要なことなのだと」

「彼はどうやってその仕事をやりとげたんですか？」

「六カ月のあいだにほかのカルテルはいなくなった。アレハンドロはあらゆるところに友だちがいて、あらゆるところに目が届いた。何かあれば知らせてくれる男や女や子どもたちがいて、最初はただで、今はたっぷりと報酬をもらって彼のために働いている。彼は有能で、彼なりにフェアでもあった。ルールははっきりしていた。それに逆らう者には容赦なかった。流通を合理化し、通りをきれいにした」

「マインドフルネスの講師が一年足らずで沿岸をまとめあげたと？」

「その昔わたしのところに来たとき、あなたは飼い主に脚を折られた小さな犬のようだった。おびえて、何もわからなくて。どう見ても無力だった。でも、二カ月後にはかなりの現金と美術品を持ってマイアミの倉庫から出てきた。意欲的で能力のある人間なら短時間で非凡なことをやり遂げられるのは、あなたも知ってのとおりよ」

「たしかに」アレックスは言う。「それに、彼のためにもなる。修行にもなるだろうし」

「でも、今の彼の生活は想像していたものとはちがうはずよ。おそらく必要な犠牲だと思っているんでしょう。昨夜彼に会ったのよね？」

アレックスはうなずく。アレハンドロがはいってきたとき、ふたりの若者の目に浮かんだ恐怖と、彼らがそのあとやみくもに服従したことを思い出しながら。

「どんな印象を持った？」

「目的意識が高い」アレックスは言う。「たしかに導師らしいところがある。やけに謙虚に見えた」

「たしかに謙虚さはある。でも、それを弱点と考えるのは大まちがいよ」

恐怖が胃から肺に浸透し、アレックスはグラスに酒を注ぎ足して飲む。エルネストがまた現れて、コチニータピビルの皿をふたつ運んでくる。豚肉をバナナの葉で包み、炭の下に埋めて蒸し焼きにしたマヤの伝統料理だ。その肉はアレックスに、繰り返し見る悪夢に出てくる手のない手首を思い出させる。豚肉には脂が点々と散るオレンジ色の液体が添えられ、皿の縁にたまっている。

「あなたが着いたときは」マリセルが言う。「具合が悪そうだと思ったけど、別なことのせいみたいね。怖いの？」

「心配だと言ったほうがいいかな」

「何が心配なの？」

「ある人物を連れてきてほしいと言われたが、それはおれの仕事じゃない。どうしておれにたのむんです？　ここでは何か別のことが進行している気がする。でも、ひと晩考えてもまだわからない。あなたは変だと思いませんか？」

マリセルはナプキンで口の端を拭う。「安心しなさい、このことについてはもう考えなくていいわよ、とは言えない。もちろんそれは当然の疑問よ。そして完全に見当ちがいでもある。未知の部分はつねにあるわ。何がそんなに気になるの？」

「今はすべてがちがう気がするんです」

「状況がちがうの？　それともあなた自身が？　わたしが電話を取って、すべてをなかったことにしてあげると言ったらどうする？　その女性といっしょに一般人として暮らすの？」

「前代未聞のことですか？」

「それがほんとうにあなたのしたかったことなの？」

「人は変わります」

「そうね。そんなことはめったにないし、変わるとしても徐々にだけど。このイヤリングがラスベガスから来たものだとすると、あなたは最近、百年にわたって強盗にあってきた街史上もっとも大きな仕事をなし遂げたのよ。世界中の人たち同様、わたしもあなたの言っていた動画を見たわ。とてもおもしろかった。これは褒めことばじゃないわよ。あなたが今この立場にいるのはあの動画のせいなの。それに、わたしがパソコン画面で見た人物は、引退しそうには見えなかった」

「あれは宣伝のつもりでやったわけじゃない」

「関係ないわ。おだてるつもりで言うわけじゃないけど、とにかく覚えておいて。あなたほどこの仕事をうまくやれる人はめったにいない。カルテルがとくにあなたを指名したのにはほかの理由があるのかもしれないけれど、それに尽きると思う。彼らはすべてにおいて最高のものを求める——スポーツカー、武器、アフガニスタンの芥子」マリセルはナイフとフォークを置く。「ロベルトとわたしが出会った夜の話はしたわよね」

「ええ」

「それなら、すべてを手に入れることはできないとわたしが言ったとき、彼がなんて答えたかも話したはずね」

アレックスはうなずく。

「これだけ時間がたってみると、わたしは正しかったことがわかる。ほしいものをすべて手に入れることはできない。わたしのアドバイスはこれよ。アレハンドロにたのまれたことをやって、お金をもらいなさい。あなたのためになるとは思えないけど、彼と話してくれというなら話すわ。ところで、エルネストがおいしいココナッツシャーベットを作ったの。デザートにいかが？」

22

アレックスのコンドミニアムのまえに赤いコンバーチブルが停まる。パオラが海沿いの道に出て親指を上げるとすぐに、タイヤをきしらせて停まった車だ。運転手は二重あごの銀髪の男で、名前をハビエルといい、酔っ払ったカエルの画像をTシャツやショットグラスにプリントする工場をカンクンに所有している。パオラは乗せてきてくれた彼にお礼を言い、トムを従えて上階に行く。ベッドルームにはいると、エアコンをつけ、靴を蹴って脱ぐ。

「水飲む？」トムが訊く。

「うん、飲みたい。ありがと（グラシアス）」

「待ってて」

キッチンでボトルに水を満たしていると、バルコニーにいる母に気づく。おそらく煙草を吸っているのだろう。トムは一本もらいたいと思う。スローモーションのフリーフォールのように陶酔感が薄れてきており、眠るまえに手っ取り早くニコチンで気分をあげたくてたまらない。ドアの開く音にダイアンが顔を向ける。煙草は吸っていない。母の顔を見て、クラブでおやすみと手を振ってから何かが変わったことにトムは気づく。

「おかえり」彼女は言う。「心配してたのよ」

「アレックスは？」

「人に会いにいってる。ランチのあとで戻ってくるわ」

彼女は息子を抱きしめたあと、体を引いてじっと見る。汗はテキーラのにおいがし、瞳孔は日光を飲みこむブラックホールのようだ。

「あらあら」ダイアンは言う。

「パーティに行ったんだ」

「そのようね。あなたたち、思ったより共通点があるのね」

「薬物乱用防止教育（DARE）的お説教は勘弁してくれる？」

「わかった。代わりにひとつたのみを聞いてくれる？」

コンドミニアムの下のビーチで、ダイアンは陸風の力を借りて砂の上にリネンのシーツを広げる。息子の背後に座ってその腰に腕をまわす。

「ここは気に入った？」彼女は訊く。

「すごく気に入ったよ」

「パオラといて愉しかった？」

「うん、愉しかった」

「彼女、すごくいい子ね。あの音楽はすごかったわ」

「うまいよね。ひと晩じゅうプレイしてた」

「パーティはどうだった？」

「汗だくの人だらけ。たぶんまだやってるよ」

「少しは眠ったの？」

「あんまり。早く寝たいよ」

「そうよね。でも、もうちょっとだけいい？」

さっき海のなかで襲った震えのように、母が震えているのを感じるが、母はハイになっているわけではない。泣いているのだ。

「ねえ、何が——」

「ううん、大丈夫よ、ハニー。いいから座って」

「座ってるよ。いったいどうしたの？」

「あなたに話さなきゃならないことがあるの」

「それなら話してよ」

「あのね、アレックスはあなたのお父さんを知ってた」

トムの目のまえの景色がかすみ、心拍数がゆっくりになったあと、急上昇する。

「トム？」

「聞いてるよ」

「あなたのお父さんと出会ったとき、実は彼にも会ってたの、一回だけね。どこかで見たことがあるような気がしてたんだけど、偶然会ったときどうしても思い出せなかった。アレックスはあなたを見てわかったみたい。お父さんの写真を見せてあげられたらよかったわね。あなたはほんとうにお父さんによく似ていて、ときどき怖くなるわ。ふたりはとても親しかったの、アレックスとあなたのお父さんは。あの人はアレックスにあなたのことを、わたしが妊娠したことを話していた。お父さんはわかってたのよ、あなたは生まれてくるべきだと、わたしにはあなたが必要だと」

「本当はどうして死んだの？」

「どうしてそんなことを訊くの？」

「父さんのことを話すときの母さんの口ぶりから」

「何か隠してるとわかってたのね？」

「質問に答えてくれる？」

「ええ、答えるわ。撃たれたの。だれに撃たれたかはわからずじまい」

トムはどう感じればいいのか、疲れてフラフラなこと以外に何か感じられるのかどうかもわからない。デニムの短パン姿で大きなサングラスをかけた男性が、リードをつけた三毛猫を連れて通りかかり、こんにちはと挨拶する。トムは手を振って応え、これは現実に見ているものなのだろうか、それとも夢なのだろうかと思う。

「父さんは麻薬の密売をしてたんだね」トムは言う。

「ええ」

「アレックスと？」

「ええ。ふたりは若かった――今のあなたよりもね。アレックスはいけないことをたくさんしてきた。彼はそれを自覚している。そして、それを断ち切ろうとしている」

「どういう意味？」

「彼は変わるつもりなのよ、別の種類の人生を生きようとしているの。わたしの世界に――わたしたちの世界にとどまるためには、変わるしかないから」

トムは額の汗を拭い、感情を胸のなかにとどめようとする。

「ハニー、何か言って」

「アレックスは知ってるの、ぼくが知ってること？」

「あなたしだいよ。知っていてもらいたければ、わたしが話す。あるいはあなたが。好きなようにしなさい。ほかに聞きたいことは？」

「たくさんあるけど、今はいい。もう寝ないと」

「わかった」

ふたりは同時に立ち上がり、ダイアンは自分に向けられたトムの顔を見て、声をあげそうになる。バルコニーでもひどい顔をしていたが、今はやつれてどんよりしている。腰を下ろしてから五歳は歳をとったかのように。

「愛してるわ」彼女は息子の肩を抱いて言う。「わかってるわね？」

トムはうなずく。

「寝てらっしゃい」

捻挫したばかりで様子を見るかのように、トムはゆっくりと階段をのぼる。バスルームで日焼けの具合を見ながら、小便をしようとしてしくじる。アレックスの忠告を無視して、蛇口から直接水を飲み、パオラの歯ブラシを使う。彼女はドアに背を向けて横になり、小さくいびきをかいている。トムはベッドにはいるが、ビーチで感じた重苦しい疲労は朝靄(もや)のように消え、頭のなかで記憶をたどっている。そういえば、高校でドラッグを売って逮捕されたとき、母は不思議と驚いていなかった。怒りと落胆の下にあるのはあきらめのようにトムには感じられたが、いま思えば納得がいく。母にとってそれは、息子のなかにあるその手の傾向を確認することだったのだろう、何かの遺伝的疾患が発症したかのように。トムは目を閉じるまえに携帯電話を手にして、パオラが海のなかで彼にささやいたことばを調べる。

メ・デリテス。溶けちゃう。

なるほど、とトムは思う。ぼくも同じだ。

23

アレックスが両腕に食料品を抱えて戻ると、コンドミニアムは静まり返っている。ダイアンが両手でコーヒーマグを抱えて、キッチンテーブルに座っている。

「おかえりなさい」彼女は言う。「ランチはどうだった？」

「まあまあだ。子どもたちは戻ってきた？」

「ええ、一時間ほどまえにね。ひどくハイになってた。少なくともうちの息子は。ふたりとも寝てるわ」

「うちの娘にとっては職業病でね、残念ながら。コーヒーはまだ残ってるかな？」

「これ、テキーラなの。ボトルに半分残ってる」

「何かあった？」

「トムに父親のことを話したの」

「どうだった？」

「正直わからない。かわいそうに、あの子目も開けていられない状態だったのよ。あんな会話をするのにふさわしい時間なんてないと思うけど、それにしたって」

ダイアンは目を閉じ、アレックスはその椅子のうしろに立つ。緊張した首の筋肉に彼が両手の親指を埋めると、彼女は何かが変わるのを感じる。湖の太陽で温められた部分に浮かんでいるかのようだ。わたしたちはいま同じ思いでいるのだろうか？　結婚している友人たちを羨(うらや)むことがあるとしたら、困難に直面したときに何も言わずにひとつになれるこういうひとときだ。アレックスに対しては心の一部を閉ざしてきたが、今その壁も仕掛けのあるマジシャンの棺のように崩壊する。

「彼はそのことについておれと話したがるかな？」アレックスは尋ねる。

「そうしたければ言うでしょう。話したがらないと思うけど。少なくとも今日は」

「それで何かが変わるわけではないけど、知ってもらってよかった」

「そうでしょうね。ひとつ訊いていい？　どうしてこの史上最高にリラックスできる海辺の旅が、ちっともリラックスできないものになってしまったのかしら？」

「きつい部分はもうすんだよ」

「よく言うわ」

「今夜はビーチバーで酔っ払うだけでいい」

「悪いけど」彼女はマグカップを掲げて言う。「待てないわ」

「それ、効き目はある？」

「たぶんね。グラスを持っていらっしゃいよ。試してみたら」


目覚める直前、パオラは頭と体を赤く焼けた鉄のスーツで包んだひとりの男が空から落ちてくる夢を見ている。男は広大な海原に激突し、ゆっくりと回転しながら海底に向かう。水はくすぶる金属を冷やすには無力で、一面に沸きはじめる。海面から蒸気が上がり、凝縮して真珠になり、それが降って山になり、やがて群島になる。真珠はどんどん高さを増し、雲を散らす――そこで彼女は目覚める。

トムがナイトスタンドに置いたロレックスによると、そろそろ午後五時だ。

「上流気取りのクソ野郎」パオラはささやく。

彼は彼女のほうを向いて横向きに寝ており、アッパーシーツが足首にからまっている。

パオラは慎重に彼のベッドの縁に座る。彼は目覚めようとして闘っているか、目覚めるまいともがいているかのように、こわばった顔つきをしている。やがて右手を伸ばし、もう少しで彼女のお尻に触れそうになる。その動作に、彼女は絶望と希望を同時に感じる。パオラはそっと彼の腕を持ち上げて体の横に戻す。そして、日焼けした肌が発する熱が感じられるほど、こめかみに六粒ついている砂が数えられるほど近くに横たわる。砂粒を払うと、トムが目を覚ましてさかんにまばたきをする。

「おはよう」彼女は言う。「寂しそうだったから」

「いま何時？」

「五時をすぎたとこ」

トムは彼女を見てほっとしたようだが、やがて何かがその表情を暗くする。

「きみのお父さんは戻ってきた？」彼は訊く。

「たぶん。ふたりでキッチンにいる音がする。眠れた？」

「どうなんだろう。とてもそうは思えないな」

「大丈夫？　なんだか――」

トムは彼女の後頭部に手を伸ばして引き寄せる。キスが夜明けに彼自身のなかで生まれた疑問に答えてくれる。これはふたりの初めてのキスだ。彼女が押しつけてくる体の、膨張すると同時に収縮する感覚、歯で舌の先をとらえるやり方――すべてが新鮮に感じられる。パオラはトムにまたがると体を起こし、寝るときの唯一の衣類であるTシャツを脱ぐ。キスをつづけながら両手で彼のボクサーパンツを下ろし、途中から足を使って足首からはずすと、つま先で払いのける。そして突然また体を起こし、人差し指を上げたあと、ナイトスタンドから携帯電話を取る。

「マジ？」

彼女は指を唇に移動させ、ボックススプリングのきしみをごまかすために、エチオピアン・ジャズを選ぶ。

「コンドームある？」少しして彼女がささやく。

トムは首を振る。

「コンドームを持たずにここに来たの？」

「親といっしょの週末旅行だよ。セックスするなんて思わないよ」

「でも、今はしてるじゃない、マリカ。なかではイかないと約束して」

「わかった」

「絶対よ」

「ああ」

彼女が腰を移動させると、彼はいきなりすっかり彼女のなかにはいっている。ふたりとも動きを止めて見つめ合う。息遣いだけが響き、彼女の腰がゆっくりと押し付けられて、ぴくりと体が反応する。が、すぐに彼女のリズムに難なく合わせられるようになる。数分後、彼女の腰をつかんで空中に持ち上げる。彼が達するあいだ、パオラはもがいて彼から逃れ、体を押し付けてくる。

「ごめん」トムは激しい動きと恥ずかしさに顔を赤くして言う。「早くて」

「とにかくコンドームを手に入れてよね」彼女が言う。

息を整えていると、キッチンからシンクでグラスが当たる音が聞こえてくる。パオラは小声で笑い、首を振る。

「うーん」トムは言う。「心の準備ができてないよ」

彼女は彼の胸に顔をうずめる。「あたしたち、ひどいにおいね。シャワーを浴びなきゃ。あなたもよ」

「いっしょに浴びるのはまずいよね」

「あたりまえでしょ。レディファーストよ」

「よろよろしながらはいっていくべきかな？」

「何か隠してるみたいに？　普通にしてなさい、マリカ。心配しすぎよ」

「たった今セックスしたって、きみのお父さんには知られたくないんだけど」

「彼のことが怖いのね？」

「おかしいかな？」

「いいえ」彼女は言う。「あなたの言うとおりよ。おかしくない」

キッチンではダイアンがふたり掛けのソファに座ってロマンス小説を流し読みし、アレックスはパウダーブルーのシャツの裾を椅子の縁から垂らして座り、テーブルの上のノートパソコンを見つめている。

「ようやく現れた」トムとパオラが姿を現すと、ダイアンが言う。「死からよみがえったのね」

「ほぼね」眠そうに目をこすり、伸びをしながらトムが言う。

「おそよう」アレックスが言う。「昨夜はふたりとも愉しんだようだな」

「あたしたち外出禁止か何かなの？」パオラが冷蔵庫に向かいながら訊く。

が、アレックスはすでにパソコンに注意を戻しており、集中するあまり、ダイアンには無視することができないトムとパオラのあいだの新たな緊張感に気づかない。息子は母親の目を避けているし、若いふたりのあいだの空間はブーンという音が聞こえそうなほど帯電している。

「飲み物がほしい人は？」アレックスが尋ねる。

家という安らぎのなかで神経をなだめようと、帰る途中でスーパーマーケットの〈チョマク〉に寄り、そこにあるいちばん高いシャンパンを買った。部屋の向こうからトムに見つめられているのを感じながら、ボトルのコルクを抜く。

「なんのお祝い？」トムが訊く。

「独立だ」アレックスが言う。「あるいは労働に。レイバーデイの休暇を祝して。ほんとうはただ飲みたいだけだ」

トムが目を合わせまいとしているのにほっとし、これからクレイについて話すことになるせいで自分がいかに動揺しているかに驚く。トムは自分でも気づかないうちにたっぷり注がれたシャンパンを半分あけ、パオラも同じことをしているのに気づく。彼女は彼にやましそうな笑みを向け、グラスを下ろす。アレックスとダイアンも早いピッチで飲んでいる。ボトルは数分で空になる。

「さて」アレックスは言う。「ちょっと歩こうか」

歩いて半マイルの〈ラ・ブエナ・ヴィダ〉は、ハーフムーン・ベイの南端の砂浜に建つヤシ葺き屋根のしゃれたビーチバーだ。バーカウンターは大きな楕円形のダーク・ハードウッドで、スツールとブランコに取り巻かれている。想像上の先史時代のウミヘビの骸骨が天井から吊るされ、石膏でできた脊椎と歯をむき出しにした頭蓋骨が釣り糸に支えられている。ディエゴとカタリナは入り口近くの幅広のブランコに並んで座り、その両側にビールを手にしたベンとクリスチャンがいる。カタリナがブランコから飛び降りて、トムとダイアンを案内しようとするが、トムは断り、バーの片隅に行ってマルガリータを注文する。日が落ちて風が強くなり、灰皿のなかで小さな旋風が起こる。パオラはトムのかたわらでブランコに座り、彼のシャツのポケットに小さなガラスのバイアルを入れる。

「ディエゴから」彼女は言う。「ちょっとした元気づけよ」

「グラシアス。やりに行こう」

「あたしはやめとくけど、あなたは行って。眠りこんじゃうまえに」

「じゃあおことばに甘えて」トムは言う。

パオラはトイレの場所を示す。バーテンダーを呼んでいると、トムの席にアレックスが座る。

「トムに愉しい時間をすごさせてくれてありがとう」彼は皮肉のかけらも見せずに言う。

「一杯おごらせてくれないか？」

「彼女に話したほうがいいわよ」パオラは言う。

「何を？　だれに話すんだ？」

「ダイアンに。何を話すかはわかるでしょ。彼女には適当なことを言わないで。そんなのあんまりよ。うそをつくつもりなら、彼女とは別れるのね」

「彼女にうそはつかない」

「何をしてるか話したの?」

アレックスはうなずく。

「彼女は納得した?」

「納得という感じじゃなかった。でも、最後まで話を聞いてくれて、まだここにいる。話したことはほかにもある。おまえにもふたりだけのときに話そうと思っていたことだ。終わりにするよ、パオ。足を洗う」

「うそ言わないで」

「こんなことでうそを言うと思うのか?」

アレックスは危なっかしくスツールから降り、パオラは彼に腕をまわす。

「辞めて何をするつもり?」彼の胸に頭をもたせかけて訊く。

「生き延びる」アレックスは言う。

「いいわね。すごくいい。あたしが一杯おごるよ」

トムが男子トイレから出てくる。キーに山盛り二杯ぶんのコカインで、すり減った意識の縁を焼きながら。パオラに言いたいことがたくさんあるが、彼の席にはアレックスがいる。そのとき、カタリナが鋭く口笛を吹き、バーの入り口のほうをあごで示す。そこでは大きな白いSUVが路上でアイドリングしている。アレックスが立ち上がり、ズボンから出ているシャツのうしろを尻から払うと、トムには彼のウェストバンドにはさまれた拳銃が垣間見える。巨体の男が運転席から降り立ち、明るい色のスカーフで肩を覆った小柄な銀髪の女性のために後部のドアを開けると、トムは凍りつく。運転手はバーの客を見わたしながら、ゆっくりと女性が階段をのぼるのに手を貸す。アレックスは驚いているようだが、銃は見えなくなっている。急いで女性に挨拶にいき、彼女のエスコート役を代わる。そのとき、ダイアンがビーチから戻ってきて、息子がひとりでバーにいるのに気づく。

「大丈夫？」彼女は訊く。

「あのアレックスの新しい友だちはだれ？」

「知らない。ところで、よく眠れたの？　疲れてる様子はないけど」

「できるだけ早くベッドに戻るつもりだよ」

「でしょうね。ほんとにそれがいい考えだと思う？」

「なんの話？」

「とぼけないで」

「とぼけてないよ。どっちのよくない考えのことかと思って――母さんのか、ぼくのか」

「ふざけないで。あのね、わたしはどうしろとか言うつもりはないの。ただ、やるまえに考えなさいよって言ってるの」

「それが母さんのアドバイス？　行動するまえに考えろって？　ちょっと話を戻そうか。そもそもぼくらはどうしてここに来たんだっけ？」

「大きな声を出さないで」

「だれの考えだったんだよ、ダイアン？　元犯罪者のボーイフレンドだかなんだかのアレックスと、レイバーディをメキシコですごそうとだれが決めた？　ぼくが来たのは母さんにたのまれたからだよ。最後に聞いたときは、ぼくたちと彼の友人（アミーゴ）たちだけだということだった。アレックスに娘がいたなんて初耳だよ。そもそも母さんは知ってたの？」

「もちろん知ってたわよ」

「へえ、教えてくれてありがとう。話のついでに教えてくれるかな、どうして今アレックスが銃を携帯してるのか？　どうして彼の新しい友人にはボディーガードがついているのか？」トムはパオラのパックから煙草を取って火をつける。「教えられないだろ？　そういうことだよ。わかった？　たぶん無理だよね。正直、自分が何をしてるのかもさっぱりわからないんだから。でも、ぼくに押しつけるのはやめてくれよ。これは母さんの問題だ。ぼくは便乗してるだけ」

　ビーチで話したことのせいで感情の爆発が起こるだろうと思っていた。覚悟はしていた。でも、どうしようもないことに悪態をつき、怒りで自分のルーツを明らかにしたあとは、クレイを許し、先に進むだろうとダイアンは思っていた。なんでもないというわけにはいかない。トムは正しい。ダイアンは彼をここに連れてくるべきではなかった。週末じゅうアレックスとすごすのは気まずいと思い、トムに同行するよう求めた。選択肢を与えたところで、彼がロングアイランドではなくメキシコを選ぶのはわかっていた。説明と謝罪をしようと彼のほうを向くが、口を開くまえにアレックスの手が肩に置かれる。

「悪い」彼は言う。「ちょっといいかな？　会ってもらいたい人がいるんだ」

「いいわよ」ダイアンは言う。「だれ？」

「マリセルだ」アレックスは言う。彼女の声の冷ややかさに驚きながら、バーにひとつしかないテーブル席で、隣に座るパオラの髪をなでている年配の女性を示す。「彼女のことは今朝話しただろう」

　運転手の腕につかまるマリセルを見ていたので、肉体的にも精神的にも弱い人なのかと思ったが、近づいていくと鋭い目で見られ、すぐに落ち着かない気分になる。マリセルは微笑むが、その視線がやわらぐことはない。

「そのままいて」ダイアンが席を外そうとしたパオラに言い、ついでマリセルに言う。

「お会いできて光栄です」

「わたしもよ」マリセルが言う。「どうぞ、座って。アレックス、飲み物を持ってきてくれる？　テキーラのブランコ（熟成させていない、または熟成期間が六十日以内のテキーラ）を角氷ふたつでお願い」

「わたしも同じものを」ダイアンが言う。

「ここは初めて？」アレックスが歩き去ると、マリセルが尋ねる。「どんな印象かしら？」

「特別な場所ですね」

「そうね。訪れた人を変えてしまう場所だと、夫はよく言っていたわ」

「わかります。すでにいくつか変化がありましたから」

「驚いた？」

「考えてみると、そうでもありません」ダイアンは考えながら言う。「ええ、驚きませんでした」

「これまででいちばん驚いたことを思い返すと、ずっとうすうす感づいていたことなのよね」

「ちょうどそのことについて息子に話していたところです」

「とてもハンサムな子ね」

「父親譲りです。そのことはあなたもご存じですよね？」

「ええ」マリセルは言う。「お悔やみを申し上げるわ。息子さんにも」

「ありがとうございます。でも、ずっと昔のことです」

「そうね。前世のようなものね。その後あなたの人生は好転したんじゃないかしら」

「人生には満足しています」

「それはあなたが理解しているからよ、ものごとはつねに変化し、たしかなものは何もないと」

「そうかもしれません」

「そういうものよ。こう言ったらなんだけど、不安そうに見えるわ。何か気にかかることでも？」

「息子を過去に引きこんでしまうのが不安なんです。あの子に必要なことなのかわからなくて」

「たぶん受け入れる必要があるのよ、母親としての役割が変わったこと、あなたのなかでの息子さんの役割も変わったことを。生まれたときからつねにわが子たちに危険をもたらしているひとりの女として言うわ。自分で道を選び、身内を守るためにできることをしなさい。あなたは自分の責任をまじめに受け止めている。それは正しいことよ。息子さんは自分から望んでここに来たんでしょう」

「でも、事実は何ひとつ知らなかった」

「知っていたらどうなの？　それでも彼はここにいるでしょうね」

「そうでしょうか？」

「あなたには望むものを追い求める権利があるわ。くれぐれもよく考えて選んでね」

アレックスが飲み物を持って戻ってくる。

マリセルはひと口飲んで言う。「残念ながら、そろそろ行かないと。アレックス、車まで送ってくれる？」

彼は彼女に手を貸して正面階段を降り、装甲仕様のＳＵＶの開いたドアまで送る。

「来てくださってありがとう」彼は言う。

「お招きありがとう。あなたにお似合いの人だと思うわ。おめでとう(フェリシタシオネス)。ところで、話してくれとたのまれた人たちと話したわよ」

「それで？」

「彼らはあなたの立場を理解している」

「もう心配はいらないという意味ですか？」

「これ以上は得られないようないい知らせだと思うけど」

「ご尽力に感謝します」

「いいのよ。おやすみなさい」

運転手は彼女が乗りこむのに手を貸し、ドアを閉める。スピード抑止帯の上を上下しながら、ゆっくりとハイウェイに向かう車のテールライトが消えるまで、アレックスは見守る。地下鉄に乗ってドアが閉まり、立ったまま発車に身がまえるような気分だ。こうやっておれは終わっていくのだろうか？

24

日の出直後、トムはからみついたパオラの腕と脚をそっと解き、ツインベッドのあいだにある窓にたたずむ。雨が蒸発してジャングルの上に靄がたちこめているが、空は晴れ、早朝の光が射している。明日彼はうちに帰る。ニュージャージーに、金融市場とポートフォリオの報告書に、整えていない自分のベッドに。かたわらでパオラが寝返りを打ってうつ伏せになり、彼が眠っていたスペースを埋める。このあとまた彼女に会うのか、会うとしてもそれがいつになるのかわからない。職場の友だちからそっちはどんな調子かと尋ねるメールが来て、母親のボーイフレンドの娘と寝たと打ち明けると、友だちから返信が来る。それっておふくろとダブルデートじゃん（笑）。母は明らかに勘づいているが、アレックスは気づいていないか一芝居打っているかだ。だが、昨日の暴露のまえ、パオラと友だち以上の関係になるまえから、アレックスの態度はどこかおかしかった。不意にパオラを起こして質問を浴びせたくなる。彼女は母がビーチで話したことを知っていたのか？

アレックスはなぜ武器を携帯しているのか？　そして、ぼくたちの関係はいったいどうなるのか？　あと二十四時間後には空港に向かう。この長い週末はこれだけいろいろなことがあったのだから、今日はいったい何が起こるのだろう。彼のシーツは彼女のシーツに比べて冷たくて乾いている。ようやくまたうとうとしはじめたところで、ノックの音がする。

「起きろ」アレックスがドア越しに言う。

「いやだー」パオラが頭の上に枕を引き上げて言う。

「いやだじゃない」アレックスは言う。「さっさと起きろ。みんなでビーチに行くぞ。十分で支度しろ」

「ベッドに戻って」パオラがささやく。

トムは人差し指を左右に振る。「パパの言うことを聞いただろ」彼は言う。

キッチンは淹れたてのコーヒーと、テーブルの上の朝食用タコスのベーコンのにおいがする。トムはマグ二個にコーヒーを注ぎ、パオラはふたりで食べられるようにひとつの皿に朝食を盛り付ける。

「マジ？」父親の腰に巻かれた蛍光グリーンの〝セニョール・フロッグ〟のウエストポーチを差して、パオラが言う。「すっかりアメリカ人旅行者ね」

「だれかがここに置いていったらしい」アレックスは言う。「あえてそう見えるようにしてるのさ。出かける準備はいいか？」

一同が車に荷物を積んでいると、日焼けした引退後のカップルが、お揃いのサンバイザーの下で満面の笑みを浮かべ、錆びたビーチ用自転車で通りかかる。

「すばらしい日ですね！」男性が声をかけてくる。

「そうですね」アレックスは言う。

ビーチサンダルに海水パンツ、〈ラ・ブエナ・ヴィダ〉のTシャツ姿の彼は、ウェストポーチにいたるまで、どこから見てもアメリカ人旅行者だが、そのウェストポーチにはセミオートマチック拳銃と予備のマガジンがはいっていることを、彼がシャワーを浴びているあいだにダイアンは発見していた。

雲ひとつない空の下、アレックスが南に車を走らせるあいだ、パオラは自分のiPhoneで軽いテクノを流す。トゥルム方面に半分ほど来たあたりでハイウェイを降り、左折して標識のない未舗装道路を進む。目的地に着くと、守衛は詰所のなかで、あごを胸に埋めて居眠りしている。アレックスがクラクションを鳴らすと、守衛は人懐っこい笑みを浮かべて椅子から飛び降り、入口を遮断している塩まみれのロープを持ち上げる。シカセルは自然保護区の穴場で、ジャングルに縁取られた馬蹄形の湾だ。駐車場に車はなく、ビーチにはだれもいない。満潮で、アレックスが水際にビーチバッグを置くあいだ、ダイアンは波間にはいって用を足す。彼女が戻ってくると、赤と白のビーチパラソルが広げられている。アレックスはたたんだビーチタオルを枕がわりにし、ウェストポーチを手元に置いて、ビーチパラソルの陰に仰向けに寝そべる。トムとパオラは浅瀬にだらしなく座り、ふたりの静かな会話を砕ける波が隠す。

アレックスは頭を上げて言う。「あの子たちが仲よくしているのはいいもんだな」

ほんとに？　ダイアンは思う。どうして彼にはわからないの？　自分の娘のこととなると、どうしてこんなに見えていないの？　不意に皮肉のひとつも言ってやりたくなるが、話し合わなければならないことはほかにもある。

「その銃、売春宿にも持っていったの？」彼女は尋ねる。

「これは借り物だ」アレックスは言う。「こういうものは全部置いていく。うそじゃない」

「持って帰りはしない」彼は起き上がってサングラスをはずす。

彼女はアレックスの上に這い上がってまた仰向けにし、首に、口に、額にキスする。寝返りを打って彼の上から降りると、ふたりの頭の先にある駐車場に守衛が立って、携帯電話で話しているのに気づく。トムとパオラがビーチをゆっくり走ってきて、砂の上に倒れこむ。ふたりは一本の煙草とひと組のイヤホンを分け合いながら、日光で体を乾かす。

「あなたの言うとおりね」ダイアンはアレックスにささやく。「あの子たちの仲がいいのはいいことだわ」

そろそろ正午というころ、パオラがトムをセノーテに連れていくと言い出す。

「なんだいそれ？」トムが尋ねる。

「石灰岩の陥没穴（シンクホール）よ」パオラが言う。「そこに地下水がたまってて、地面にあいた大きな青い目みたいに見えるの。あっちのジャングルのなかにある。そんなに遠くないわ」

「行ってくるといい」アレックスが言う。「おまえたちが帰ってきたら荷物をまとめてランチに行こう。この先の魚介類がうまい店に予約を入れてあるんだ」

「最高」パオラが言う。「すぐに戻るね」

セノーテにつづく小道は足跡ひとつぶんほどの幅しかなく、腐りかけたツーバイフォーの木材がぬかるんだ道の上に敷かれている。頭上で蚊がうなりをあげるなか、パオラがうしろに手を伸ばしてトムの指先を軽くかすめながら先を歩く。小道を進むと開けた場所に出て、その中央に陥没穴がある。パオラはトムを石灰岩の穴の淵に導く。水面はその六フィート下だ。

「飛びこめる？」トムが訊く。

彼女は返事をする代わりに飛びこむ。トムもつづき、数秒後、冷たさにあえぎながら水面に浮かび上がる。パオラが彼を引き寄せ、ふたりは頭が沈まないように激しく足を動かしながらキスをする。

「いっしょに潜ろう」彼女は言う。

ふたりは大きく息を吸い、指をからませると、息を吐いてひと筋の泡にしながら潜る。セノーテの底に向かって泳いでいくにつれて光が弱まり、とうとうお互いが見えなくなると、抵抗をやめ、水を蹴ってまた水面に戻る。目元を拭ったトムは、パオラが頭上の何かを見つめているのに気づく。振り返ると、ラファエルが見たことのない三人の男たちとともに穴の淵に立っている。

「やあ」トムは言う。「どうかした?」


ダイアンはビーチパラソルの陰でうつ伏せになり、静かに打ち寄せる波の音と海風の愛撫のなかでうつらうつらしている。かたわらでアレックスが起き上がり、トムとパオラが消えた方角を向くと、彼女はびくっとして目を覚ます。

「なんでこんなに時間がかかってるんだ?」彼が訊く。

「ねえ」ダイアンは寝返りを打ち、笑顔で彼を見上げる。「わからないの? それともわかりたくないの?」

「何が？」

「あのふたり、あの部屋でベッドをひとつしか使っていないのよ」

「あのふたりが――なんだって？」

「ひとつ訊いていい？　オートバイで宝飾店に強盗にはいる人が、どうして娘がすぐ近くでやっていることを知らないの？」

「仲がいいだけかと思っていた」

「仲がよすぎるわ。あの子たちを探しにいきたい？　それともわたしが行きましょうか？」

「おれが行く」

「わかった。大きな音をたててね。あの子たちが気づくように」

やたらと大きな音をたててためらいがちに歩くアレックスを想像し、ダイアンはビーチパラソルを閉じながら、彼がジャングルから戻ってくる。十分後、片手を目の上にかざしてビーチを隅から隅まで見わたしながら微笑む。

「いなかった」彼は小走りで戻ってきて言う。

ダイアンはビーチバッグを落とす。「いなかったって、どういう意味？」

「セノーテにいなかった」

「探したの？」

「さが——ああ、もちろん探したよ。どこもかしこも」

「そう」彼女はゆっくりと言う。「どこに行ったのかしら？」

「通りに出られる小道があるが、その道にもいなかった。あいつらは昨日トゥルムからヒッチハイクで帰ってきた。歩いて通りに出て、車に乗せてもらったんじゃないか？」

「どうしてそんなことをするの？」

「わからない」アレックスは言う。「声に出して考えているだけだ。コンドミニアムに戻るべきかもしれない」

「ふたりが帰ったと思うの？　もしここに戻ってきて、わたしたちがいなかったら？」

「守衛に伝言をたのもう」

「ばかげてる」ダイアンが言う。「どうしてわたしたちに何も言わずに帰ったりするの？あの子たちに何があったの？」

「わからない。きっと何か事情があるはずだ」

砂浜と駐車場を歩きながら、アレックスはレストランに電話するが、予約の時間にはだれも来ていないという。車のあらゆる表面が焼けつくほど熱い。守衛小屋は今や無人で、ロープは柱に巻き付けられている。

「もう一度トムの携帯に電話してみてくれ」ハイウェイを北に向かいながら、アレックスが言う。

「したわ。電源が切ってある。たぶん家に置いてあるんだと思う。あの子たちに何かあったと思ってるわけじゃないわよね？」

「たとえばどんな？」

「わからない。安全じゃないって、昨日言ってたでしょ」

「外で寝られるほど安全じゃないと言ったんだ。どこだってそんなことをするには安全じゃない」

アレックスとダイアンがアクマルのコンドミニアムのまえに車を停めると、三号室の若い家族がミニバンを停めようとしている。アレックスは挨拶してきた父親を無視し、ダイアンと駐車場を走り抜けて階段に向かい、一段抜かしで階段をのぼる。部屋のまえでドアノブに手をかけると、鍵が開いている。アレックスは深いため息をついて目を閉じる。

「戻ってる」彼は言う。「鍵を持っているのはパオラだけだ」

「ああ、よかった」ダイアンはそう言って、アレックスのあとから廊下を進む。「いったいあの子たちは何を考えていたのかしら？　ただじゃおかないわ、もしトムが――」

アレックスがいきなり立ち止まり、ダイアンは彼の背中にぶつかる。彼はよろめきながらキッチンにはいり、両腕を広げて彼女の行く手を阻む。

「戻れ」ウェストポーチの上に手をさまよわせながら小声で言う。「早く」

アレハンドロがキッチンテーブルに座って、フルーツボウルから取ったライムを両手のひらのあいだで転がしている。その背後に無表情な顔つきの〈パーム・ツリー〉のラファエルとカウボーイブーツを履いた相棒がいて、どちらもサブマシンガンを持っている。

「彼女を行かせてくれ、アレハンドロ」アレックスは言う。「ダイアン、車のなかで待ってろ」

「それほど長くはかからない」アレハンドロは言う。「彼女に席を外してもらう必要はないよ」

「何が望みだ？」

「私の望みはわかっているはずだ。もう返事は待てない」

ダイアンは必死に部屋のなかを見まわしている。

「ここにはいないよ」アレハンドロが言う。「お子さんたちは今、私のところにいる」

「あなたのところって――どうして――アレックス、どうしてこの人はこんなことを言うの？　彼は何を言ってるの？」

「説明してやったらどうだ、アレックス」アレハンドロが言う。「いやか？　それなら私がしよう。気前のいい報酬と引き換えに仕事を依頼したところ、彼は断った。もうそんな贅沢は言っていられない。きみが仕事をやり遂げれば、子どもたちは返してやる。今のところ、ふたりは私の客人だ」

「だめよ」ダイアンは言った。「お願い、やめて。あの子たちは連れていかせない」

「いかせない？　もう連れていったよ。話は終わりだ」アレハンドロは立ち上がり、プリペイド式の使い捨て携帯電話をテーブルに置く。「これはきみにだ」彼はアレックスに言う。「私に連絡できる番号がはいっている。四十八時間以内に、仕事についてさらに情報がはいる。彼女の息子ときみの娘に不自由な思いをさせている今、もう報酬を提示することはできないが、ふたりに元気で長生きしてもらうよりいいことなんてないだろう？」

「わたしを連れていって」ダイアンが言う。「お願い、そうして。あなたの望むとおりのことをするし、彼は仕事をするわ。あの子たちを解放して、お願いよ、代わりにわたしを――」

「セニョーラ」アレハンドロが言う。「残念ながら、あなたにはここにいてもらわなければならない」

「もしうまくいかなかったら？」アレックスが尋ねる。

「そのときは、どうなろうときみの知ったことではない。いっさいね。もし彼を取り逃してしまったら、もう一度挑戦しろ。必要ならさらにもう一度。チームを結成する時間は四日ある。スペインに行ったことは？」

「ある」

「それはよかった。つぎに私たちが会う場所はマルベーリャだ」

アレハンドロとその取り巻きがキッチンを横切る途中、ダイアンがウェストポーチに突進して、なかにある銃をつかもうとジッパーを手探りする。ラファエルと相棒が愉快そうに目を合わせてからアレックスに銃を向け、アレックスはダイアンの両手首をつかんで、片方の腕を背中にねじり上げる。

「戦う気まんまんだな」アレハンドロが満足げに言う。「彼女を使うという手もあるぞ」

彼らはアパートのドアを開けたままにし、階段を降りて通りに出るあいだ、だれかが大声で笑うのが聞こえる。アレックスはダイアンの肩を抱いて、ふたり掛けのソファに座らせ、その足元にしゃがむ。

「ダイアン、聞いてくれ、この問題に対処するために最初の飛行機でここを出る。ふたりを連れ戻すと誓う。だからきみは――」

ことばの途中で平手打ちされ、顔の向きが変わる。目を閉じてさらに二発の平手打ちに耐えたあと、アレックスが両手首をつかむと、彼女は両のこぶしで彼をたたきはじめる。

「聞いてくれ」彼は言う。「おれたちに必要なのは――」

「いやよ」彼女は頬を紅潮させながら言う。「絶対にいや。今の状況を教えてあげる。あなたは子どもたちを取り戻す。大事なのはそれだけよ。何がなんでも取り戻す。いいえ、こっちのほうがいいわ。取り戻すまでは死ねない」

「わかった」アレックスが言う。

ダイアンは彼を強く押して大の字にさせ、立ち上がると、おぼつかない足取りでバルコニーに出る。アレックスはベッドルームで彼女のスーツケースに荷物を詰めたあと、自分の荷造りもする。これ以上ないほど几帳面に衣類を丸め、ゲームのテトリスのように洗面道具をきっちり詰めて。スーツケースを転がして廊下に出し、パオラのレコードと、ふたりのベッドのあいだの床にあるトムのデッキシューズに気づく。せまいベッドルームは湿ったタオルとエッセンシャルオイルのにおいがする。ふたりを連れて帰るならパスポートが必要だ。アレックスはナイトスタンドのいちばん上の引き出しのなかに並んでいるそれらを見つける。パオラの写真は笑うまいとしているように見えるが、印字された誕生日の日付がアレックスの体内にアドレナリンをめぐらせる。それは血管をめぐり、活性炭で濾過したウィスキーのように骨髄に染みこみ、視界がぼやけたあとまたはっきりする。これで準備ができる。指はうずき、戦いたくてうずうずしている。

マリセルの携帯電話に三回かけたあとメールを送り、自宅にも電話する。家政婦が出てセニョーラは眠っていると言うと、アレックスはすぐに奥さまを起こしてくれと伝え、家政婦は従う。

「もしもし？」マリセルが言う。

「子どもたちがさらわれた」

「なんですって？」

「アレハンドロ・イクストだ。やつが一時間まえにシカセルでパオラとトムをさらった。おれにできることは何もなかった」

「そう」

「そうって？」

「あなたにできることが何もなかったのはわかる。わたしにできることも何もないとわかってほしいわね。これは恐ろしいことだわ、アレックス」

「あの子たちはどこに連れていかれると思います？」

「答えを知っていたとしても教えないでしょうね。もちろん、知らないけれど。この場合、彼らを追いかけてもなんの解決にもならないわ。アレハンドロはあなたに何か指示したでしょう」

「四日でこの仕事のための仲間を集めろと。そして、今度はスペインで会おうと」

「時間は足りる？」

「足りるわけない」

「わたしに何か手伝えることはある？」

「こんなのは正気の沙汰じゃない、こんな仕事はできないと伝えてほしい。彼らは理解したと言いましたよね？」

「たしかにそう言ったわ。あれから何か事情が変わったんでしょう」

「何か？　おれに言わせればすべてが変わってしまった」

「アレックス、ランチのときあなたに伝えようとしたのはこのことなのよ。彼らが何かたのむとき、実際はたのんでいるんじゃないの。アレハンドロがあいだにはいっていることに感謝したほうがいいわ。彼の仲間は信頼できないけど、子どもたちを返すと彼が言うならかならず返すから」

「これは悪夢だ」

「いいえ、悪夢に理屈はない。これは取引よ。不幸な取引だけど、取引であることに変わりはない。自分の役割を果たしなさい。彼も彼の役割を果たすと信じて。もし何かわたしに手伝えることがあれば言ってちょうだい、どんなことでも力になるから」

「ええ。ありがとう」

「幸運を祈るわ」

ダイアンはバルコニーで煙草の火を見つめている。

「荷造りがすんだ」アレックスが言う。「航空会社には車から電話する」

「わたしもいっしょに行くわ」

「もちろんきみもいっしょだ」

「スペインに」

「スペインには連れていけない」彼は言う。「すまない。それは無理だ」

「わたしをスペインに連れていくか、わたしがＦＢＩに行くかよ」

「きみがそう言うのもわかる。信じてくれ、ほんとうだ。でも、ＦＢＩに勝ち目があると思えば自首しているよ、うそじゃない。ＦＢＩにおれたちは救えないんだよ、ダイアン。それに、きみがＦＢＩと通じていることがやつらに知られたら、線は断ち切られる。おしまいだ。あの子たちの消息は二度と聞けなくなる」

「それなら、わたしをスペインに連れていったほうがいいわよ、でなきゃ今すぐ撃って。どっちかに決めないと、飛行機が着陸したらすぐに、あなたが隣に座っている状態で携帯の電源を入れて、ＦＢＩに電話するから。わたしの息子のことなのよ。たったひとりの息子の。わたしにとって意味のあるただひとつのもの。あの子を取り戻すためならなんでもするわ――あなたとだろうと、ＦＢＩとだろうとね。あなたしだいよ」

25

サバーバンはスピードを落として鋭角に曲がり、惰性で走って止まる。エンジンが切られ、まえのドアが開いて閉まる。車内でひとりになったトムは、近づいてくる話し声を聞く。横のドアが開いてびくっとする。縛られた両手をつかまれ、車の外に出されて砂地に立つ。目隠しをしたまま車に乗せられたときは、ラファエルの手下に額を車のルーフにぶつけられたが、今度はやけにやさしい触れ方で、処刑のまえの最後の親切なのではないかと、トムはむしろ不安になる。シャツの汗染みに風が涼しい——においからすると海風だ。遅い午後の光が目隠しの隙間からはいりこむ。

複数の声がトムを取り囲み、早口すぎてトムには理解できないスペイン語で話している。かたわらでひとりの男が笑い、別の男が鼻を鳴らしてつばを吐く。恐怖で液体になったような脚はどれくらい体重を支えられるだろう。上腕二頭筋をつかまれ、強い陽射しとまだらな陰のなかを引っぱられて、閉じた場所に入れられる——外よりもひんやりして、暗く、音が響く場所に。

「気をつけろ（クイダード）」トムが階段でつまずくと、だれかが言う。階段をのぼりきると、もっと広くて明るい場所に出る。だれかが目隠しを取る。目のまえに、自動火器を持ったティーンエイジャーにはさまれて、パオラが立っている。小柄なほうの背丈はパオラとそう変わらず、がっしりとした体格で、色黒の顔は幅が広く、髪にきちんと分け目がはいっている。筋骨たくましい体にびっしりとタトゥーを入れ、頬骨の上に星座のようにニキビ跡がある
相棒がトムのほうを見る。

「あんた（カバイェロ）、スペイン語は話せる（アブラス・エスパニョール）か？」

トムは首を振る。

「そうか、でも（トゥ・シ・ペロ）……」男はパオラを見る。彼女は黙って見つめ返す。

「パオ」トムが言う。「彼と話せ」

「ふざけんな」パオラは言う。「この、クソヤロー（チンガ・トゥ・マードレ、ペンデホ）」

少年が微笑んで、四本の指に筆記体で〝rich〟とタトゥーのある手で彼女の頬をはたく。

パオラは動かない。

「毎日食べ物を持ってきてやる（テ・トラエレモス・コミダ・カダ・ディア）。もし逃げようとしたら、どうなるかわかるな（シ・インテンタス・エスカパル・サベス・ロ・ケ・パサ）」彼は銃に触れながら言う。

少年たちは出ていき、ドアがロックされる。パオラはトムの両手を縛っているロープを引きちぎり、ふたりは速く浅い息をしながら抱き合う。

トムはささやく。「ここはどこ?」

「わからない」彼女は言う。「どこだろう」

閉じこめられているのは、ジャングルのなかに埋もれた建物の二階にあるゲスト用スイートルームのようだ。未完成のアパートメントで、階下にもいくつか部屋がある。ビニールに覆われたマットレスが壁に立てかけられ、かたわらには梯子と箱にはいったシーリングファンがある。窓は全てベニヤ板で覆われ、ペンキのにおいはめまいがするほどだ。

「車は南下してから東に曲がった」パオラは言う。「生物圏保護区のどこかだと思う。ここには建物を建てちゃいけないことになってるはず」

「いったいどういうことだよ?」トムが訊く。「どうしてラファエルはこんなことをするんだ?」

「ラファエルはカルテルのために働いてるの。彼には気をつけてと言ったのを覚えてる? これがその理由よ」

「ねえ」トムは言う。「金ならある。大金じゃないけど——二、三十万ドルならすぐに送金できる、コンピューターを使わせてもらえれば。もっとほしければ、上司がなんとかしてくれるけど、彼に連絡する必要がある。やつらにそう話してもらえるかな？」

　パオラの笑いは低く苦々しい。「お金はとっときなさい。役には立たないから。これがどういうことかわかってないみたいね」

「どういうことなんだ？」

「アレックスよ、あなたのママのボーイフレンドの。何かが起こってるのはわかってた。そんな気がしたのよ。あのクソヤロー（ペンデホ・デ・ミエルダ）」

「なんの話だよ？」

「彼のこと、知らないのね？」

「ぼくの父さんと仕事をしてたのは知ってる」

　パオラはうなずく。

「知ってたの？」

「昨夜バーで話してくれた」パオラは言う。「アレックスは泥棒なのよ、マリカ」

「なんだって？」

「泥棒（ウン・ラドロン）。いろんなものを盗むの。何週間かまえに動画が出まわったでしょう、ラスベガスの宝飾店にオートバイで強盗にはいった人たちの――」

「うそだろ？　ぼくの上司はあの動画を拡散してたよ」

「あれはアレックスとカタリナだったの。ベンもからんでる。それが彼らの仕事なのよ」

「それとぼくたちになんの関係が？」

「彼があの人たちのものを盗んだか、彼らが何か盗んでほしがってるか。どっちかわからないけど」

「ぼくらを殺すつもりなのかな？」

パオラは肩をすくめる。「あたしみたいな女の子を？　ブラウンガールを？　そういう子たちはしょっちゅう死んでる。でも新聞にも書かれない。書けばカルテルに目をつけられてもっと人が死ぬから。でもあなたは？　あなたは安全よ。ロレックスをしてる白人の男の子を殺したら、もっと大きな問題になるから」

「ぼくたちどうすればいい？」

「どうすれば？　何もしなくていいのよ、マリカ。ここにいて息をしてればいいの」

26

ハリス捜査官が〈ミラージュ〉でゴルフのラウンドを半分まわったところで携帯電話のライトがつき、ラミレスからの電話がはいる。ハリスはラウンド仲間に詫びを入れ、片手にパター、もう片方の手に携帯電話を持って、静かなウォーターハザードの端まで歩く。彼の隣人で、企業のセキュリティ・コンサルタントになった特別捜査官が、みんなを待たせるってことはいい知らせなんだろうな、と叫ぶ。

「メリー・クリスマス、友よ」ラミレスが言う。

「なんだって？」

「ついでにハッピー・バースデーも」

「はあ？」

「失礼。いい知らせです。今朝クレイグが修理工場でバイクを修理していたところ、やつの携帯に電話がかかってきました。〈ウィン〉の仕事にやつを引き入れた男からで――訊かれるまえに言っとくと、プリペイド携帯でメキシコからかけていました。だれかさんはまた仕事がはいったようです」

ハリスは肩越しに見て、ラウンド仲間たちが話の聞こえないところにいるのを確認する。

「冗談だろう？」彼は言う。「メキシコだと？」

「それが冗談じゃないんですよ。いいニュースと悪いニュースがあって、やつらはベガスに戻ってくるつもりはないようですが、われわれは移動を余儀なくされそうです。明日マラガ行きの飛行機に乗れとクレイグに言ってきたんです」

「アフリカに？　なんてこった」

「ちがいますよ、サー。マラガはスペインです」

27

ニューアーク発マラガ行き六四二便はオーバーブッキング状態だ。ゲートでは幼い子どもたちが混み合ったベンチのまわりをぐるぐる走り、親たちがあわてて追いかける。滑走路では遅い午後の陽射しにボーイング757の機体がキラッと光り、ダイアンにはそれが翼のある弾丸のように見える。コンドミニアムを出る直前、ダイアンはアレックスのダッフルバッグを示して言った。「荷物はそれだけ？」動画で彼の仕事を見ていたので、防護服や攻撃用武器のはいった軍用の小型トランクのような荷物を想像していた。要するに、スニーカーとTシャツとナチュラル・デオドラントでどうやってわたしの息子を取り戻すつもりなの？　ということが言いたかったのだ。「必要なものは全部現地にある」彼は言った。「信じてくれ」

以後ふたりはほとんどしゃべらず、日の出直前にダイアン主導で半ば無意識におこない、アレックスには暴力としか思えなかった荒っぽい六分間のセックス以来、触れ合ってもいない。水平線が上向きにカーブして空を満たす湖になった夢を見ていたと思ったら、つぎの瞬間ダイアンが上にいて、まるで引き抜こうとしているかのように根元を引っ張ることで、半ば硬くなったペニスの先端に無理やり血液を送りこもうとしていた。眠気と驚きで頭は混乱していたが、体のほうは乗り気だった。彼女は打ち付けるように腰を動かし、そのたびに終端速度を更新するかのように、可能なかぎり激しくファックした。彼の胸骨に両手のひらを押し当ててのぼりつめたので、絶頂の痙攣が胸部圧迫のように感じられた。アレックスがダイアンの尻に両手を当てると、彼女はその手を引きはがした。頭をたれて息を整え、髪で顔を隠したまま倒れこみ、彼に背を向けた。アレックスがまんじりともせずに横たわるうちに、ブラインドを通して朝日がゆっくりと射しこみ、部屋を満たした。

ゲートの案内放送がファーストクラスの搭乗を告げる。

「行こう」アレックスが言う。

ダイアンにとってファーストクラスは初めてだ。ふたりの席は機室の中央の小さな島にあって、互いに背を向けるように配置されているが、ヘッドレストは静かな会話ができる距離にある。ふたりは荷物を収納し、機内安全ビデオが流れるあいだ無言で座っている。

「非常口は点灯している表示が目印です」パイロットの制服姿のハンサムな俳優が言う。

「マスク内に酸素が流れてきます」アレックスは「お子さまをお連れのお客さまは」のく

だりでひやりとし、ダイアンのほうを見ると、膝の上でこぶしを固くにぎりしめている。

飛行機は離陸すると、日没を早めながら東に向かう。客室乗務員が通路を歩いて、温かいミックスナッツとスパークリングウォーターを配る。

「あの子たち、食事は与えられているわよね？」ダイアンが訊く。

「もちろんだ」

「どうしてわかるの？」

「ただわかる」

「信じられない」

「ありがとう」アレックスはカクテルトレーからシャンパングラスをふたつ取って、もうひとりの客室乗務員に言う。

「シャンパンなんて飲まないわよ」ダイアンが言う。

「飲めば眠れる」

彼女は考え直し、ショットグラスで飲むように一気にシャンパンをあおる。

「いいか」アレックスがささやく。「自分が信じていなければこんなことは言わない。だれもあの子たちを傷つけることはない。〈フォーシーズンズ〉に泊まっているわけではないが、少なくとも安全なはずだ」

一時間後、手をつけられていないディナーのトレーを客室乗務員が下げる。アレックスとダイアンは座席のシートを倒し、点灯しているシートベルト着用のサインを見上げている。換気口からシューシューと音がするなか、ほかの乗客たちはアイマスクや、睡眠促進剤のアンビエンや、ノイズキャンセリングのヘッドホンや、赤ワインのおかげで眠っている。ダイアンは眠れず、アレックスもそうらしいのがわかる。

彼女はささやく。「こういう仕事はやったことがないと言ってたけど、あれはうそよね？」

「うそじゃない」

「でも、やり方は知ってるんでしょ」

彼は自信ありげにうなずく。「睡眠導入剤はいる？　少し寝たほうがいい」

「着いたらどうするの？」

「やることがいろいろとある」

「それはちゃんと説明してくれるのよね？　何も知らずにいたくはないんだけど」

「もちろん」

ダイアンはシートにもたれて目を閉じるが、エンジンの音が頭のなかから聞こえるような気がする。ブランケットがないと寒いが、かけると暑すぎる。体を起こしてアレックスの肩をたたく。

「秘訣は何?」彼女はささやく。「どうしてそんなに落ち着いていられるの?」

アレックスはそんなふうに考えたことがない。端的に言えば、過去の成功例による。そもそも見た目どおりのものではない。秘訣などないし、得るものもなければ、本能と執拗な準備以外たよるものもないが、やみくもに現地に向かっているだけだとダイアンに話すわけにはいかない。完璧な勝利のレシピをささやいてもらいたいのだろうから。つまり、それをでっち上げなければならないということだ。返事を考えていると、あることが頭に浮かぶ。

「仕事を検討しているとき、だれもが同じ疑問を持つ」彼は言う。「〝相手の弱みはなんだ? 弱点はどこだ?〟だが、そんなことは無意味だ。おれはだれの弱点にも興味はない」向きを変えて彼女の耳元にささやく。「興味があるのはただひとつ。強みはなんなのか? その自信はどこから来るのか? そして、それを奪ったら何が残るか?」

「ラスベガスの強みはなんだったの?」

「孤立していることだ。一方にカジノがあり、もう一方に千トンものコンクリートがある。ああいう業種には完璧な場所だ。路上にさえ出なければ、やっかいなことになる心配はない」

「それであなたはあえて通りを使った」

「おれたちだ——そう。それがおれたちのしたことだ」

「この人たちには、スペインにいる人たちだけど、どんな強みがあるの？　何を隠しているの？」

「まだわからない」アレックスは言う。「だが見ればわかる」

乱気流が予想されるので、ベルトを着用願います、と機長がアナウンスする。ダイアンは苦笑いしながらシートベルトをする。

「笑えるわ」彼女は言う。「だれかと出会ってファーストクラスでヨーロッパに連れていってもらいたいとずっと思ってたの。願いごとをするときは気をつけなくちゃ」

28

マッカラン国際空港の警察本部内で、麻薬探知犬はクレイグ・ホリンガーをひと目で気に入る。

「いい子だ」黒いラブラドールの耳のうしろをかいてやりながら、クレイグは言う。「悪いやつをつかまえるんだろ?」

「クレイグ、字を読めないのか、犬にかまうんじゃない」ラミレスが言う。「首輪のところにさわるなと書いてある。たまには規則に従えよ。いいからこっちに来い」

クレイグはすまなそうに犬に肩をすくめて見せると、冷水器の横のテーブルにいるハリスとラミレスに合流する。スペインでの仕事のためにキャンセル待ちをしているところだ。禿頭の男は、マラガ＝コスタ・デル・ソル空港から車で四十分の、マルベーリャのホテルの名前を告げた。ホテルにチェックインし、フロントデスクで携帯電話を受け取って充電し、電話を待てと指示されている。マルベーリャの治安警察(グアルディア・シビル)は向かいのホテルにふた部屋を確保している。この件の担当となったインターポールの連絡員であるラウル・フエンテスがマルベーリャの指揮官にラスベガスの動画を送り、この面々が彼の地を襲うのを阻止するまで三日しかないのだと説明すると、何週間もかかる手続き重視のお役所仕事は免除された。フエンテスはFBIとLVMPDとスペイン当局の捜査の調整役をしている。不確定な犯罪を防ぐために組織されたタスクフォースにクレイグが合流しだい、ハリスがすぐに現地に向かうことになっている。

「ホテルの名前はわかっているな？」ハリスが訊く。

「ちゃんと書き留めたよ」クレイグが言う。

「よし。税関を抜けたらまっすぐそこに向かい、電話を充電しろ。どんな理由があっても部屋から出るな。連絡があるまでルームサービスで食いつなげ。早急に詳細が知りたい。やつらがだれで、どこにいて、向こうで何をねらっているのか。やつらのなかのだれひとり万引きさえできないうちに、そのすべてをたしかめる手伝いをしてもらう。おまえが情報を百十パーセントわたしていないと疑う根拠があれば、おまえの援助協定書はおれの孫たちの落書き帳にしてやる。では、快適なフライトをな」

29

ダイアンは最後の降下アナウンスで目覚める。眠ったせいで首が凝り、目が腫れている。コーヒー、水、アドヴィル——何も役に立たない。飛行機がゆっくりと滑走路に向かうあいだ、窓からちらりと海が見え、ついで不毛な山々が見える。背後では、エコノミーの最前列にいるテキサス人のグループが、朝食にビールを飲みながら、一週間ずっと酔っていると大声で冗談を言っている。

「ここはどこ？」ダイアンがアレックスに訊く。「この場所は？」

「コスタ・デル・ソル。リゾート地だよ。ジブラルタルまでつづく海岸で、八〇年代には犯罪海岸（コスタ・デル・クライム）と呼ばれた。法的問題を抱えた英国人が別荘を買ったり、下手な整形手術をしたり、プールサイドで死ぬまで酒を飲んだりするところだ。あらゆる種類のものがここからヨーロッパに流れていく」

「すてきだこと」彼女は言う。「ここでお店でも出したら？」

ダイアンが彼の足元にある水のボトルに手を伸ばすと、アレックスは彼女の手首をつかんで言う。「喉が少し痛いんだ」

「何か病気ってわけじゃないんでしょ？」

「と思うが、用心するに越したことはない」

アレックスはダッフルバッグを乗せた彼女のスーツケースを転がして、混み合ったターミナルのなかを進む。カップルとして税関を通過する。

「訪問の目的は？」係官が尋ねる。トムと同じ年ぐらいの若者で、黒い髪をジェルで固めてつんつん立てている。

「愉しむこと」アレックスが言う。「休暇だ」

ここで愉しい時間をすごすと考えると、ダイアンは吐き気をもよおすが、係官と目が合うとなんとか弱々しい笑みを浮かべる。

タクシーは街はずれまでふたりを運び、店のまえの赤いプラスティックのテーブルで、葦（あし）のような老人たちが小ぶりなグラスでビールを飲んでいる小さな居酒屋（カンティーナ）で降ろす。店内のバーにはダイアンが見たことのない濃い色の酒が並び、塩漬け生ハムの脚が拷問具のようなものの上に載っている。足首の骨がスチールの締め具で固定され、太いネジが腿肉を貫通している。ホワイトジーンズに絞り染めのタンクトップ姿でさり気なくバーカウンターにもたれるカタリナは、隅のテーブルの若いスペイン女性たちのテーブルに加わろうとしているように見える。隣に座るベンは、カーキのカーゴショーツにネイビーのTシャツ——湿気を逃がすメッシュ素材——姿だ。ダイアンは彼の人目を引くいかにもアメリカ的な服装に感謝する。時差ボケや初めての国や馴染みのない酒に混乱させられるとは思ってもみなかった。

「ようこそ（ビエンベニーダ）」両腕を広げてベンが言う。「さっさとすませてとっととずらかろう」

タウンハウスのような彼の体に抱きついて、その胸で安堵の涙を流したくなる。カタリナは冷ややかにダイアンの両頬に挨拶代わりのキスをし、ベンはアレックスをハグする。

「クレイグは？」アレックスが尋ねる。

「パスポートに問題があってね」ベンが言う。「明日着く」

「クレイグってだれ？」ダイアンが訊く。

その質問にカタリナは居心地悪そうに身じろぎする。ダイアンにここにいてもらいたくないのだ。それについてはアレックスから注意されていた。

「クレイグは」ベンが言う。「若いオーストラリア人で、とくに魅力的ってわけじゃないが、運転がとんでもなくうまいんだ。運転といえば、そろそろ出発したほうがいい。こっちの友だちとのランチまで三十分しかない」

アレックスは片方の眉を上げる。「ランチ？」

「ああ、そうだ。やつは昔からの知り合いでね。マルセイユのとき少し助けてもらった。ぎりぎりになって現れなかったものがあっただろう？　そのとき力になってくれたのがやつだ。顔の広いやつで、治安警察にコネがある。フルサービスの〝求めよ、さらば与えられん〟事業をやってるんだ。やつはおれたちに会いたがってる——とくにおまえに」

「前回そう言われたとき」アレックスは言う。「ここに来ることになった。友だちは今回のことについて知ってるのか？」

「訊かれなかった。今度も石だと思ってるんじゃないか」

「そう思わせておこう」

「わかった。こっちは大金を払うんだから、ランチぐらいごちそうしてもらおう」

　シルバーのＳＵＶで南西に向かう。街を出て、三方を山に囲まれた道を進み、乾いた茶色の大地の上の壊死（えし）した皮膚のように山のふもとに広がる、ずんぐりした白いアパート群を通りすぎる。のぼっていくにつれ道は一車線にまで狭まり、スチールの羽根板でできた門に突き当たる。近づくと門は振動しながら開く。庭師がシャベルを地面に刺して、街とその向こうの海を見わたせる断崖にあるドライブウェイにはいってくる車に目をやる。ベンはオリーブの木立の下に建つ、淡いピンクの控えめな邸宅のまえに車を停める。家のなかで二頭の犬が怒ったように吠える。飼いならされた犬の吠え方ではない。ダイアンは家に向かおうとするアレックスの腕に手を置く。

「どうしてここに来たの？」彼女はささやく。「マルセイユで現れなかったものってなんなの？」

「説明しなくてごめん」彼は言う。「銃だ」

犬たちがダブルドアを爪で激しく引っかき、嚙みついて通り抜けようとしているような音がする。銀色の筋のある栗色の髪をボブにした、日焼けしてしわの目立つ六十がらみの女性が、ドアの隙間から顔を出す。

「この子たち、ほんとはとっても人懐っこいのよ」女性は犬たちを押さえつけて言う。「ちょっとじっとしててくれれば慣れてくるから」

尾と耳を立て、黒く長い顔に黒い目をかっと見開いて出てきた筋骨たくましいジャーマンシェパードの雑種に、人懐っこさはどこにもない。犬たちは棒立ちになった新参者たちのまわりを歩いて、詮索するようなうなり声をあげながら満足するまで手と股間のにおいをかぐと、連れ立って女主人のもとに小走りで戻る。黄色いハウスドレスに白いエプロンをつけた女性は、戸口に立って客たちを手招きする。

「フェルナンドから遅くなると電話があったわ。さあ、はいって。わたしはイサベラよ」

背の高い植物でいっぱいの玄関は温室のようで、腐りかけたような根覆いのにおいがする。その奥の部屋にはわずかなアンティークの家具が置かれ、人工大理石の床には擦り切れたペルシャ絨毯が敷かれている。ダイアンは歩みをゆるめて並んだ写真を見る。海にいるふたりの少女、螺旋階段の上で舞踏会のドレスを着たイサベラ、エッフェル塔の下の家族。最後の写真は白黒だ。エラの張った肩幅の広い若者が、倒れた水牛のかたわらにひざまずいて、片手を水牛の角に置き、もう片方の手にライフルを持っている。

「おや」イサベラが言う。「うちの人だ」

犬たちがドアに走り寄り、愛情をこめて犬たちに悪態をつきながらフェルナンドがはいってくる。今も肩幅が広く、樽のような厚い胸の下に突き出た腹は固そうで、肌は手にしているショットガンケースの油染みのある擦り切れた革と同じ色だ。

「フェルナンドはクラブで射撃教室を開いててね」メッシュの射撃ベストと汗染みのあるサファリシャツを見て、イサベラが言う。「かなり入れこんでるの」

「ああ、そのとおり」フェルナンドは妻に微笑みかけて言う。「待たせたならすまなかった」

「いま来たところだ」ベンが言う。「元気そうだな」

「まだ生きてるよ」フェルナンドは言う。「それだけで充分だ」

キッチンのカウンターの上にはモニターがあり、通りとドライブウェイと家の裏の丘の映像を映している。フェルナンドがダイアンのグラスに冷たい濁った白ワインを注ぐと、彼女の食欲にふたたび火がつく。ダイニングルームの長いテーブルで、湯気のあがる二尾のシーバスを、イサベラが大きな白い切り身にするあいだ、ダイアンは粉を吹いたような死んだ魚の目と開いた口を見ている。食事中、ダイアンはフェルナンドがこっそりアレックスを見ているのに気づく。アレックスはひと口ごとに魚と焼いたフェンネルを理想的な比率で食べようと、外科手術的正確さで食事をしていて、ダイアンはいらっとするが、フェルナンドが魅せられるのもわかる気はする。どうして麻薬カルテルがこの男を引き入れるためなら手段を選ばないのか理解したい。彼らの信頼が見当ちがいでなければいいのだが。

「もっと人手がいるのか?」フェルナンドが訊く。

「多分な」ベンが言う。「今日の午後にもう少しはっきりする。心当たりがあるのか?」

「ここにおもしろいやつらがいてね。若いトレロさ、ロンダのアカデミーで訓練を終えたものの、運が悪くて難儀している闘牛士たちだ。特別クラスの生徒で、何年も見てきたなかでとくに出来がいいやつらなんだが、いよいよデビューってときに闘牛場が倒産して、報酬は大幅減、ほとんどゼロになっちまった。こういう子たちは、ごく幼いころから訓練をはじめるから、卒業するころには動物の世話以外はほとんどなんの技術も持たない大人になってしまう。あとはもちろん、動物を殺すことだな。今はパートタイムで働いている」

アレックス、ベン、カタリナの食べる手が止まる。

「そいつらは何人いる？」アレックスが尋ねる。

「勧められるのは三人か四人、アカデミーでおれが個人的に支援していた若者たちだ。運動能力はとてつもなく高いがそれだけじゃない。幼いころからずっと命がけでやってきたから、恐怖や危険のとらえ方がちがうんだ。あんたたちと似たようなことをやってきたから」

「そいつらはどこにいる？」ベンが訊く。

「マルベーリャ郊外」

「いつなら会える？」

「夕食後の予定は？」

「今できたわ」カタリナが言う。

ランチのあと、フェルナンドの白のランドクルーザーのあとから長い未舗装道路を進むと、山肌に穿（うが）たれた洞窟が並んでいるところに出る。洞窟の入り口には押し上げるタイプのスチールの扉がついている。一同を待つ庭師の隣に、ほっそりした三十がらみの北アフリカ人がいて、彼は煙草を弾き飛ばすと、フェルナンドと長い抱擁を交わす。

「わが友オマールだ」フェルナンドが言う。

とてつもなくハンサムな青年で、明るい緑色の目とナイフの刃のような鼻の下の唇は女性のようにふっくらしている。白のドレスシャツを胸骨まではだけ、ダイアンが出会うのは二度目の、森のような香りのアフターシェーブローションをつけている。一度目はブラインドデートでフィラデルフィアの寿司屋に連れていってくれた人で、二度目はスペインのマラガ郊外の丘にいるモロッコ人の武器密輸業者。

「準備はいいか？」フェルナンドが訊く。

庭師は左右を見てからいちばん端の扉を上げ、瓶の置かれた棚が並ぶ狭い部屋に一同を招き入れる。なかにあるワインは蛍光灯の光の下で油のように黒い。背後でスチールの扉がガタガタとおろされる。部屋の中央にある選果台の上に、一ダースの火器が並んでいる。アレックスとカタリナはそのまわりをゆっくりと歩いて、マガジンを取り出しては装塡し、銃のまえを行ったり来たりする。彼らは重たい頼りになる道具類を選ぶのを愉しんでいるのだろうか、とダイアンは思う。作る料理を念頭に置いて、何もかもが新鮮でかぐわしいファーマーズ・マーケットで買い物を楽しむように。何をすればいいかわからないので、扉の横のベンのところに行く。テーブルでは、アレックスが銀色のセミオートマチック拳銃の薬室を調べ、奥の壁にねらいをつけて引き金を引く。撃針がカチリと音をたてて落ち、ダイアンはひるむ。

「一服しよう」ベンが彼女に言う。

ふたりは扉をくぐって、午後の刺すような光と乾いた熱気のなかに出る。

「ばかなことを訊くようだけど」ベンが言う。「どんな気分だ？」

「子どもたちのことを考えずにはいられない。何をしているのか、何を考えているのか。どんなに怖がっているか」

「アレックスから聞いたと思うが、やつらに子どもたちを傷つけるという選択肢はないはずだ。あの子たちはただの担保だよ。アレハンドロもそれはわかっている。きみもわかるね？」

「あなたにはきっと子どもがいないのね」

「実はいる。ふたりね。早くに一度、女性と結婚したんだ。二十代だった。信じてもらえないかもしれないが」

「名前は？」

「ロバートとリリー」

「家族で休暇旅行中、ロバートとリリーが銃を向けられてビーチから連れ去られたら、ふたりになんて言う？」

「子どもたちを取り返したあとで、すまなかったと言うだろうね。いつもおまえたちを守るためにできることはなんでもやるつもりだと。それがおれのすることだ。それがきみのすることだ。だからおれたちはここにいるんだ」

「すまなかった？　〝なあ、ハニー、レイバーデイの休暇に、メキシコでカルテルがおまえたちを閉じこめてすまなかった。塩を取ってくれ〟そうね、ベン。それですむでしょうね」ダイアンは煙草を吸い、吐きながら首を振る。「ああもう、聞いて。わたしこそすまなかったわ。そんなつもりじゃなかったの。どうしてあなたにこんなことを話しているのかしら？」

「おびえているからだよ、当然のことだ。おびえていると言えば、アレックスについて知っておいてほしいことがある。彼自身よくわかっていないかもしれないから説明できるとはかぎらないし。彼はあきれるほど冷静に見えるだろう？」

「こっちがどうかなりそうなほどね」

「おれが保証する。あれは冷静なわけじゃないんだ。ストレスでおもてに現れる反応が、普通の人とは逆なんだよ。圧力をかけられるとリラックスするんだ、少なくとも見た目にはね。そんなやつほかに見たことがない。彼のなかで起こっていることは、また別の話なんだ。それに、急ぎの仕事で彼がこれほど冷静なのも見たことがない。おそらくいま彼の頭のなかは地獄のようなんだろう。それで納得がいくかい？」

「あんまり。ひとつ訊いていい？　普通はどれくらい時間をかけるものなの？　計画や準備に」

「何カ月もかける。何年もかけるときさえある。でも、〈ウィン〉の仕事は決行まで三週間しかなかった」

「そして今回は三日間」

「厳密には四日だな」

「アレックスがどんなに凄腕でも関係ない。絶対に無理よ」

「理想的ではないな。でもやれるかと言われたら？　もちろんやれる」

「彼の身に何かあったらどうするの？」

「残った者たちでやり遂げる」

「わたしのまえから消えたりしない？」

「消える？　まさか。そのときはアレハンドロ・イクストと取引をする」

「彼はここにいるのよね」ダイアンは小声で言う。

ベンは腕時計を見てうなずく。

「いつ会うの?」

「このあとだ」

30

ベンが南西のマルベーリャに向かって車を走らせるあいだ、ダイアンは眠気と闘う。マルベーリャはパーティ・タウンとして名高い港町で、夏になるとボトルサービスの酒やデザイナーズブランドの服に浪費するために集まってくる、中東の富豪やヨーロッパ人たちの所有するヨットがマリーナに並んでいる。カンクンの空港で滑走路が使えるようになるのを待ちながら、ダイアンはこの街の写真を何枚もスクロールしており、その平和そうで美しい見た目に落ち着かない気分になった。アレハンドロは歩道にカフェのテーブルが点在する入り組んだ通りのどこかにいる。ダイアンはアレハンドロの殺害を延々と空想する――うなりをあげるドリルの先をこめかみに当てて、こじ開けた口に開口器をかませ、漂白剤を流しこんで――でも、心のどこかで彼に会うことに奇妙なまでに興奮しており、現れないことを心配している。トムとのつながりは彼だけだし、それが心のなかで不快なほどの親密さを生んでいる。程度の差こそあれ、アレックスに対しても同じように苦々しさや憤りを感じているが、そのくせ彼が自分のまえから消えることを恐れ、無力さや恐怖のせいで彼に縛られてもいる。

ベンは白いタワー型のコンドミニアムの円形の車寄せで三人を降ろし、駐車場を探すために走り去る。ダイアンはアレックスとカタリナのあとからだれもいない大理石のロビーを抜け、エレベーターに乗りこみ、ふたりのあいだに立って階上に運ばれる。シルバーのストライプの壁紙に白いレザーのソファセットが置かれたベッドルーム三室のコンドミニアムは、ダイアンに『ジャージーショア』のコンドミニアムを思い出させる。アレックスに主寝室に連れていかれ、彼女はベッドの上にうつ伏せに横たわる。

「何か持ってこようか？」彼が訊く。

彼女はすでに眠っている。アレックスは彼女の靴を脱がせ、部屋の外に出て静かにドアを閉める。ベンとカタリナは無言でキッチンテーブルに座っている。

「彼女、寝たのか？」ベンが訊く。

アレックスはうなずく。

「あと二時間でやつがここに来る」

「わかってる」

「何を言われようと冷静にな」

「ああ」

「これがすんでからやつを追いたければ、おれが味方になってやる。でも今日は、同じひとつのゴールを目指そう」

「わかった」

「彼女はわかってるの？」カタリナが訊く。

「キャット、落ち着け」ベンが携帯を確認しながら言う。「クレイグの飛行機は予定どおりだ。やつは明日いちばんでここに来る」

「了解」アレックスは言う。「ちょっと出てくる」

「ダイアンには煙草が必要だ。アルコールも必要だろう。おれなら両方買ってくるね」

しわくちゃのシーツのような雲が街の上空に陣取り、暑さをやわらげている。アレックスは潮とディーゼル燃料のにおいに導かれてマリーナに向かい、舫われたヨットの後甲板と、建ち並ぶカフェやレストランやショップのあいだに伸びる、アスファルトの海浜遊歩道を歩く。高級ブティックのまえの歩道で、やせたナイジェリア人の男たちが偽物のバッグや時計を売っているかと思えば、東欧人の添乗員たちが、昼間から酔ってイタリア料理店のバーでサッカーのスペイン対ドイツ戦を見ているロシア人たちの注意を引こうとしている。アレックスは間口のせまいカフェにふらりとはいってエスプレッソを注文する。コンドミニアムから出てきてよかったと思う。この仕事はケタミンが見せる貨物列車のようだ。漠然としたものが、暗闇のなかをノンストップで突進してくる。すべての展開が早すぎる。いつもなら、仕事のイメージが完全にできあがり、実行が補足のように感じられるまで、綿密に調査して計画を立てる。今回は、やるという意思こそあれ、必要な情報は得られていない。不確実性は彼の神経をむしばみ、離陸直前に気づいた喉の痛みは、時間がたつにつれ悪化している。ったく、早くおれのコーヒーを出せよ。呑気に別の客としゃべっているバーテンダーを見ながらアレックスは思う。ここにいる人びとの脱力感には頭がおかしくなりそうだ。つぎの食事、つぎのティータイム、日焼け具合のことだけを考えながら遊歩道を歩く行楽客たちに嫌悪感を覚える。バーテンダーがエスプレッソを運んできて、アレックスはトランス状態から覚める。ここにいろ、と自分に言い聞かせる。現時点にいろ。後悔の湖に舞い戻るのはやめて、前方にある不確実と恐怖の霧に立ち向かえ。何十年かぶりで、人生が目覚めることのできない悪夢のように感じられる。が、今のおれは以前ほど無力ではない。少なくともそう自分に言い聞かせて、火傷（やけど）しそうなコーヒーを飲み、バーに二ユーロ置く。

31

アレックスが白ワイン二本とマルボロライト二箱、法律用箋（リーガルパッド）ひと束を手にして戻ってくると、ダイアンは起きて歩きまわっている。ボトルをわたされて気まずそうに微笑み、自分でぬるいワインをグラスに注いで、テレビのまえのベンとカタリナに合流する。ベンが『ロー＆オーダー：性犯罪捜査班』の吹き替え版にチャンネルを合わせると、ダイアンは彼をまじまじと見るが、誘拐を計画しているときに警察の捜査手順を鑑賞するという皮肉は、彼には通用しないらしい。グラスにお代わりを注いでいると、ドアをノックする音がして背筋がこわばる。玄関まえに立っているのは、息子を連れ去った男だ――前回と同じ服装、同じ冷静で探るような表情で、同じ使い捨て携帯電話のように見えるものを手にしている。彼はアレックスにうなずくと、ソファから立ち上がって行く手を阻もうとするベンを無視して、まっすぐダイアンのもとに向かう。そして、彼女に電話を差し出す。

「だれ――ああ、うそでしょ（オー・マイ・ガッド）」ダイアンは言う。「貸して。もしもし？」

「母さん、ぼくだよ」トムが言う。

ダイアンは窓のそばに行き、手で口を覆う。「ハニー、あなたなのね？　無事なの？　何も問題ない？」

「うん、大丈夫、元気だよ。ふたりとも――うん、ぼくたちは無事だ」

「パオラもいっしょなの？」

「うん、ここにいるよ」

「食べ物はもらえてるの？」ダイアンは目を閉じて声を出さずに泣きながら訊く。

「うん。ファストフードを一日に二回」

「痛めつけられたりしてない？」

「うん」

「うそじゃないのね？」目を見開いてはすがめて、彼の声から手がかりを探そうとしながら尋ねる。

「うん、ひどいことをされたりはしてないよ。今どこにいるの？」

「スペインよ。アレックスが――みんなができることをしてくれてる。わかった？　彼はこの人たちのためにあることをしなきゃならないんだけど、それがすんだら帰してもらえるわ。すべては――ハニー？　トム？　もしもし？」

電話は切れている。

「ありがとう、と言えばいいのかしら?」濡れた電話の表面をジーンズで拭きながら、ダイアンはアレハンドロに言う。

「どういたしまして。どこで話そうか?」

一同はコーヒーテーブルを囲む。ベンはノートパソコンを開き、アレックスはリーガルパッドを膝に置く。

「それで、何をねらえばいい?」ベンが訊く。

「ランチだ」アレハンドロが言う。

「なんだって?」

「ランチミーティングだよ。あさって、〈スイーテスト・ドリームス号〉という船がここのマリーナに着く。船体には大量のフェンタニルの積荷が隠されている。売り手のリー・ジャンロンもその船で着く——」

「ちょっと待ってくれ」アレックスは言う。「リー・ジャンロン?」

「そのとおり」

アレックス、ベン、カタリナは互いの顔をうかがう。

「何をするつもりだ?」アレックスはアレハンドロに言う。「いったいどういうことなんだ？」

「それがここに来てもらった理由だ」

「リー・ジャンロンってだれ？」ダイアンが訊く。

「ラスベガスのネックレスの持ち主だ」ベンが答える。そして、アレハンドロに言う。

「おれたちに連れてこさせたいのはそいつだと言うんじゃないだろうな」

「彼についてはどれくらい知ってる？」アレハンドロが訊く。

「生まれは広州」アレックスが反射的に言う。「化学薬品と不動産で富を築き、上海とマレーシアのパンコール島の二カ所で暮らしている。来月で五十二歳。再婚したばかり」

「彼は大規模な化学薬品ビジネスを営んでいる」アレハンドロが言う。「その一部に高品質のフェンタニルの生産事業があって、われわれと専売契約を結んでいる。中国ではまだフェンタニルの生産が合法だし、このところアメリカではフェンタニルが重要な商品になりつつある。この男からの大量の積荷——二億ドルの価値がある積荷がわれわれのもとに届くはずだったんだが、意見の相違のせいで遅れていてね。この積荷の受け取りを完了させたい。つまり、きみたちが盗んだ相手こそ、私が連れてきてほしい男というわけだ」

「どうしてそんなことがありうるのか教えてくれ」アレックスが言う。

「〈パーム・ツリー〉であんなことを言われた以上、それは教えられない。今のきみは質問する立場にいない」

「それなら教えられることはなんだ?」ベンが訊く。

「売り手のことはもうわかったな。買い手はディミトリ・ソコロフ、ロシア人だ。ふたりの男は海沿いのレストランでランチをとり、ロシア人が滞在する〈マルベーリャ・クラブ・ホテル〉で金の受けわたしをすることになっている。金は船着場に運ばれ、ロシア人が用意した別の船に積みこまれる。リーはその船で帰るつもりだ。品物はほしければきみたちにやるが、両陣営のどちらにもわたらないようにしてほしい。金は米ドルで千五百万というところだが、もし奪えるなら、それもきみたちのものだ。私がほしいのはリーだ。それも生きたまま連れてきてほしい」

アレックスはあざ笑う。「取引をぶち壊し、大金を奪って、昼日中に人ひとりレストランからさらってこいと? あんた、仕事をひとつたのみたいと言ったな。これじゃ三つじゃないか」

「レストランは屋外で、ランチは正午からだから、オプションは昼間ということだけだ。金とヤクは二のつぎだ」

「警備はどれくらい厳重なの?」カタリナが訊く。

「ランチには少なくともふたり連れてくるだろうし、船にはもっといる。海外に行くときは中国人とアメリカ人の両方の護衛を連れていて、いずれもみっちり訓練された元軍人だ。ホテルは六人で予約しているから、ディミトリは少なくともふたりのロシア人を連れてくるだろう。レストランの名前は〈ベルヴェデール〉だ。ウォッカと同じだな」

アレックスは散歩中にその店を目にしていた。水辺のテーブルで旅行者たちを引き寄せる、遊歩道の南端にある三つのレストランのうちのひとつだ。

「おれたちに与えられた時間は?」アレックスが訊く。「やつはどれくらいここにいる?」

「船で到着して、ランチを食べて、別の船で帰る。一時間か、それ以内だろう」

「どうしてそんなことまで知ってる?」

「彼に近しい人物から聞いた」

「あんたの情報源がうそを言っていないとどうしてわかる?」

「信用できると何度も証明している」

「リーを確保したら」ベンが言う。「あとはどうすればいい?」

「私のところに連れてきてくれ。できれば車で。それで仕事は終わりだ。彼の外見はわかっているな。ディミトリの写真は送る。実物を見ておきたければ、ロシア人たちは明日の二時ごろホテルにチェックインする。リーの旅程についてはよくわからないが、船はランチに間に合うように着くはずだし、ロシア人たちが彼のところに連れていってくれるだろう。ほかに質問は？」

「ひとつあるわ」ダイアンが言う。「息子はいつ返してくれるのよ、このくそったれ」


アレハンドロがいなくなると、三人はふたたびキッチンテーブルに集まる。

「いったいここで何が進行中なのか、だれか教えてくれ」アレックスが言う。

ベンは両手を上げる。「ベガスでおれたちの標的になったあのクソ野郎をたまたまやつらが探してる？　そんな偶然あるわけがない。おれたちの注意をリーに向けさせたいのか、それともその逆か？」

「どちらにしてもありそうにないと思う」アレックスは言う。「リーがフェンタニルを作ってるなんて知ってたか？」

ベンは首を振る。「おれに情報を流してくれたのは、ネックレスをパリからベガスに送った運送会社のやつで、本社はサンディエゴだ。輸送の詳細以外何も知らなかった。アレハンドロのことも、やつの仲間のことも」

「だれがやつにベガスのことを話したんだ？」アレックスが訊く。

「わからない」

「アレハンドロにリーの旅行計画についての情報を流したのも同じ人物だったら？」ダイアンが訊く。

「どうしてわたしたちを引き入れようとする？」カタリナが言う。

「わからない」ダイアンが言う。「どんなつながりがあるのかしら？　どうしてそんなことがありうるの？　あなたたちはだれにそのネックレスを売ったの？」

「メキシコの携帯電話長者だ」ベンが言う。「本物の隠遁者で、変わった趣味の持ち主でね。恐竜の骨と、珍しい昆虫と、なぜだか高級ジュエリーを集めている。おれの知るかぎりカルテルとのつながりはない。おれが気づいていないだけかもしれないが。いや、たぶんないと思う」

「おれも知らないな」アレックスが言う。「だからと言って、つながりがないということにはならない。それはひとまず置いておこう。ほかに何かあるか？　だれでもいいし、なんでもいいから言ってくれ」

「海辺には見物人がたくさんいる」ベンが言う。「やっかいなことになっても失敗は許されない」

「ここの警察は優秀よ」カタリナが言う。「それに、どこにでもいる」

「やつらはこの手のヤマに慣れてる」アレックスが言う。「やるべきことはわかってるはずだ。それに、リーは優秀なやつらに守られているらしい。ロシア人については心配ないだろう、それほどは」

「ほかに何が気になる？」ベンが訊く。

「リーは用心深い」アレックスが言う。「スペインに足を踏み入れるにしても——船で来て、真っ昼間に人目のある船着場で会う。実際の取引には関わらない。しかもレストランの趣味はクソだ。さっきまえを通った」

「最悪な部分はどこ？」ダイアンが訊く。「まあ、もう充分に悪夢だけど、いちばん心配なのは何？」

「アレハンドロにうそをつかれているかもしれないことだ」アレックスが言う。「アレハンドロがだまされているという可能性もあるし、その場合はもっと悪い。今はその可能性について考えるのはやめて、冷静に計画を立てて実行しないと。この明らかな点以外で納得がいかないことはあるか？」

「ロビーに用心棒を待たせていたと思う？」カタリナが訊く。

「アレハンドロのこと？」ダイアンが訊く。「メキシコで会ったときは用心棒がいたの？子どもたちをさらったときはいたに決まっているわよね。今ひとりでいるのは変じゃない？」

「ひとりかどうかはわからないぞ」ベンが言う。「今夜はひとりだというだけで」

「でも、用心棒を連れてきているなら、どうしてホテルに置いていくの？」ダイアンが訊く。「彼の地位はどれくらいなの？　カルテルにとってそんなに重要人物なの？」

「カルテルは沿岸地域を必要としていて、彼がそれを与えたの」カタリナが言う。「あそこではだれも彼に手出しできない。なくてはならない人なのよ」

「ばかな質問かもしれないけど」ダイアンが言う。「カルテルがほしがっていたものを彼がすでに与えたなら、どうしてなくてはならない人なの？」

　カタリナは口を開けてまた閉じる。

「治安維持に努めているからさ」ベンが言う。「ばかな質問というわけじゃないよ」

「なあ」アレックスが言う。「ここに座ってひと晩じゅうああだこうだと考えるのもいいが、ひとまず聞いたことはすべて事実だと考えてみないか。つまり、リーは船でやってきて、レストランで食事し、別の船で帰る。この船というのが気に入らないな。船着場は行き止まりだし、近づいてくるものはなんでも一マイル先から見える」

「そして、もし何かまずいことになれば」ベンが言う。「九十分でアフリカに行ける」

「向こうではその手のお金があるとかなりやばいことになる」カタリナが言う。「わたしたちが盗めば彼のためになるわよ」

「金は放っておく」アレックスが言う。

カタリナはベンを見たあとアレックスを見る。「多数決にしない？」

「リーをつかまえて、たまたまポケットに郵便為替がはいっていたらいただくさ」アレックスが言う。「でも今は、三、四百ポンド（約百三十五キロ〜百八十キロ）の現金の話をしてるんだ。くそみたいに取り扱いがめんどうだ。いつどこで現れるかわからないし、船に乗っておれたちが撃ち合いたくないやつらに囲まれるまで、リーは金に近づかないだろう。すべてを手に入れるにはおれたちには人手が足りない」

カタリナは顔をしかめる。「〝冗談だろ〟って言うところじゃない、ベン？　つまり、何が問題なの？」

「聞いてくれ」アレックスが言う。「メキシコであのろくでもない会合がもたれなかったら、おれたちはここに来ていない。おれの娘がどこにいるかわかるか？　わからないだろ？　おれもだ。このヤマは無償でやる。以上」

32

午後十一時をまわったころフェルナンドが電話してきて、あと十分で着くと告げる。ベンとダイアンは洗い物を中断し、四人で角まで歩くと、ジントニックを手にした身なりのいい二十歳かそこらの若者たちが、煙草の煙と香水の雲とともにバーから歩道にあふれ出てくる。世界はトムの年頃の若者だらけなのだろうか、それともあの子が奪われたせいでついそういう若者に目が行ってしまうだけなのだろうか、とダイアンは思う。白のランドクルーザーが通りの向こうに停まり、四人が乗りこむとフェルナンドがうなずいて挨拶する。シートベルトのセンサーは切られており、ダイアンだけが安全のためにシートベルトをする。

闘牛士たちは郊外にある無秩序に広がった白い集合住宅に住んでいる。ゲート付きの住宅地で、グループの最年少メンバーであるファン・カルロスの両親が、不況の真っ只中にそのなかの一戸を購入したのだ。両親は、アカデミーの友人たちとともに職探しに四苦八苦する息子に鍵を与えた。四人から七人の若者がいる寝室ふたつのアパートメントは、マルクス主義のピーター・パンのユートピアだ。彼らはそれぞれの能力（給仕、ドラッグ売り、大道芸、泥棒）を使って、それぞれに必要なもの（鎮痛剤、車のタイヤ、ヘアケア用品、中絶一回ぶんの費用）を得る。少年たちはフォーマルウェアから抗生物質にいたるまで、すべてを共有している。

　静かな私道にはいると、アパートメント6Bからナイトクラブのような音が聞こえてくる。フェルナンドは扉をノックしたあと、さらに大きな音でノックする。だれかが音楽を止め、すぐにフアン・カルロスが茶色の長い髪をうしろに流してハンサムな顔をあらわにしながら、玄関扉を開ける。きれいにひげを剃った顔はよく日焼けし、子ども時代の名残かビールのせいで頬がふっくらしている。

「すみません（ディスクルペメ）、指揮官（コマンダンテ）」恥ずかしそうに微笑んで彼は言う。

　フアン・カルロスの背後では、ふたりの若者がキッチンカウンターのビールの缶と赤い使い捨てのコップをゴミ袋に入れ、三人の若い娘が煙草の煙がこもる化粧室で化粧をしている。フェルナンドはいかんなあというように首を振り、フアン・カルロスとボクシングのまねをしてから、少年をぎゅっとつかんで引き寄せる。二十代前半のころのフェルナンドのようだ、とアレックスは思う。恐れを知らず、無一文で、自由奔放。フアン・カルロスは一同にうなずいて挨拶するが、自己紹介はしない。

「はいってくれ」フェルナンドが言う。

彼を先頭にアパートメントにはいり、せまいデッキに出る。下の庭にあるプールは周囲の世帯と共有だが、今夜は闘牛士だらけで、そのうちふたりはプールサイドで、鮮やかなピンクのケープと木製のハンドルにねじでとめつけた角を使って闘牛の真似事をしている。水着姿のひとりの闘牛士がライターでビール瓶を開け、びんの口を親指でふさいでバック転しながらプールに飛びこむ。暗さに目が慣れると、ダイアンは中庭にいる少年たちの傷跡——腕や脚の盛り上がった瘢痕組織や、アニメの雷のような長いギザギザの傷に気づく。左の脛がえぐれているやせた色黒の少年が、小さな防水スピーカーから流れる音楽をめぐって、ファン・カルロスと口論している。意見の相違は取っ組み合いに発展し、ふたりはたちまち地面に転がる。ファン・カルロスは必死でボディロックから逃れ、よろよろと立ち上がる。ふたりは力いっぱい互いの手を打ち合わせ、ファン・カルロスは少年の手首をつかむと、身を寄せて相手の腰に腕をまわす。そして唐突にサルサを踊りはじめ、くるくるまわったり互いを水に浸しながらプールに沿って移動し、やがて縁を超えて水のなかに落ちる。アレックスは信じられずに笑う。

「これって現実なの?」ダイアンが訊く。

「いいや」アレックスが言う。「ベンのみだらな夢のなかの世界だ」

「ああそうだよ」ベンが言う。「文句あるか？」

「ちょっと荒削りだが」フェルナンドが言う。「いざというときは使えるぜ。ファン・カルロスと泳ぐはめになったのがルイスで、もうひとりのお勧めだ。ふたりでいい仕事をする」

「いつからこんな暮らしをしている？」アレックスが訊く。

「ここでか？　半年だ。でも、牛や馬のいる農場で何年もいっしょに暮らして、毎日トレーニングし、動物の世話をしてきた。ちょっとばかりいかれてるが」

「あのふたりをこれから二日間借りるにはいくらかかる？」

「いくらもかからないよ」フェルナンドが言う。「ひとり百ユーロでどうだ？」

「千にしよう」アレックスが言う。「彼らが必要になったらもっと出す。その代わり、今から酒を抜いて休息をとってほしい。できるか？」

フェルナンドはうなずき、階段を降りて中庭に出る。

「計画があるような口ぶりだな」ベンがアレックスに言う。

「耳の検査をしたほうがいいぞ」

「材料の買い物をしてるってわけか？」

アレックスはうなずく。「何ができあがるかはまだわからないがな」彼は言う。

33

ダイアンは寝室の青い薄明かりのなかで目覚め、窓辺に立っている人影を目にして悲鳴をこらえる。やみくもに手を伸ばすが、ベッドの隣は空っぽだ。アレックスは通りの向こうの明かりの消えたアパート群を見ている。ダイアンはゆっくりと起き上がり、胸元でシーツをつかむ。手の下では心臓が早鐘を打っている。

「明かりをつければいいのに」彼女は言う。

「えっ――なんだって？　いや、いいんだ。きみは寝ててくれ。起こしてすまなかった」

目をどんよりさせ、周囲の音を遮断し、どこかに行っていたらしい。その場所から戻ってきたばかりなのが声でわかる。

「話して」彼女は言う。

アレックスはやんわりと拒否しようと肩越しに振り返るが、彼女の顔に何かを見て心を変える。

「彼らの不意をつくのは不可能だ」彼は言う。

「どういう意味？」

「ああいう人種が警備のために雇うのは、何年、何十年と待ち伏せしながら暮らしてきたようなやつらだ。つねに準備ができているし、つねに予測している。リーの身に危険が迫れば、さらに力を発揮することになる」

「それなら、不意をつかなければいい」

「ああ。不意をつくことはできない。不可能だ」

「じゃあどうするの？」

「わからない」アレックスは窓ガラスに両手をついて通りを眺める。「今はまだ」

ダイアンはシーツを放し、髪をかきあげる。「彼らはつねに予測しているのよね？　その予測していることが起こったらどうなるの？」

「訓練の成果を発揮する。立ち向かい、戦う」

「彼らはそれに長けているのよね？　じゃあこちらは歯が立たないじゃない」

「カジノの警備員はだれも引き金を引かないようにするために金をもらっている。でも、今回のやつらは撃たれるために金をもらっている。戦うことが仕事なんだ。銃撃戦も想定しているだろう。おれは大勢の旅行者を殺したくないし、リーが死んだら価値はなくなる？」

「オーケー」彼女は言う。「それでも何かが起こるとしましょう。そのとき彼らはどうする」

「脅威を排除し、リーを移動させて、安全を確保する」

「そのあとは？」

「部隊を再編成する」

「ほっとする？　ガードを下げる？」

「そうはいかないだろう」

「少なくともシフトダウンはするんじゃない？　さんざんアドレナリンを出したんだから。彼らだって人間よ」

「どういうことだ？」

「意表をつけないのはわかった。でも、意表をつかなかったらどうなる？　相手が予想したとおりのことをこっちがしたら？」

「そのときはどうなるんだ？」

「運転教習は受けた？」

「ああ、二十年まえに」

「統計について教わらなかった？　ほとんどの事故は家から一マイル以内で起こっているって？　もうすぐぐうちだと思うと、ちょっとほっとして、気がゆるむの」

「つづけてくれ」

「何か恐ろしいことが起こるとする。すごく恐ろしいことが。すると彼らはリーを安全だと思う場所に移す」

アレックスは片方の眉を吊り上げ、ベッドの彼女の横に腰掛ける。

「そこでまた別のことが起こるの」ダイアンは言う。「安全な場所に着く直前に。彼らがもうすぐぐうちだと思ったときに、何かが起こる」

「いいね」彼は言う。「彼らを逃がし、ゴールラインを見せる。そこで初めておれたちが動く」

「ゴールラインって？」

「彼らが乗って帰ることになっている船だ。リーがそこに行くまえに、車で連れ去る必要がある。そこでわれらがオーストラリア人の友の登場となる」

「わざわざオーストラリアから呼び寄せたの？」

「ラスベガスからだ」アレックスが言う。「そこに住んでるんでね。オートバイのレーシングを教えてる。タイヤがついているものならなんでもぶっ飛ばすやつだ」

「彼とバイクに乗ってたの？」

「ああ」

「それで？」

「やつは撃たれたが、それでもラスベガス大通り（ザ・ストリップ）の真ん中でなんとか最悪の状態から逃げ切った。前方にふたりの刑事、うしろにＳＷＡＴのチームがいた。あの小僧はタイミングをみて対向車線に突っこみ、すれすれのところでかわした。〝つかまってろよ、相棒（マイト）〟それがおれの聞いた最後のことばだった」

「どうしてベンは彼が気に入らないの？」

「生意気なんだとさ。クレイグがまだ子どもだったってことだろう。ベンは若い世代に対してそれほど忍耐力がないんだ」

「人を見る目はあるみたいだけど」

「たしかにそうだが、おれはチームの育成訓練のためにクレイグをここに呼んだわけじゃない。運転ができるやつが必要だからだ。あいつは最高に運転がうまい」

「もうひとつの材料ね？」

「つねに手元に置いておきたい材料だ。たとえ使わないことになるとしても。たとえ計画に合わないとしても。ところで、この計画を考えたのはきみということになるが、そのことは言わないつもりだ。カタリナはおもしろくないだろうから。言わないのが正しいと言うつもりはないが、そのほうが簡単だ」

「まったく」ダイアンは彼を押しのけて言う。「そんなことでわたしが文句を言うとでも？　わたしの望みは息子を取り戻すことだけよ。手柄なんてほしくないわ」

「いい心がけだ」

「よろしい」彼女は言う。「じゃあ実行してちょうだい」

34

「ゆうべ〈ザ・コスモポリタン〉のなかのスペイン料理のレストランに彼女を連れていきましたよ」最新情報を伝えるために電話してきたハリスに、ラミレスが言う。「ちょっと高かったけど、悪くなかった。われらが友クレイグの様子はどうですか?」

「ホテルに缶詰だ。ずっとテレビを見てるから、おそらくスペイン語はぺらぺらになっているだろう」

「まだ何も言ってこないんですか?」

「ああ、ひと言たりともな。やつらがねらっているのはなんなのか、こっちの警察に調べさせている。強盗課はすべての時計店や宝飾店と話をした。やつらがわざわざ盗みにくるような品物はどこにもないが、警備を強化してもらっているし、商業地区全域に制服警官を増員配備した。こっちの銀行はそれほど現金を置いていない。大きな貸金庫の店がふたつあるのが気になるが、充分注意喚起しておいた。マリーナはくそヨットでいっぱいで、車はみんなフェラーリだ。なんであってもおかしくない——美術品、船、われわれの知らないドラッグや現金。ここにはあらゆる種類の金がある。汚れた金がたんまりと」

「ベガスみたいですね」とラミレス。「少なくとも好みは一貫している」

35

〈マルベーリャ・クラブ・ホテル〉はチェックインの時間で、ロビーは到着した客と大量の荷物でごった返している。Tシャツにテニス用の短パン姿のベンとアレックスは、ラケットバッグをあいだに置いてエレベーター脇のベンチに座っている。その左手では、この日の朝ルイスとともに一階の部屋にチェックインしたファン・カルロスが壁にもたれている。ふたりが受けた指令は、交代でロビーのバーでクラブソーダを飲み、ロシア人たちの往来をベンに知らせることだ。おもての到着エリアにいるカタリナから、アレックスに電話がはいる。

「われらが友人たちの到着よ」彼女は言う。「今ホテルにはいるところ。スーツ姿の護衛が先にはいって、つぎが本人」

「了解」アレックスは言う。そしてベンに、「来るぞ」

回転扉から肩幅の広い長身の男が出てくる。淡いブルーのシャツにシャークスキンのスーツ。サングラスを額の上に押し上げて、ロビーを見わたしてから振り向いてうなずく。
再度扉が回転し、ディミトリ・ソコロフが現れる——小柄だが身の詰まった体型で無表情、太鼓腹を緑のベロア地のトラックスーツに包み、足元は黒のホースビットローファー。薄くなってきた髪を墨色に染めている。ロシア人はエレベーターのほうに目を向け、アレックスは素早く視線を落とす。

「感じるか？」サングラスで目を隠したベンが訊く。「目を上げるなよ」

「何を？」アレックスが訊く。

「やつはまっすぐおまえを見てる。おれがここにいないみたいに」

アレックスは記憶から男の写真を呼び出し、頭のなかで見直す。

「よし」ベンが言う。「行った。もういいぞ」

ふたり目の護衛は軽い猫背の男で、短く刈られたグレーの髪の下の顔には深いしわが刻まれている。三人目——締まりのない童顔で、二十歳より上には見えない——がパスポートの束を手にフロントデスクに近づく。

「どうだ（エスタス・ビエン）？」アレックスがファン・カルロスに訊く。「やつら（ロス）が見えるか（ベス）？」

ファン・カルロスは電話から目を上げて言う。「もちろん（クラロ・ケ・シ）」

ターゲットから大きく距離をとって、ベンとアレックスは裏の出入り口から、ホテルの裏の遊歩道に出る。

「あれは何かあるな」ベンが言う。「おまえを見るあの様子は」

「三秒ぐらいだろう」アレックスは言う。「深読みするなよ」

「もしなんでもなかったら何も言わないさ」

ふたりはテニスコートの入り口でカタリナを見つけ、高い金網のフェンスのそばに集って、レッスンを受ける子どもたちを眺めているふりをする。

カタリナは風船ガムを膨らませてパチンと割る。「護衛のひとりがおでぶのガキでよかった」

「決めつけはよくないぞ」アレックスが言う。「姿勢はいいし、足取りは軽くて敏捷だ。おそらく通訳だろうが、おれはああいう男にマットの上でこてんぱんにやっつけられたことが何度もある。やばくなったらロシア人たちはホテルに向かうか、ブツのもとに向かうだろう。リーと取り巻きたちはまっすぐ船に向かう。つまり、おれのいるほうに来るということだ。すぐうしろにベンを引き連れて。おれたちはリーの護衛を倒して、できるかぎり手早くリーをトランクに入れる。キャット、きみがそこにいてくれるとありがたい。もしまだ手一杯なようならなんとかするが」

「急ぐようにするわ」カタリナは言う。「見逃したくないし」

「よし」アレックスが言う。「おれはレストランに下見に行く」
「おれたちは船着場を見てみるよ」ベンが言う。「ランチを愉しんでくれ」

プエルト・バヌースのマリーナは、海岸とアスファルトの遊歩道で三方を囲まれた大きな長方形の水盤だ。ヨットが並ぶ長い船着場はアスファルト敷きで、歩行者も水辺に駐められた高級車も利用できる。長いカーブした岩石地が細く突き出た防潮堤は、岸に触れようとする曲がった指のような形で、マリーナの南西の角のすぐ手前で途切れている。タイル敷きのコンクリートの上に建つ〈ベルヴェデール〉からは細い水路を眺められるようになっており、バーと厨房は遊歩道脇の屋外テーブルから離れた場所にある。ウェイターたちは歩行者たちをよけながら、赤と白のパラソルの下のテーブルの海を行ったり来たりしてトレーを運ぶ。ランチの混雑がはじまったころ、アレックスが到着する。ファン・カルロスが昼勤のウェイトレスと知り合いで、そのほっそりしたルーマニア娘のおかげで翌日の予約リストと座席表を入手しているので、質問する必要はない。ウェイトレスはターゲットが明日のために予約しているテーブルの近くの席にアレックスを案内する。メニューはヨーロッパ料理の寄せ集めだ――ピッツア・マルゲリータ、ニース風サラダ、リングイネ・アレ・ボンゴレ、タパスの盛り合わせ。ダイアンとは二十分後にここで待ち合わせをしている。アレックスはひとりでテーブルにつき、リーガルパッドにスケッチをし、男子トイレに三回行って、毎回別のルートで戻る。喉の痛みはあごにまで広がり、体温は朝から徐々に上がっている。ダイアンのことが心配になってきたところで、席についた人びとのあいだを縫ってやってくる彼女を見つける。この午後だけはアルコールと買い物セラピーを、罪悪感と恐怖感を忘れるための局部麻酔として利用する決意を胸に、ダイアンは二時間まえにコンドミニアムを出た。歩道のカフェでアペロールスプリッツ（オレンジのリキュールをソーダとプロセッコで割ったカクテル）を一杯飲んだあと、いま着ている服を買った。胸のすぐ下からボタンが並ぶ白い袖なしのシルクのドレスだ。あるテーブルのイタリア男たちが会話を中断し、通りすぎる彼女にいっせいに顔を向ける。アレックスは急いで席を立ち、彼女のために椅子を引く。

「やあ」彼は言う。「すてきだよ」

「あなたはひどい恰好」ダイアンは言う。「お願いだからテニスはやらないでね」

「好きでやってるわけじゃない。ロシア人たちは時間どおりに現れた。今は見張らせている」

ダイアンは了承してうなずき、メニューを差し出すウェイターに二杯目のスプリッツを注文する。

「ここはロシア人だらけね」彼女はお勧めメニューに目を通しながら言う。「それとアラブ人。ブラジル人も」

「金はあるがたしなみはない人びとが集うヨーロッパの首都にようこそ」

「わたしは魚をいただくわ」

「いいね」

「あと白ワインをボトルで」

「おれはワインはやめておくけど」アレックスは言う。「きみはどうぞ」

「あなたは平気そうに見えるけど、わたしには理解できない。いっしょにランチを食べるのは、これが最後になるかもしれないのよ。あるいは、あなたが食べる最後のランチかもしれない。明日あなたは死んでいるかもしれないし、どこかの留置場にいるかもしれない。だからわたしは飲むわ。わが子がどこにいるかを忘れられるなんて、たいしたものね。どうすればそんなことができるのか、わたしにはわからない」

アレックスは目をしばたたかせ、椅子に深く座る。メキシコからこっち、彼はこの手の攻撃を何度か冷静に切り抜けてきたが、ダイアンはついに一線を超えてしまったようだと気づく。

「怒っているんだね」彼は言う。「たしかにきみにはその権利がある。ここに来ることになったのはおれのせいだ。そうしたければ、それで役に立つなら、好きなだけ非難するといい。でもそれが役に立つだろうか？　それよりおれたちの役に立つことに意識を向けたらどうかな？　ゆうべきみがしたみたいに」

ダイアンは黙ってアレックスを見つめる。彼は彼女とどう闘えばいいか知っている。ときおり向けられる怒りの爆発を、やり返すことも完全に心を閉ざすこともせずに、辛抱強く受け止める方法を。ほかの状況にあるときなら、これは魅力的な資質だが、今日はそのせいでますます彼が憎くなる。ウェイターがペンを手にして戻ってくる。

「ドーヴァーソール（舌平目）をもらおう」アレックスが言う。「それからエビとシーザーサラダ、シャブリをボトルで」

「わたしに会ったとき、どう思った？」ウェイターがいなくなると、ダイアンは尋ねる。

「マロリー邸で。若いころのことじゃなくて」

「母がドラッグの問題を抱えていたことは話したかな？」

「いいえ。話題を変えないで」

「母は四六時中家に人を呼んでいた。バーテンダー、ウェイトレス、カジノディーラー、コカインディーラー。パーティ仲間のひとりがときどきおれの子守をしてくれた。クレア・ラヴァーリ、母と同じ〈トロピカーナ〉のカクテル・ウェイトレスだ。おれとクレアは親しかった。十歳の子どもと三十代の女性にしては気味が悪いほどに。みんながキッチンでハイになっているあいだ、彼女はよくこっそりおれの部屋に来て、うるさくてごめんねと謝り、学校はどうか、何か気になっていることはあるかと尋ねてくれた。ある夜おれは彼女に、どうして母はドラッグをやるのかと訊いた。クレアはその質問に答えられなかったから、クレアもドラッグをやるのかとおれは訊いた。答えはイエスだった。今もやっているのかと訊くと、彼女はそうだと言った。おれは――」

ウェイターが戻ってきて少量のワインを注ぎ、アレックスはそれをダイアンにわたす。

「これでいいわ、ありがとう」彼女は言う。そしてアレックスに「つづけて」

「どんな感じかとクレアに訊いた。長い旅を終えてうちに帰るようでもあり、存在することも知らなかった美しく新しい場所に着いたようでもあると彼女は言った。何年ものあいだ、どういう意味だろうと思っていた。そして、彼女がやっていたドラッグはなんだったのだろうと。いろいろなドラッグをやってみたが、どれもそんな気分にはなれなかった。

その夜のことはもう長いこと考えていなかった。でも、ディナーパーティのあとリンゼイの家の外できみとキスしたとき、すぐにクレアが言っていたのはこれだとわかった。きみが訊いたのがそのときのことじゃないのはわかっている。マロリー邸では何を考えればいいかわからなかった」

「折り紙つきのたわごとは、子どもたちが戻ってからにして」ダイアンは静かに言う。テーブル越しに伸ばした手を彼の額に当て、もう片方の手を自分の額に当てる。「やだ、熱っぽいじゃない。大丈夫なの？」

「たいしたことない」彼は言う。「そのうち治る」

料理が来て、食べながらアレックスはリーガルパッドにスケッチをする。自分たちは話すことがなくなった夫婦のように見えるかもしれないと思う。ダイアンがウェイターに化粧室の場所を訊いて席を離れると、アレックスは自分のワインを彼女のグラスに注ぐ。携帯電話で天気予報をチェックしていると、だれかが彼と太陽のあいだに立つ。

「座ってもいいかな？」

逆光の顔がだれのものかわかるまで数秒かかる。

「やあ、デリック」アレックスは言う。「どうぞ、ご自由に」

デリック・サラントはダイアンの席に座る。身長はアレックスと同じくらいでひげが濃く、十五年まえに初めて会ったときはもっと筋骨たくましかった。二度目にいっしょに仕事をしたとき、気づくとデリックはセドナの倉庫の床に突っ伏して、肩甲骨のあいだをブーツの足で踏まれ、頭に銃を向けられていたが、アレックスが引き返して待ち伏せし、警備員の意表をついて武器を奪ったおかげで窮地を脱した。その出来事はデリックを震え上がらせた。アレックスは十年以上彼に会っていないが、クルーカットとラップアラウンドサングラスから判断して、今は民間軍事会社か何かに所属しているのだろう。仕事でスペインに来ているプロの殺し屋。デリックは軍が隠そうとしたカブールの市場での狙撃に関係している、とベンが言っていたのを思い出す。

「なぜマルベーリャに？」デリックが尋ねる。

「知ってるだろ、おれが太陽を愛する男だって。あんたこそなぜここにいるんだ、デリック？」

「なあ、いつまでもここにいられるわけじゃないから、単刀直入に言うぞ。あんたのために飛行機を用意できる。給油済みですぐに飛び立てる。ここで何をするつもりか知らないし知りたくもないが、六時間以内に離陸しろ。パイロットが何も訊かずに、行ける範囲でどこへでも連れていく」

「どうしてこのすてきな街を離れなきゃならない？」

「そうするのがいちばんいい」デリックは言う。

「それはできないな、相棒。払い戻しができないホテルなんでね。それにレンタカーも借りている」

「妥当な金額（リーズナブル・ナンバー）を言ってくれ」

「三」

「三だって？　おいおい、待てよ。正気じゃないぜ」

「何が正気じゃないんだ？　三百万だと思ったのか？　適当な数字（リーズナブル・ナンバー）を言えというから言っただけだ。あんたの金なんていらないよ、デリック」

「アレックス、なあ――おれはあんたに借りがある。それはわかってるだろ。だからこうしてあんたのところに来てるんだ。ここで騒ぎを起こしたくはないだろう、今週は」

「おれの質問に答えていないぜ」

「どんな質問だ？」

「なぜここにいるか」

「それは言えない。わかるだろう」

「明らかに仕事だな。最近、悪くない仕事をしたと聞いてるよ。これは無料のアドバイスだ。買い物に行け。人目を引かない服を買うんだ。これでも演出をするのが仕事でね。あんた、ちょっと浮いてるぞ」

「溶けこむ必要はないんでね」デリックは言う。「おれは自分の仕事をしてるだけだ」

「あんたの仕事ってなんなんだよ、デリック？」

「人びとの安全を守ることだ」

「ほんとに？　民間人や幼い子どもを撃ち殺して、弁護士どもに後始末をさせてるのかと思ったよ。兵士、それがあんたの仕事だって、新聞には書いてある」

「アレックス、とにかく飛行機に乗ってくれ、いいな？　どこかほかのところで休暇をすごせよ。たのむから」

「おれの仕事が何か知ってるか？」

「おれが——なんだって？　ああ、もちろん知ってるさ。われわれは別に——」

「それはなんだ？」

「あんたは——人さまのものをくすねている」

「そう、それがおれのやってきたことだ。だが、もう足を洗った。今ほんとうにやっているのは、あんたみたいな怠惰で意気地のない怠け者を——あんたみたいな訓練不足で、想像力に欠けるろくでなしのことだよ、デリック——助けにいって、そいつらに恥をかかせることだ。全世界にその正体をさらすことだ。痛いところをついてやるんだ、何度でもな。おれに危険が迫っているって？　よく言うぜ、半分もわかっていないくせに。ともあれ、おれがここにいると知ってもらえてよかったよ。でも、こうなることはわかっていたはずだ。無駄足だったな」アレックスは立ち上がってナプキンをテーブルに置いた。「今夜おれが焼け死ぬのを願ってろよ、相棒。あんたにできるのはせいぜいそれぐらいだ。ハンティングを愉しんでくれ。ランチをごちそうさん」

　手洗いに向かいかけたところで、ダイアンがドレスの脇をなでおろしながら現れる。

「出よう」彼女の肘をつかんで向きを変えさせながら、アレックスが言う。「こっちだ」

「会計はすんだの？　どういうこと？」

「それは心配ない。さあ行こう」

　彼女を連れて遊歩道を急ぎ、最寄りのホテルの裏で立ち止まる。

「よく聞いてくれ。なかにはいって、フロント係ではなく、コンシェルジュにタクシーを呼んでもらうんだ。車が来たらフロントに電話するようタクシー乗り場の係に伝えろ。タクシーが来たらまっすぐ歩いていって乗れ。おれもすぐあとから行くが、それまではこの扉のなかで待つ。だれかが近づいてきたり、話しかけてきたら、できるだけ急いでおれのところに来ること。できるか？」

「いったい何が起こってるのか話してくれさえすればね」

「レストランで、ある人物がおれに気づいた。だれにも尾行されていないかたしかめる必要がある」

　コンシェルジュはダイアンのたのみに快くうなずく。アレックスはデリックがいないことをたしかめる。過度な注意も引いていない。元同僚が真実を伝えていた可能性はあるだろうか？　アレックスを見つけ、上司に相談して、予期せぬことが起こらないように、どこかの重要なターゲットの面倒を見ながら、空いているチャーター機を手配したのか？　何を信じればいいのだろう。コンシェルジュが電話を受け、ダイアンに身振りで知らせると、彼女はありがとうと言って、おもてでアイドリングしているタクシーに向かう。アレックスは通りの先のホテルでおろしてくれと運転手に告げ、そこでダイアンがまた別のタクシーを呼んでホテル内で待つあいだ、アレックスは駐車係のスタンドの陰で通りに目を走らせる。二台目のタクシーに乗り、つけられていないと確認すると、アレックスは運転手にコンドミニアムの近くの住所を告げる。

「だれに気づかれたの？」ダイアンがささやき声で訊く。

「昔いっしょに仕事をしていたやつだ」

「たまたまここにいたの？」

「そう言っていた」

「信じたの？」

「ロシア人の仲間ではないし、リーの一行は明日まで来ない。なぜやつがここにいるのかは知らないが、知っていると思わせた。これはここだけの話にしてくれ、いいね？」

コンドミニアムに戻ると、ベンとカタリナはキッチンテーブルでジンラミーをやっている。

「ランチはどうだった？」ベンが訊く。

「悪くなかった」アレックスは言う。「思っていたよりいいレストランだ。明日の車の手配はしてあるのか？」

「ああ」ベンが言う。「あの若造たちが朝までに望みのものをほとんどなんでも手に入れてくれるそうだ」

「よし。クレイグに電話しろ」

ベンは電話をかけてスピーカーホンにする。

「もしもし？」

「やあ、クレイグ」ベンが言う。「飛行機はどうだった？」

「ぐっすり眠ったよ、相棒（マイト）」

「どんな車が希望だ？」

「今回は車なのか？」

「ああ。使うのは一台だ。乗りたい車はあるか？」

「BMWの3か5。マニュアルで、タイヤはならしてあるけど古くないもの。選べるならターボがいいね」

「できるだけ探してみよう。明日の午前十一時に、ホセ・サラマーゴ・ロータリーの南東側にある〈ハードロック・カフェ〉に行け。レストランのまえの駐車スペースに車があって、助手席に黒髪の若者が乗っている。フロントガラスに手のひらを置いて、自分だと知らせろ」

「今回のねらいはなんなのか訊いてもいいか？」

「ああ。ちょっと待ってくれ。あんたと話したがってるやつがいる」

「やあ、クレイグ」アレックスが言う。「だれだかわかるか？」

「ああ」クレイグは言う。「わかる」

「ノートパソコンは持ってるか？」

「いいや」

「フロントデスクに行って、市街地の地図とペンをもらってこい。このまま待っている」

クレイグはロビーに行き、アレックスにも聞こえるように要求を告げる。フロント係が地図を探しまわるあいだに、窓に走っていって両腕を振る。通りの向こうで、ハリスと私服警官のひとりが、窓のない白いヴァンから用心深く出てくる。ふたりは通りをわたり、クレイグはガラスに映った自分を見る――透明な体のなかを、ふたりの法執行官が走ってくる様子を見て、目をぱちくりさせる。フロント係が地図を手に事務所から出てくる。クレイグは電話をスピーカーホンにして部屋に戻り、ベッドの上に地図を広げる。

「クレイグ、聞いているか？」アレックスが訊く。

「ああ」クレイグが言う。「つかまってろよ、相棒」

「なんだって？」

「いま準備をしてるところだ。つかまってろよ、相棒」

アレックスはベンを見てからカタリナを見て、またベンを見る。「すべて問題ないか？」

「ああ、問題ない。先をつづけてくれ」

「プエルト・バヌースのマリーナ、わかるか？」

「ああ」

「海沿いに道があるだろう？　マリーナと建物のあいだの遊歩道が見えるか？」

「ああ、あるね」

「その南の端に、〈ベルヴェデール〉というレストランがある。明日の午後一時、そのレストランの近くの遊歩道に車を停めろ。トラモ・デ・ウニオン通りにできるだけ寄せて。トランクをロックだけ解除して開かずにおき、ドアロックも解除しておけ。乗ってくるのは三人、プラスうしろの荷物だ。おれたちが乗りこんだら、できるだけ早くN三四〇号線に向かえ。ホセ・バヌース通りがいちばんの近道だが、明日の午後までに、マリーナから高速道路までのすべての通りを頭に入れておいてくれ。交通のパターン、信号の持続時間、通りの方角、代替経路――すべてだ。わかったか？」

「楽勝さ、相棒」

「よし。今から行って下見しろ」

「了解。じゃあみんな、明日会おう」

アレックスはけげんそうな顔で電話を切る。

「どうした？」ベンが訊く。

「〝つかまってろよ、相棒〟と繰り返していた。バイクに乗っているときに言ったセリフだ。何かを伝えようとしていたみたいに」

「何を伝えるっていうんだ？」ベンが訊く。「ただの口癖だろ」

36

治安警察本部の会議室で、ハリスはインターポールのラウル・フエンテスが携帯電話を耳に当てて行ったり来たりするのを見ている。

「シ」フエンテスは言う。「シ、シ、コンプレンド。ノ、ノ。エスタ・ビエン。グラシアス」彼は電話を切る。「やってくれないそうだ。あらゆることを試して、さらに押した。今のが最後の試みだったんだが」

「すばらしい」ハリスが言う。「これで完全に行き詰まったな」

ベンがクレイグにかけてきた番号は手にはいったものの、テレフォニカ（スペインの大手通信会社）のセキュリティ管理者や幹部たちとの白熱した二時間のやりとりのあと、現在地を特定するデータの要求ははねつけられる。電信会社は差し迫った人命の危機でないかぎり情報をわたさないのだ。子どもが凶悪犯に誘拐された？　テレフォニカはよろこんで手助けをする。テロリストの疑いのある人物が攻撃をもくろんでいる？　そういう場合は何度も協力してきた。が、未知のターゲットへの強盗の可能性では、スペインでは動いてもらえないのだ。フェンテスは電信会社の交渉相手に最後の嘆願をして、最終決定を言いわたされたのだった。これで機動部隊に残されたのは、レストランの名前がひとつと、逃走ルートの最初の目的地だけで、ハリスがフェンテスに指摘するとおり、何もないよりはましだが、たいしてよくはない。

「こうなったら当たって砕けろだ」ハリスが言う。「明日の午後までにあのマリーナにくまなく人員を配置しよう。それしか方法がない」

37

午前十時三十六分にカタリナがコンドミニアムのドアを開けると、シルバーのトレーニングパンツに迷彩柄のノースリーブのTシャツという、高級パーソナルトレーナーのような恰好のオマールがいる。彼はベンが注文したものを慎重にキッチンテーブルに置く。予備のマガジンと弾薬がはいったダッフルバッグと、ティッシュペーパーの下にケヴラーの防弾ベストが三着隠された光沢のある買い物袋を。オマールが袋の底から小さな黒いプラスティックの箱を取り出し、慎重にカタリナにわたすと、彼女の目が輝く。ベンにコーヒーを勧められるが、オマールは元妻の家に娘を迎えにいくのが遅れていると言って断る。帰ろうとする彼に、マリーナの近くに幼い娘をランチに連れていくのかとカタリナが訊く。別の計画があるとオマールは言う。

「すてきね(ケ・ブエノ)」カタリナが言う。

火器密輸入者は感謝の印に軽くお辞儀をし、そっと廊下に出る。アレックスがタオルでつかむ。

髪を拭きながらバスルームから出てくる。キッチンに向かおうとする彼の肘をダイアンが

「わたしのコンディショナーを使ったの？」彼女は訊く。

「ああ」彼は言う。「よかったかな？」

「もちろん」

髪の仕上がりにこだわったということは希望が持てる。死を予期していたら、そんなことはしないはずだ、とダイアンは思う。それとも、するものなのだろうか？　もしかしたら、これが最後になるかもしれないと思って、今朝のシャワーを長引かせるために、手が届く範囲にあるすべての製品を使ったのかもしれない。昨夜彼が寝たのかどうか、彼女は知らない。一同は何時間もコーヒーテーブルを囲んで座り、細々としたことやその順序、計画の落とし穴になりうることについて検討し、最悪の場合のシナリオを想定し、まだわからない未知のことを推測した。カタリナは十回ほど口頭で通し稽古をしたあと、荷造りをはじめる準備ができたようだったが、アレックスは何度も最初に戻っては、仲間たちに質問し、自分自身にもした。まるで目隠しをして、両手のなかにある、すべての面に触れることでしか理解できないものを判別するのが仕事であるかのように。午前二時すぎにダイアンはベッドにはいり、頭のなかの車輪のスピードを落とすために、ザナックス半錠を

飲んだ。一時間後、聞きなれない声で目覚め、廊下に頭を出すと、ルイスとファン・カルロスがカタリナの肩越しにノートパソコンを見下ろしていた。ダイアンがまたうとうとすると、アレックスが彼女の髪を耳のうしろにかけて、これからマリーナに行ってくるとささやいた。ベッドにいたということは、彼女を起こさずにはいったのだろう。午前六時にアラームの音で起きると、ベッドには彼女ひとりで、アレックスはコーヒーテーブルの横であぐらをかいて目を閉じ、軽く唇を開いて両手を膝に置いていた。今の彼はひどく普通に、無害に見える――上半身裸でコーヒーカップを手に、日光を遮るように立っている、引き締まった体の中年の男。スポーツブラにゴム手袋、ワイヤレスのヘッドホンをつけたカタリナは、武器を取り出してごちそうのようにキッチンテーブルに並べる。耳から聞こえる音楽に合わせて揺れながら銃を分解し、油を差した部品をひとつずつ組み立てる。ベンも手袋をして、予備のマガジンを装塡する。空気は静まり返り、緊張のエネルギーが流れている。ダイアンは兄たちが大きなレスリングの試合のまえに身支度をし、計量のあと食事と水分補給をしながらキッチンで黙々とストレッチをしていた朝を思い出す。

銃はウェストバンドに、ラケットバッグに、アンクルホルスターのなかに消え、例外は一丁の拳銃とピストル・グリップのショットガンで、ベンがそれらをキッチンシンクの下にしまう。カタリナが瞬間接着剤の小さなチューブをパッケージから出して、二丁の銃、伸縮棒、ネオプレン（ウェットスーツなどに使用される合成ゴム）の缶ホルダー、オマールが持ってきた黒い箱とともにハンドバッグに入れる。窓のそばでストレッチをするアレックスは、シーリングファンに目を据えたまま、ネイビーのカーゴパンツを穿いた膝を胸に引き寄せている。ベンは電話を一本受け、ありがとうと言って切る。

「クレイグが車を見つけた」彼は言う。「準備完了だ」

アレックスは起き上がり、頭を左右に揺らすと、ゆっくりと立ち上がる。買い物袋からベストを引っ張り出す彼を見て、ダイアンはもう後戻りできないことがついにはじまるのだと悟る。ベンが野球帽を被ってサングラスをかけると手の届かない存在に見え、アレックスは長い腕をベストの肩口に通し、肋骨の上でベルクロの面テープを留める。その上に白いTシャツを着てグレーのポロシャツを重ね、ベストが隠れるまで両方を引っ張る。ダイアンは何か言いたいが、彼らの集中を損ないたくない。彼らがわたしのことを忘れていたらどうしよう？　わたしをひとりこのコンドミニアムに、外国に、金輪際会えなくなる状態に残して、何も言わずに撃ち合いのために通りに出ていってしまったら？　カタリナは片膝をついて、靴紐を二重に結ぶ。ダイアンは息ができなくなる。

「さあ」アレックスが言う。「こっちにおいで」

彼は寝室のドアを閉めて、両手を脇におろしたまま彼女と向き合う。「これが終わるまできみはここにいてくれ。子どもたちの安全を確認したら出てもいい。そのあとはきみの望むことならなんでもする——飛行機をチャーターしてトムを迎えにいっても、バックス郡の家を売っても、二度ときみと話ができなくてもいい」

「それがあなたの望みなの？」

「もちろんちがう。おれの希望を言わせてもらえば、これから先もずっといっしょにいたい。機能不全家族だけどね。子どもたち同士は寝ているし、おれは四十一歳で引退するし。そうしたければきみも引退すればいい。どこに行ってもいいよ——カリフォルニアでも、ノヴァスコシアでも、クアラルンプールでも。いっしょにいてくれるなら、文句は言わない。これからはきみの望むがままだ」

「猫を二匹」

「なんだい？」

「猫が二匹ほしい。二匹いると家具を引っかかないから」

「二百匹でも飼えるよ」

「二匹がいいの」

「わかった。猫二匹だ」

「それとサウナ。高級なやつじゃなくて、家の裏で薪を燃やすようなタイプのやつ。あくまでも子どもたちを取り戻してくれるならよ。そうでなかったらわたしがあなたを殺す」

アレックスは微笑みそうになる。

ダイアンは彼を抱きしめたいが、彼の体が発するエネルギーは静電気のようで、触れたら感電しそうだ。両手をもみ合わせたあと、恐る恐る彼の腰に両腕をまわし、ベストの上部の縁に頬を押し付ける。

「まだ熱がある」彼女は言う。「つらいんじゃない？」

「かなりね。でも、中国からの友人を取り逃がすほどじゃない」

「アレックス、わたし、恐ろしくてたまらない」

「それでいいんだよ」彼は言う。「これは恐ろしいことなんだから。何が起きてもおかしくない。でも、必ず戻るから信じていてくれ」

「わかった。さあ、行って。これを終わらせて」

ダイアンはベンとカタリナに顔を合わせられず、彼らが出ていくのを寝室から見送る。

だれかが外からドアに鍵をかける。

38

エレベーターはゆっくりと下降して三階で止まり、サングラスをかけてピンクのスウェットスーツをまとった中年女性が犬を連れて乗りこんでくる。女性はアレックスとベンとカタリナに背を向けて立ち、疑わしそうにくんくん鳴きながらリードを引っ張るポメラニアンをなだめる。エレベーターは下降をつづけてロビー階に着き、女性と犬が建物から出るまでカタリナは扉を押さえている。大理石の床を半分ほど横切ったところで、アレックスはラケットバッグを肩にかけ、ベンとカタリナのあいだに移動して、ふたりの首のうしろに手を当てる。三人は並んでまえを向いたまま無言で立ち止まる。やがてアレックスは手を離し、仲間の先にたって扉を抜け、通りに出る。

陽射しの強さにアレックスは悪性黒色腫、メラノーマを心配する。肌細胞が生きたまま自分の体を食べるようプログラムしなおされることを。死という考えを頭から追い出し、周囲の様子を確認する――海のにおい、肩にかかるバッグの重み、目のまえの〈スターバックス〉から大声で笑いながら出てくる十代の少女たち。熱がないとしても息詰まるほどの暑さで、その熱は昨夜コンドミニアムの近くの薬局で買った体温計によると、三十九度台から下がっていない。汗が胁腹と背筋を流れ、腰のうしろのくぼみにたまる。ベガスはマルベーリャのためのいい練習だった、とアレックスは思う。通りがせまく、大量の夏の旅行者がいた二年まえのマルセイユもだ。すべてはひとつの訓練の延長だった。この作戦の――どちらにしても最後となるこの仕事のための。また死が頭のなかにはいりこんでくる。アレックスはもう一度その考えを振り払うと、レストランに向かって遊歩道を歩き、トラモ・デ・ウニオン通りの近くに停まって静かにエンジン音をさせているシルバーのBMWを通りすぎる。

〈マルベーリャ・クラブ・ホテル〉の一階でエレベーターが開き、ひげをあたりシャワーを浴びたばかりのロシア人たちが降りてくる。スーツケースにはいっていたドレスシャツはまだしわになっている。彼らはロビーを横切り、コンシェルジュのデスクで軽く何か言ったあと、裏の出入り口からホテルを出て、日よけの下で立ち止まると、この日最初の煙草に火をつける。ルイスは電話をかけながら少し離れて彼らのあとを追い、新聞で顔を隠しながら〈ベルヴェデール〉の向かいの屋外カフェのテーブルにいるベンのことは無視して遊歩道を歩く。

「向かってる（カミナンド）」ルイスはアレックスに伝える。「あと二分で着く（ドス・ミヌートス）」


プエルト・バヌースの南の小さな商業用マリーナで、ファン・カルロスはエンジンをかけたジェットスキーにまたがって、スニーカーを履いた片足を足置きに乗せ、もう片方の足を浮きドックに置いている。海風がポロシャツの襟を打ち、帽子が飛ばされそうになる。砂利を踏むタイヤの音に顔を向けると、カタリナがタクシーから降り、駐車場を歩いて水辺に向かっている。慎重に身をかがめてジェットスキーのファン・カルロスのうしろに乗り、あいだにハンドバッグを置いて、両手で彼の腰につかまる。

「いいわよ（リストス）」

ファン・カルロスはうなずき、ゆっくりと船着場を離れる。


アレックスが昨日選んだベンチ――何にもじゃまされずに〈ベルヴェデール〉を眺められる石の板――に、今朝は若いカップルが座っている。仕方なく近くの街灯に向かうと、男が女に何やらささやき、女は同意するようにうなずく。やがて、アレックスの念が通じたのか、カップルは立ち上がって歩き去る。アレックスはベンチに座り、ラケットバッグのファスナーを開いて足のあいだに置く。入り乱れる思いを抑えるため、心のなかで自分の体を、頭から下に向かって精査し、緊張している箇所や不快な箇所を確認していく。今日はどこもかしこもそうだ。リー・ジャンロンが時間に正確だとすると、開始まで二十分――ラスベガスでクレイグが倉庫からリスボン通りの集合場所まで運転するあいだ、Uホールのトラックのなかで待たなければならなかった時間の二倍だ。アレックスはポケットのなかで結束バンドをまさぐりながら、リーがベンチにいるアレックスにも背後から近づくベンにも気づかずに、遊歩道を足早に歩く様子を頭のなかで視覚化する。どのボディーガードにも、心臓に二発、頭に一発銃弾をお見舞いし、彼らがアスファルトに倒れるまえにリーは棍棒で殴られ、縛られて、頭からトランクに突っこまれる。アレックスは額の汗を拭い、熱よ下がれと念じる。

コンドミニアムでは、ダイアンがぼんやりと冷蔵庫のなかを見つめている。ケチャップ、オリーブ、ボトル半分の白ワイン、テイクアウト容器の群れ。ここに何があるかはわかっているし、ほしいものは何もないのに、自動操縦のようにだれもいないコンドミニアムのなかを呆然と歩きまわっている。冷蔵庫を閉じ、キッチンテーブルのまえに座り、ソファに移動する。消えたままのテレビを見つめたあと、横になって静止したシーリングファンを見上げる。アレックスはさっきこれをじっと見ながら何を思ったのだろう、今は何を考えているのだろう。そういった質問をする機会はあるのだろうか。手のひらの汗がレザーのクッションカバーに染みこむ。もう耐えられない。耐えるつもりはない。

カタリナとファン・カルロスは、プエルト・バヌースのマリーナの入り口付近でジェットスキーに乗ったまま静かに揺れている。真昼の太陽がふたりの頭と肩を焼き、足置きにたまった水がふたりの靴底を濡らす。上げ潮に流されて岩の防潮堤にぶつからないように、ファン・カルロスは軽くスロットルをふかす。大きな二隻の釣り船がマリーナから出て、開水域に向かって加速し、入れちがいに帆をおろしたスクーナー（二本以上のマストを立てて縦帆を装備した帆船）がゆっくりと港にはいってくる。南から近づいてくる船を見て、ファン・カルロスは小さく口笛を吹く——大きな白いフライブリッジヨット（キャビンの屋根上に操縦席が設けられたヨット）で、がっしりした船体に沿って舷窓が並んでいる。エンジンが咳きこんだあとプスプスと止まりかけ、船長はゆるやかにスロットルを閉じて、マリーナの入り口を目指す。カタリナは船尾の金色の銘が見えるまで待って、バッグから携帯電話を出してメールを一通送信し、ヨットが無事防潮堤の内側にはいると、ファン・カルロスが消えかけたその航跡をたどる。ジェットスキーが岩の防潮堤をまわりこむあいだに、〈スイーテスト・ドリームス号〉はいちばん近い船着場の隅の停泊所にバックでゆっくりとはいる。ふたりの男が船の脇にゴムのバンパーをおろし、後甲板に移動して、綱を手にして立つ。エンジンが止まると、彼らは船着場に飛び降り、船をつなぐ。リー・ジャンロンがキャビンから出てくる。淡い黄色のボタンダウンシャツにチノパンツ、目はネオプレンのネックストラップつきのミラーサングラスで隠されている。慎重に、とカタリナは自分に言い聞かせる。アレックスに言われたように。が、慎重すぎてもいけない。リーは左右を見てから快晴の空を見上げる。カタリナは新たなメールを送る。

アレックスは手のなかの携帯電話を見たあと、頭を動かさずに船着場に目を向ける。リーとふたりの男——ひとりはアジア人でもうひとりは白人、どちらもデリックではない——がゲートを通って遊歩道に出る。リーはがっしりしたあご、広い頬骨、きちんと分けられた髪という、いかめしい経営者の写真からアレックスが想像していたよりも小柄でやせている。護衛の少しうしろを歩きながら、うつむいて携帯電話に何やら打ちこんでおり、ピンキーリングにはまっているスクエアカットの大きなダイヤモンドにアレックスが気づくほど近くを通りすぎる。体重は百五十ポンドから百六十ポンドといったところで、付き添いを別にすれば目立たず、大勢の歩行者たちのなかでは人目につかない。〈ベルヴェデール〉の案内係がリーと同行者たちをテーブルに案内し、ロシア人たちが立ち上がって挨拶をする。ウェイターがメニューと灰皿を持ってくる。遊歩道に目を走らせると、先ほどアレックスのベンチにいた男女が、〈ベルヴェデール〉のそばの街灯に寄りかかっている。男が女に顔を寄せて何かささやき、アレックスはその首筋にイヤホン型ヘッドセットのコイル状コードを認める。


「カプチーノのお代わりは（オトロ・カプチーノ）？」

ベンは新聞から顔を上げる。「ノ・グラシアス」彼は給仕に言う。「勘定をたのむ（ラ・クエンタ、ポル・ファボール）」

若い男は伝票を置いて言う。「なかで払ってください」

せまいカフェの入り口をはいったところに男ふたりと女ひとりがいて、バーに向かうベンの行く手をふさいでいる。彼らをよけるために脇に寄ると、ベンは男たちがシャツの下にまったく同じネックレスをつけ、細いボールチェーンが襟元に見えているのに気づく。ベンは立ち止まって振り向く。女の首はラグビーシャツの襟で隠れているが、片方の足から別の足に重心を移すと、シャツの裾にホルスターにはいった銃の輪郭が見える。バッジや銃をお粗末に隠した三人の私服警官は、〈ベルヴェデール〉の屋外テーブルにじっと視線を注いでいる。

「セニョール？」

ベンが振り向くと、バーテンダーが手にした伝票を見せている。

「ムーチャス・グラシアス」五十ユーロ札をバーに置いて踵を返すベンに、若い男が声をかける。

ファン・カルロスはジェットスキーをゆっくりと〈スイーテスト・ドリームス号〉に寄せ、カタリナはハンドバッグから缶ホルダーを取り出して、瞬間接着剤のキャップをはずす。ファン・カルロスはエンジンを切り、惰性でヨットに近づきながら片手を伸ばす。ヨットの竜骨（キール）にぶつからない程度に近づくと、カタリナが慎重にバッグに手を入れ、黒い箱の掛け金をはずして、ふたつあるM14テルミットグレネードのうちのひとつを取り出す。鈍い緑色の筒状の手榴弾で、大きさはビール缶ほどだ。手榴弾に缶ホルダーを装着し、ネオプレンに瞬間接着剤を塗っていると、大きな船の航跡のせいでジェットスキーの鼻先がヨットにぶつかって鋭い音をたて、ファン・カルロスが反応できないうちにもう一度ぶつかる。キャビンのドアが開いて、ふたりの男が船着場に飛び降り、銃を手に〈スイーテスト・ドリームス号〉と船を舫（もや）った杭のあいだをのぞきこむ。ファン・カルロスはジェットスキーを後退させ、カタリナは歯でピンを抜くと、若者の頭に手を置いてぐらつきながらつま先立ちになって手を伸ばし、ヨットの上甲板に手榴弾を貼り付ける。

「出して」彼女はそう言って、どすんと腰を下ろす。

ファン・カルロスはジェットスキーをバックさせてヨットから離れると、スロットルを開き、船着場にいる男たちの叫び声をかき消す。すると、手榴弾が爆発して白熱の炎があがり、火花が豪雨のように降り注ぐ。アルミニウムパウダーと酸化鉄のカクテルが千度を超える温度で燃え、溶融鉄と液化したファイバーグラスを噴き上げつづけるあいだ、アルミニウムと酸化鉄によるテルミット反応がヨットの船体を食い尽くす。


アレックスは立ち上がっている。じっとり湿った皮膚の下を、アドレナリンがチクチク刺すイラクサのように流れていく。人の波に目を走らせると、イヤホンをつけた人間が隅のテーブルにもうひとり、ターゲットからテーブルふたつへだてたところにまたひとり見つかる。船着場から叫び声がして、最大出力のエンジンの甲高い音がつづき、小火器の発砲音を聞いたアレックスは振り向く。手のなかの携帯電話が振動し、ベンからのメールが届く。立ち去れ、警官だらけだ。

ベビーカーを押すカップルや、買い物袋を持った旅行者や、腕を組んでゆっくりと歩く老人たちをよけながら、ダイアンは早足でマリーナに向かう。海上で爆発音がして、人びとが顔を向ける。ダイアンはよろめいてあとずさり、目のまえに立ち並ぶ店の上の黒い煙の柱を見つめる。気を取り直し、ウェストバンドにはさんだ銃の位置を調節して、水辺に向かって全力疾走する。

手榴弾はターゲットを立ち上がらせるはずだったが、それだけではすまない。レストランじゅうの人たちが、男も女もばね仕掛けの玩具のように席を立ち、シャツの下から銃やバッジを取り出す。リーはしゃがみこみ、護衛とロシア人たちは立ち上がって銃を手に振り向くが、私服警官たちに囲まれていて、どこをねらえばいいのかわからない。制服警官たちはレストランと煙をあげるヨットに向かって走っている。銃声とともに多言語による叫び声の応酬が消え、食事客たちは一瞬宙に浮いたようになったあと、必死で安全を確保しようと、ハリケーンのようにテーブルや椅子や鉢植えを倒し、互いに引っかき合いながら逃げる。押し寄せてくる人びとを見て、アレックスはラケットバッグから小型のアサルトライフルを出し、押し寄せてくる人びとに抗いながら、リーが消えた場所に向かう。が、ふたりの警察官が彼を見つけて銃を向け、大声で威嚇する。アレックスは頭を低くして踵を返し、今度は人の流れに逆らわずに歩調を合わせながら、必死であたりの様子をうかがう。背後ではまだ警察官が叫んでいる。リーはどこにも見えない。こうなったらもう車に向かうしかないが、車はまだ遊歩道の角を曲がったところに停めてある。あいつには本物の度胸がある、とアレックスは思う。クレイグがいてくれて助かった。

ファン・カルロスはジェットスキーでマリーナの迷路を抜け、BMWにいちばん近い梯子のところでカタリナを下ろす。ふたつ先の船着場では、煙を上げるヨットの船体にあいた穴から、梱包された何キロものフェンタニルが海中にこぼれ落ちている。カタリナはすばやく梯子をのぼるが、早くも警察が出動していることに驚いて、いちばん上の段で頭を引っこめる。作戦装備を整えた警察官たちが彼女のまえを走りすぎ、レストランに向かっている。アスファルトの縁からのぞくと、車は見えるが仲間もターゲットも見当たらない。警察の波が過ぎ去るのを待ち、バッグのなかの銃に片手を置いて遊歩道の上に出る。

BMWに向かってダッシュしていたベンは、反対方向からこちらに向かってくるカタリナに気づく。

「彼を見たか?」荒い息をしながらベンが訊く。ボンネットに片手を置き、もう片方の手にジッパーが開いたままのラケットバッグを抱えて。

「リーのこと？　いいえ、こっちには来てない。あなたのほうは？」

「人混みのなかで見失った」レストランから銃声がして、彼はたじろぐ。

「いったい何が起こってるの？」カタリナは言う。「アレックスはどこ？」

「たぶん船着場だ」ベンはクレイグのいる運転席の窓をノックして言う。「動くなよ」

　その背後で、自動小銃を持ったふたりの男が、英語とスペイン語でどなるように先ほどのベンの指示を繰り返しながら、トラモ・デ・ウニオン通りに停めた白いヴァンから出てくる。がっしりしたアメリカ人が、ベンとカタリナに手を上げろと命じる。

「頭を吹っ飛ばされたいなら」彼は言う。「そうしてやるよ。よろこんで」


　撃ち合いがはじまってスペイン人警官たちに置き去りにされたハリスは、残ったスペイン人警官ひとりを連れてゆっくりと容疑者たちに近づき、ひざまずけと命じたあと、歩道に両腕を大きく広げてうつ伏せになれと命令する。彼らが言うとおりにすると、ロサリオ巡査にうなずいて手錠をかけるよう命じ、自分は援護にまわる。ロサリオは男の肩を片膝で抑え、右手首をつかむ。腕全体に広がるタトゥーとひげ、野球帽の下のスキンヘッド――ラスベガスの不動産屋の描写と合致する。その隣で横たわっている女から判断して、女性ライダーかもしれないというクレイグの勘は当たっていた。が、あとひとり仲間が足りない。ハリスは目を引くほど長身の男を探して遊歩道に目を走らせる。

脇道を全力疾走して警察の追跡を巻き、角を曲がってトラモ・デ・ウニオン通りに出たアレックスは、カタリナが遊歩道にうつ伏せに倒れているのを目にする。一瞬心臓が止まり、最悪の事態を覚悟する。が、私服警官がベンをうつ伏せにして押さえつけ、白いウィンドブレーカー姿のアメリカ人が、カタリナにライフルを向けながら応援を呼んでいるのがわかる。アレックスは白いヴァンの開いたドアのうしろで身をかがめる。スペイン人警官がベンの左手首を背中にねじりあげ、右手首とともに押さえつける。残りの警官たちはレストランの騒ぎと船着場での火事で手一杯だが、手配はまわっている。早くしないと逃げられなくなるだろう。アレックスはすばやくヴァンの後方をまわって歩道に出ると、停められている車の列に身を隠しながら、カタリナが伏せている遊歩道に向かって走る。彼女はアレックスに気づき、彼は唇のまえに指を一本立てて、ウェストバンドから銃を抜く。彼赤いメルセデスのボンネットに肘をつくと、風が吹いてアメリカ人のウィンドブレーカーがはためき、その下に着ている分厚い防弾ベストの輪郭があらわになる。運のいいやつだ、と思いながらアメリカ人の男にねらいを定め、ケヴラーの背中と露出している上腕二頭筋に弾を撃ちこむと、男は体をひねってくずおれる。ライフルが手から離れ、音をたててアスファルトに落ちる。スペイン人警官がベルトの銃に手を伸ばそうとするが、カタリナが攻撃しようとするコブラのようにアスファルトの上から起き上がり、警官に膝をつかせる。銃を奪おうとしたとき、警官が発砲する。

ハリスがライフルに向かって這い進んでいると、だれかが彼の足首を踏み、髪をつかんで立ち上がらせる。後頭部に銃口が当たり、ポケットを探る手がバッジと連邦政府のIDがはいったカードホルダーを取り出す。

「FBIか」ライダー1が言う。「だれのタレコミでここに来た？」

彼はハリスの首に腕を巻きつけ、BMWのほうを向かせる。助手席の窓越しにハリスとクレイグの目が合い、その瞬間ふたりのあいだに銃口が上がる。クレイグはギアを入れるが、銃弾で窓が白くなり、突然姿が見えなくなる。窓が砕けてぼろぼろと落ちると、秘密の情報屋である二十二歳のオーストラリア人は頭に三発食らっている。

「くそっ」ハリスは言う。こめかみに銃を突きつけられ、押されながら遊歩道を横切る。

「残念だったな」

「私を殺して問題が解決すると思うのか？　ならやれよ、クズ野郎。どうなるかやってみろ」

ハリスはアスファルトの縁に立って、遊歩道と〈ルシンダズ・フォリー号〉という名のヨットのあいだの空間を見下ろし、油の浮いた水が最後に目にするものになるのだろうかと考える。

「もう少しで殺すところだった」ライダー1は言う。「そのほうがよかったか？　でも、こいつも悪くないぞ」

ハリスは尻を強く蹴られて六フィート下の水面に落ち、途中ヨットの船首甲板にあごをぶつけて目から星が出るが、やがて水中に沈んでいく。

カタリナが警官の頭に三発蹴りを入れ、意識を失った体に唾を吐いたとき、水しぶきの音が聞こえる。

「ベン、起きて」彼女は言う。「行くわよ」

返事はない。手錠をはめられた両手をつかんで起こすと、目の上にあいた銃痕からぽたぽたと血がたれ、やがて流れになる。スペイン人警官が発砲した一発が命中したのだ。カタリナはそっとベンを寝かせ、首に指を二本当てる。

「乗れ」アレックスがクレイグのシートベルトをはずし、車から引きずりおろしながら言う。「ベンはどこだ？」

カタリナは車のルーフ越しに彼と目を合わせて首を振る。

「キャット、いいから彼を車に乗せろ。おれがなんとかする。きみは運転しろ」

「アレックス」彼女は言う。「十二時の方角」

スペイン人の制服警官がふたり、銃を地面に向けて遊歩道をこちらに向かって走ってくる。アレックスは銃が見えないようにして、盗んだバッジを運転席側の窓に掲げる。

「FBIだ」彼は言う。「ひとりを確保したが、撃たれて重症だ。救急車が来るまで待てないので、われわれで運ぶ。英語はわかるか？　エスパニョール？」

カタリナがベンの体を引きずって後部座席に乗せると、FBI捜査官が水面に浮き上がって、海水にむせながら応援を求めて叫ぶのが聞こえる。ふたりのスペイン人警官は、立ち止まって声のするほうに首を伸ばす。ひとりが遊歩道の上にクレイグの死体を見つけ、相棒に肘で合図した瞬間、カタリナはベンの胴体を車のなかに引き入れる。

「出して」彼女が言うと、アレックスは身をかがめて運転席に乗りこみ、開いたままの後部ドアからベンの脚を突き出させたまま、車を急発進させる。警官たちが応援のために飛び出してくるが、アレックスは鋭角に右折して、尻を振りながらトラモ・デ・ウニオン通りを疾走する。

39

マリーナの六ブロック北にあるマルベーリャの街は、水辺の大虐殺のことも、通りを派手に疾走するシルバーのBMWのことも知らずに、通常営業中だ。ようやくベンの脚を車のなかに引き入れたカタリナは、片手を窓について体を支えながら、ベンに馬乗りになってもう片方の手で彼の鼻をつまみ、開いた口を自分の口でふさぐ。後部座席は血でぬるぬるだ。三度目の胸部圧迫をしているとき、アレックスが片輪走行でカーブしたので、カタリナはドアにぶち当たる。

「病院はバルガス・リョサ通りだ」アレックスがたたきつけるようにギアを換えながら言う。「あと一マイルもない」

「病院？　この人は死んでるのよ、アレックス。見ればわかるでしょ」

「ハイウェイを降りてすぐのところだ。入り口のまえに置いていこう」

「アレックス、聞いて。彼を見て。こっちを向いて」

アレックスはバスの車線にはいり、ブレーキを強く踏む。車はタイヤをきしらせて停まるが、両手でハンドルをにぎったまま通りに目を向けている。

「たしかなのか？」彼が訊く。

「ええ」

「病院はなしか」

「無駄よ」

「車を変えよう」彼は言う。「そのあとでマリーナに戻る。リーはまだあそこにいる。感じるんだ。出ていった船はないはずだし、草の根分けても見つけてやる」

借りておいたＳＵＶを四回通りすぎてから、だれにも見られていないとアレックスは確信する。

「この車をきれいにするのはもう無理だ」彼はＳＵＶから通りをへだてたところにＢＭＷを停める。

カタリナはハンドバッグからキーを出して彼にわたす。「レンタカーを隅に移動させて。この車の始末はわたしにまかせて」

最寄りの交差点からアレックスがレンタカーのバックミラーで見ていると、カタリナは予備の手榴弾をＢＭＷの後部座席に放ってドアを閉める。彼のほうに全力疾走するうちに爆発が起こり、窓が吹き飛んで車のアラームの大合唱がはじまり、セダンから炎があがってルーフをなめる。薪の山の代わりに車を使ったヴァイキング風火葬だな。盗んだ車の後部座席で親友の体が焼かれているところを思い浮かべまいとしながら、アレックスは思う。

「もう一度ダイアンに電話してくれ」助手席に乗りこんできたカタリナに彼は言う。「そのあとおれたちの電話は捨てないと」

「もうした。応答な——待って、だれから？」

アレックスは振動している携帯電話をつかむ。「もしもし？」

「わたしよ」ダイアンが言う。

「すぐにコンドミニアムを出るんだ。それから——」

「コンドミニアムはもう出たわ」

「聞いてくれ、最悪の状況になった。何もかも——」

「知ってる」彼女は言う。「見たから」

「見たって——どういうことだ？」

「あそこにいたの。フェルナンドの家に来て」

「だめだ」アレックスは言う。「それはできない。フェルナンドがおれたちを売った可能性もある」

「フェルナンドはあなたたちを裏切ってないわ」彼女は言う。

「どうしてわかる？」

「今フェルナンドの家にいるから。ファン・カルロスもいっしょよ。いいからここに来て。そのまえに電話を捨てろって、彼が言ってる。もう切るわね」

「だめだ、待て」彼は言う。「おれたちはマリーナに戻る。やつを見つけないと」

「いいえ、アレックス。いいからここに来て。今はわたしを信じて。そして電話を捨てて」

アレックスはぽかんとした顔でカタリナを見る。「彼女はフェルナンドの家だ」

「彼女は――なんですって？　なんでまた？」

アレックスは車を方向転換させ、ハイウェイに向かう。国道の北に向かう車線はすいているが、道は果てしなく感じられる。直線道路が長くつづいたあと徐々に上り勾配になり、波のような山頂に達すると、もっと長い下り坂がつづき、ゆるやかなカーブが水平線に消える。救急車と消防車と警察車両が、サイレンを響かせながら対向車線を飛ぶように通りすぎていく。ようやく出口が見えてくる。カタリナはハンドバッグから銃を取り出してスライドを引く。

「あらゆる事態に備えてくれ」細い山道をのぼっていきながら、アレックスが言う。

家のまえの砂利の上にダイアンが立っている。フェルナンドと庭師、自動小銃を手にした不安顔のふたりの歩哨にはさまれて。彼らの背後には、アレックスが初めて見るへこみのある赤いルノーのセダンが停まっている。運転席からファン・カルロスが降りてきて、開いたドアにもたれて立ち、ダイアンがトランクのそばで煙草に火をつける。髪とシャツのまえの部分に血の筋がついており、ウェストバンドにはさまれた銃はベンがコンドミニアムの隠し場所に残していったものだとアレックスは気づく。停車するのももどかしく車から降りる。両腕を伸ばしてよろよろとダイアンに近づくと、彼女はくわえていた煙草を取って、ルノーのトランクを開け、日光を浴びてうごめくしわくちゃの黄色とカーキ色の布の山をあらわにする。アレックスはあんぐりと口を開けて立ち尽くす。リー・ジャンロンの鼻梁は砕かれ、顔にギザギザの傷がある。固まった黒い血がたたきのめされた軟骨の隙間を埋め、チノパンツの左脚は太腿の傷のせいで濡れて黒ずんでいる。目は閉じられているが、おそらく意識はあり、たしかに生きている。

アレックスは言う。「どこで――どうやってつかまえた？」

ダイアンは煙草を吸いつけ、肩越しにファン・カルロスを見る。「どうでもいいでしょ」彼女は言う。「こうしてここにいるんだから」

カタリナは笑い、両手を膝に置く。

「彼の面倒はリカルドが見る」フェルナンドが言う。「ひとまず、ほかは全員なかにはいれ」

居間のテレビはニュースチャンネルに合わせてあり、ヘリコプターから撮影した映像が流れている。警察の現場保存テープが張りめぐらされた、制服警官でいっぱいのマリーナと船着場と遊歩道の映像が。

「こんなことだと知っていたら」フェルナンドが言う。「ドライブウェイであんたのガールフレンドを撃っていただろうよ。なんだってこんなものをおれの家に持ちこんだんだ」

「これは計画外だった」アレックスが言う。「すまない。それなりの手当は出す」

「当たり前だ。三倍はもらわないとな」

「わかった。だから助けてくれ、たのむ」

「治安警察にいるやつと話して、ここに来させないようにはしておいた。あんたらの正体もどこにいるかも警察は知らない。問題はあんたらの運転手だ。ラスベガスで寝返った。そいつが警察をここに連れてきたんだ」

「やつはおれが始末した」アレックスが言う。「ベンも死んだ」

フェルナンドはアレックスの肩に手を置く。

「それについてはあとで話す」アレックスは言う。「今はあのクソ野郎が生きているうちに、あんたの敷地から交渉相手のところに連れていかないと」

「道路の封鎖が解除されるまではどこにも行けないぞ」

「それならたどられない電話をくれ」

アレックスはフェルナンドから使い捨て携帯電話を受け取り、アレハンドロの番号を打ちこむあいだだけ自分の電話の電源を入れる。

「だれだ？」電話がつながり、アレハンドロが出る。

「わかっているだろう」

「何があった？」

アレックスはダイアンに顔を向けてから言う。「彼を確保した」

「まさか！」

「写真がいるか？　新聞を持ってる彼の写真が？　たのんでみてもいいが、今はあんまりおしゃべりができる状態じゃなさそうだ」

「けがをしているのか？」

「命に別状はない」

「それなら連れてこい」

「だめだ、あんたが来い。いま彼を動かすのは危険だ。ここにいる友人が道を教える」

プールのあるデッキでアレックスはひとり、家の陰にある寝椅子(シェーズロング)の端に座る。一瞬の静寂のあと、おもむろに向きを変えて大きなテラコッタの植木鉢の縁をつかみ、土の上に空(から)嘔吐(えずき)をする。口元を拭っていると、ジャーマンシェパードのうちの一匹がやってきて、赤く硬いゴムボールを彼の膝の上に落とす。ベンとクリスチャンが何年もまえに保護施設から引き取った、モリーという名のピットブルの雑種のことを思う。銃撃は国際的ニュースになるだろう。アレックスはクリスチャンが携帯電話のニュースアラートで、テレビのニュースキャスターからベンの死を知らされるところを想像する。自分でクリスチャンに電話したいのはやまやまだが、危険は冒せない。シェパードが腿に鼻を押しつけてくるので、よだれまみれの玩具を投げるふりをする。犬はさっと向きを変えて追いかけようとするが、だまされたことに気づいて、スレートを爪で引っかきながら立ち止まる。そして身をかがめてうなり、しっぽをワイパーのように左右に振る。アレックスはまた投げるふりをする。

「おれならやめておくがな」フェルナンドが家から出てきて言う。「そんなふうに興奮させたら、おれでもあの子をコントロールできなくなる」

アレックスはボールをプールの深いほうに放りこみ、シェパードはプールの縁に走り寄って、哀れっぽく鳴きながら水のなかを見つめる。

「あんたの交渉相手――アレハンドロだったか？　そいつがここに来るのはまだずっと先

だ」フェルナンドは言う。「しばらくはだれも道路に近づかないのがいちばんだからな。リカルドがトランクのなかにいた男の手当をしている」

「医者なのか？」

「獣医の心得がある。銃創は浅い。あの男がどうやってここに来たか知りたいか？」

「ダイアンが話したのか？」

「イサベラに傷を調べてもらうあいだ説明してくれた。幸い、傷はなかったよ。血は彼のものだ。彼女のじゃない。彼女はあんたらのあとを追ってレストランに向かい、爆発の直後に着いた。銃撃がはじまったとき、あの男が人混みに紛れて逃げるのを目撃した彼女は、追いかけて船着場まで行った。そして、彼を追い詰めて撃ったが、抵抗されたので、顔をあのとおりにした。ファン・カルロスが水上から見ていて、急いで駆けつけた。そして、あの車を持ち主から奪ってここに現れた」

　アレックスは笑って首を振る。

「うちの小僧たちが使えるのはわかってたが」フェルナンドは言う。「彼女がそれほどやるとは知らなかったよ」

「おれもだ」

「彼女を見たときは心配した。今回のことにたまたま巻きこまれたように見えたから」

「そのとおりだよ」

「でも、今はちがう」フェルナンドは言う。

キッチンでイサベラがきちんとたたんだ着替えをアレックスに差し出し、訊かれるのを予測して言う。「彼女は休んでるわ。廊下のいちばん奥の部屋よ」

フェルナンドの娘たちが子どものころ使っていた部屋にそっとはいると、ダイアンがドアに背を向けてツインベッドのひとつに横になっている。ほっそりした小麦色の、深いえくぼと黒い瞳を持つブルネットの少女たちの学校の写真が、サッカーのトロフィーとぬいぐるみでいっぱいの棚の下にさがっている。アレックスは空いているベッドに静かに横になる。シーツはほこりっぽいにおいがして、マットレスは足首までしかないが、頭を横たえる場所があることがこれほどありがたいと思ったことはない。

「これでひと息つける?」壁を向いたままダイアンが訊く。

「ああ」彼は言う。「思いがけずにね。いつもこんなふうにいくとはかぎらない。でも、何が言いたいかはわかる」

「彼が身をかがめて走るのを見たの。そのあと見失ってしまった。もしかしたら船には向かわないんじゃないかと思った。そしたらすべてがスローモーションになったの。振り向いたら彼がいた。どういうわけか見るまえから彼だとわかった」

「おれにもそういうことはあるよ」

「どうしてそっちのベッドにいるの？」

「どうしてかな」

ダイアンは振り向かずに彼の場所を作る。「別にどっちでもいいけど」彼女は言う。アレックスは彼女にぴったりと体をくっつける。

40

アレックスが目覚めると、熱は下がり、シーツが汗でぐっしょり濡れている。おもては暗く、ばねのきいた薄いマットレスには彼ひとりだ。眠っているあいだにだれかが窓を開けており、風がベッドの上のピンクの薄いカーテンに命を吹きこんで、そっと部屋のなかに向かってふくらませたかと思うと、窓の外に吸いこむ。ナイトスタンドの上の時計によると、午前二時をすぎたところだ。目を閉じて自分の肉体と精神の状態を確認する。それが引き金となって、タン色のレザーの後部座席に横たわるベンの死体が頭に浮かぶ。今はだめだ。悲しむのは終わってからにしろ。足音が近づいてきて、ベッドルームのドアの外で止まる。フェルナンドがノックして、みんなダイニングルームで待っていると告げる。アレックスはナイトスタンドからダイアンの銃を取り、ウェストバンドの腰のくぼみにはさむ。

みんながキッチンテーブルに集まっており、カタリナとフェルナンドのあいだにアレハンドロが座っているのを見て、アレックスは立ち止まる。

「よく眠ったか？」アレハンドロが訊く。

「われらが友人の具合は？」

「リカルドがきれいにしてくれている」フェルナンドが言う。「何針か縫って、旅に備えて服を着替えさせている」

「どこに連れていく気だ？」アレックスが訊く。

「まずは彼と話がしたい」アレハンドロが言う。「そのあとラ・リネアに連れていく。ここから南に行った、ジブラルタルの近くだ。取引の交渉は済んでいて、積荷がそこに向かっている。彼が乗って帰ることになっていた船が、われわれに合流して彼を回収する」

「われわれというのはだれだ？」アレックスが訊く。

カタリナが不安そうにフェルナンドを見たあとアレックスを見るあいだ、ダイアンは両手のなかのカップを見つめている。

「きみと私だ」アレハンドロが言う。

「断る」アレックスは言う。「それはありえない。おれたちは銀の皿に載せて彼を差し出した。子どもたちを返してもらおう。ここで終わりにしたい」

「交換に立ち会ってくれる人間が必要でね。希望者がいなければ、きみということになる。

子どもたちについては船から電話する。そのときになればよろこんで解放するが、それまではだめだ」

アレックスはウェストバンドから銃を抜いて、アレハンドロの目のあいだにねらいを定める。

「落ち着けよ」フェルナンドがテーブルから身を引き、とっさに手を上げて妻をかばおうとしながら言う。

「話がちがう」アレックスは言う。「そんな取り決めはなかった」

「それを言うなら銃撃戦もだ。きみが選んだ運転手のおかげであんなことになった」アレハンドロはコーヒーをすする。「いま私を殺してどんないいことがある？」

「ファン・カルロスはラ・リネアに友だちがいる。あんたのために船を用意できる」フェルナンドが言う。「手はずは整えてあるんだ。たのむから銃をしまってくれ。おれのテーブルではだれも殺させない」

裏庭からリカルドがはいってきて、みんなの頭がそちらを向く。

「準備ができた（リスト）」パンツで手を拭きながら彼は言う。

「ご苦労さん（ブエノ）、ありがとう（グラシアス）」アレハンドロは言う。そしてアレックスに「賞品を見にいこう」

「わたしも行くわ」ダイアンが言う。

リカルドのあとから家の裏の丘をのぼり、板金のドアのついた赤い屋外物置に向かう。庭師がドアを開けてリーを見せる――明るすぎる蛍光灯の下で目隠しをされ、速乾性のチノパンツにサファリシャツという田舎の釣り人のような服装で椅子に縛り付けられている。ドアのきしみとつづく足音に動揺している。アレックスとダイアンは壁にもたれ、アレハンドロはせまい円を描きながら椅子のまわりを歩く。リーは音に反応して、テニスを観戦しているように頭を左右に動かす。

「中国でたくさんアメリカ映画を見ているだろう?」アレハンドロは言う。「ある映画のセリフにこういうのがある――タイトルは忘れたが、株式仲買人の男が言うんだ、〝欲は善だ。欲は役に立つ〟（一九八七年公開のアメリカ映画『ウォール街』の投資家ゴードン・ゲッコーのセリフ）と。この映画を見たことはあるか?」

リーは首を振る。

「だが、それがあんたの信条だ」

今度はもっと強く首が振られる。

「そういう印象を受けたがな。ところが、欲は善ではないのだよ、友よ。ある意味、欲があんたをここに連れてきて、その脚に穴を開けたのだ。それが上海の友人たちに語る話だよ。ハンティング中の事故と言うこともできるだろう。あんたは狩りの獲物だったのだから」アレハンドロは壁際の作業台に歩いていき、長いスチールの刃に錆びが点々とついた手引きのこぎりを手にする。「何度警告を受けた？」

リーは頭をめぐらせて言う。「一度」

「一度だと？　ちがうね」アレハンドロはリーのサファリシャツのまえを開き、首と肩のあいだの僧帽筋にのこぎりの刃を当てて、震えと短く浅いあえぎ声を引き出す。「警告を受けて税金を払わされても、まだあんたは欲に支配されていた。独占取引でたんまり儲けていた。われわれは約束を守ってくれるだろうと期待していた。それなのに、競争相手に売り、われわれに売る分が遅れるとは。何を考えていた？」

リーがどもりながら中国語と英語でわけのわからないことをしゃべると、アレハンドロはゆっくりとのこぎりを自分のほうに引く。刃の重さでリーの皮膚が切れ、肉に食いこむ。アレハンドロは刃を持ち上げてはその工程を繰り返し、そのたびに切り口を深くしながら首へと移動させる。やがて、のこぎりの刃は九十度の角度で頸動脈に置かれる。リーの悲鳴は過呼吸のせいで消える。アレックスがダイアンを見ると、目をまるくして身動きもせずにのこぎりを見つめている。

「これでわかったかな」アレハンドロが言う。

「何がだ？　あ……いや……なんでも望むとおりにする」

「そう、われわれがたのんだのはそれだけだ。そしてあんたは同意した。契約は大切だ。守るべきものだ。もし守らなければ、いつでも、どこにいてもあんたは逃げられない。あんたの娘が夜ひとりでチャールズ川沿いを長距離走るのを知っているか？　長く暗い小道を、イヤホンをつけて。敵がいない人間がすることだ。父親が欲をかいていない人間が」

「やめてくれ」刃はまだ肉のなかにあり、今やリーは泣いている。「わかった」

「信じるよ」アレハンドロは言う。のこぎりを作業台に置き、慎重に、やさしさすら見せながら、リーの首の血をフェルナンドのシャツの襟で拭う。「数時間後には無事に船に乗せてやる。この傷を見て思い出すんだな。欲はあんたのためにならないと」

一時間後、一同はアレハンドロが乗ってきた真っ白なセダンの後部バンパー付近に集まる。リカルドがトランクを開けてリーを見せる。手首を結束バンドで縛られ、口にダクトテープを貼られているにもかかわらず、ぐっすり眠っているように見える。

「眠っているのか（エスタ・ドルミード）？」アレックスが訊く。

リカルドは首を振り、筋肉注射用の小型注射器五本と小さなガラスのバイアルをアレックスに手わたす。

「ケタミン？」ラベルを見てアレックスが言う。「ケタミーナ？」

「ああ（シ）、そのとおり（エグザクタメンテ）。使い方は知ってるか？（サベス・コモ・ウサルラ）」

「シ」アレックスは言う。「知っている（ヨ・セ）」

リカルドは、幸運を、と言うと、丘の上に戻っていく。アレハンドロとファン・カルロスはもう車に乗っている。カタリナとフェルナンドは別れの挨拶をして家に戻り、アレックスとダイアンだけが残される。

「〝どこにも連れていけない〟の反対は？」彼は言う。

「よろこんで手伝う」

「今回はほんとうに動かないでほしい」

「わかった。気分はどう？」

「疲れた。恐ろしい」

「よかった」彼女は言う。「これは恐ろしいことよ。今朝も言ったけどもう一度言うわ。行って。これを終わらせて」今回は声が震えることもなく、両手をもみ合わせることもない。アレックスの頭をつかんで引き寄せ、短く激しいキスをする。「早く行って。ゴール目前の直線コースよ。楽勝でしょ？　さあ」

一同は裏の道を行く。長く細いジグザグの道で、はるか下の国道では検問用のバリケードで通行が規制され、警官がうろついている。ファン・カルロスはルームメイトのひとりを先に送り出して、山のルートの安全を確認させていた。アレックスは早朝の闇のなか、助手席にアレハンドロ、後部座席に道案内役の若い闘牛士を乗せて車を走らせる。道を教える合間に、ファン・カルロスは船を所有する友人ハビのことを説明する。モロッコ人のロマで、水上に住み、故郷と住み着いた国とのあいだで物資を動かしているという。自宅アパートメントでロマのフラメンコ・ミュージシャンたちとパーティの最中だが、ロマは治安警察に通報したりしないので、人がたくさんいても問題ないとファン・カルロスはアレックスに請け合う。ハビの住む建物に直結している船着場から出発する予定で、賄賂を持参すれば、彼らの船も合流することになっている船も、沿岸警備隊は無視してくれるという。マルベーリャから何マイルも南下すると、ファン・カルロスは山から下り、がら空きのハイウェイを抜けて、標識のない道に出るよう指示する。半マイルも行くとアスファルトは土になり、水辺から切り立った険しい丘に建つ、ひとかたまりのアパート群の下の駐車場に着く。アレックスは駐車場の暗い一角にバックで車を入れ、三人の男はトランクのそばに集まる。ドライブの影響もなく、リーはまだ意識を失っている。アレックスは注射器に薬品を満たし、念のため肩に注射を打ってからトランクを閉める。

ファン・カルロスは先にたってせまい階段を降り、海岸に沿って走る小道を進む。アパートメントの下の階はひとつをのぞいて暗く、そこはガラスの引き戸から人が出入りしている。煙草二本と三千ユーロがはいったマルボロのパックをアレックスにわたされたファン・カルロスは、水煙管（みずぎせる）の靄（もや）のなかに消える。ドアをはいってすぐのところに、ロマのフラメンコバンドが陣取っている。アレックスはフリルつきブラウスを着てハイヒールのブーツを履いた中年のミュージシャンを想像していたが、目のまえにいるのはタイトなジーンズにTシャツ姿のティーンエイジャー三人組だ。男女ひとりずつのギタリストたちはおそらくきょうだいだろう。ふたりのあいだにいる少年はボックスドラムの担当だ。開いたドアから流れてくる音楽は、アレックスがこれまでに聴いたどんなものともちがう。悲しげで催眠性があり、ボーカルパートは部屋じゅうの人間が入れ替わりながら歌って、それぞれが愛や喪失や贖罪についての語りを延々と付け加えていくという、共同作業によるものだ。ギター担当の娘——鳥を思わせる美しい娘で、左目にかかる刃のような黒い前髪以外は頭部をすっかり剃り上げている——が、ガラス越しに見ているアレックスに気づく。ミュージシャンたちは休憩にはいり、ファン・カルロスがアパートメントから出てきて親指を上げてみせ、アレックスとアレハンドロを水辺に案内する。ラ・リネアがジブラルタルのすぐ北だということは地図で知っているが、海の向こうの明るさを増す空を背にした、別の大陸の低く乾いた山々を見てアレックスは驚く。小さな船着場の端に彼らの船、船外モーターつきで、内側を青く塗ったばかりの白いディンギー（キャビンのない小型船舶）がある。

「これでいいか（エスタ・ビエン）？」ファン・カルロスが訊く。

アレハンドロはうなずく。「一時間後にあのポイントで落ち合う予定だ」水面から顔を出している、先端にひとつだけライトが設置された岩礁を指して言う。

だれかが船着場に出てきて、三人とも振り返る。火のついていない煙草をくわえてやってくるのは、先ほどのギター奏者だ。

「火ある？」と訊かれてアレックスは首を振る。

ファン・カルロスがマッチを差し出し、娘は背の高いアメリカ人から目を離さずに礼を言う。

「音楽を愉しんでくれた？」彼女は訊く。

「ああ」アレックスは言う。「愉しんだよ。あれはだれもが知っている歌なのか？　それともみんながその場で作っているのか？」

「両方ね。知ってる歌を歌ってもいいし、感じたことを歌ってもいいの」

「さっききみたちが歌っていたのは？」

「あれは両方」娘はにっこりして言う。「自分の船に乗って、船長になってほしいとセイレーン（ギリシャ神話の、美しい声で船乗りを誘い殺すという海の怪物）にたのむ女性の歌よ。ベンテ・コンミーゴ・イ・セラス・カピターナ・デ・ミ・バルコ」

「その女性はどうなるんだ?」

「いい結末じゃないわ。そばに置いておけば危険はないんじゃないかと彼女は考えるんだけど」

「それじゃ救われないな」アレックスは言う。

娘は不思議そうな顔で彼を見ながら息を吐く。「救いなんてどこにもない」彼女は言う。娘はアパートメントに戻っていき、船に積荷を運びこむので、しばらく船着場に人が来ないようにしてくれと、アレハンドロはファン・カルロスにたのむ。

駐車場でトランクを開けると、甘ったるい尿のにおいが混じったきつい体臭が襲い、アレハンドロはのけぞって悪臭をよける。縛られ、口をふさがれた中年男が借り物の服を着て胎児のように体をまるめているのを見ると、アレックスのなかに同情に近いものが生まれる。足を持ってリーをトランクから出し、体を起こしてバンパーの上に座らせる。ぐったりしていて不安定ではあるが、リーは負傷した脚をかばうためにアレハンドロの肩に腕をまわし、支えられながら階段を降りておとなしく水辺に向かう。もたつきながらゆっくりとリーを船に乗せ、中央のベンチに座らせる。アレックスは小さな三角形の船首席に腰をおろし、アレハンドロがエンジンを始動させる。ファン・カルロスは皮肉っぽく敬礼をし、船が見えなくなるまで船着場に立っている。

フェルナンド宅のプールサイドにある錬鉄製のテーブルでは、ダイアンとカタリナが冷めたコーヒーと煙草を手に日の出を眺めている。ふたりのあいだに置かれているのは、フェルナンドがくれた新しい携帯電話だ。犬たちはふたりの足元でうとうとし、ときおり顔を上げてはあくびをして空気のにおいをかぐ。

「ディエゴはこういうことにどう対処しているの？」ダイアンは訊く。「あなたの仕事に、って意味だけど」

「わたしが仕事をしているときは、アトリエに閉じこもって、気が触れたみたいに仕事をしてる」カタリナは言う。「出てくるのは食事のときだけ。つらいだろうけど、理解してくれてる。わたしのことはよくわかってるから、やめてほしいとは言わない」

「わたしはだれにもやめてほしいなんて言ってないわよ、何かほのめかしてるつもりなら」

カタリナは微笑む。「人に言われてやめるような人じゃないしね。しばらくまえから考えていたんだと思う。なんとなく感じてた。でも、無視してたの。そうなってほしくなかったから」

「あなたはどうなの？　これをつづけるつもり？　ベンがあんなことになったあとで

も？」

「それが仕事だもの」

「クリスチャンはどうするのかしら？」

「ある晩、クリスチャンはひどく酔っ払って、わたしにささやいたの。悪い結末がベンを待っているのはわかっている、恐ろしいけれど、だれにも何も言えない、とくにベンには絶対に言えないって。そして、わたしに口止めをして、だれかに話さなければならなかったんだと言った。さもないと生きたまま食べられてしまうと。わたしは彼に──」

テーブルの上のふたりのあいだで、新しい携帯電話が着信し、その振動でゆっくりと回転する。

「アレックス？」ダイアンが訊く。

カタリナは画面に表示された番号を見て笑う。

「いいえ、ディエゴよ。さっきボイスメールを残したの。ミ・アモール？　今は電話を空けておかなきゃならないから──なんですって？　ディエゴ、落ち着いて」カタリナはたじろぐ。「何が──どこからそんな話が？　聞いたって──何を？　うわさでしょ、偽情報よ。なんて言えばいいのかわからないけど──オーケー、聞いてるわよ。ディエゴ、聞いてるって言ったの」困惑の表情がこわばって深い懸念になり、彼女はゆっくりと立ち上がる。「その情報の出どころを教えて。まさか。うそでしょ。ばか言わないでよ、ディエゴ。彼女は引退したのよ。ええ、そう。もう何年もまえにね」今やディエゴはカタリナの耳元で叫んでおり、ダイアンにもその声が聞こえる。「ディエゴ、お願い、聞いて。わたしが理解できるように話して。だれがわたしたちから彼を奪いに来るっていうの？」カタリナは水平線付近の海に目を走らせたあと、ディエゴがまだ叫んでいる電話をおろす。

「何？」ダイアンが訊く。「どうしたの？」

「なんてこと」カタリナは言う。


ラ・リネアでは太陽がちょうど水平線を離れたところで、くすんだオリーブ色の果てしなく広がる大西洋に朝の光がきらめいている。アレハンドロは片手で海水をすくって顔を濡らし、手のひらを首に当てる。

「先方はどこだ？」アレックスが訊く。

「もう見えてくるはずだ」

「ずいぶんとすばやい交渉だったな」

「こっちの希望は伝えたし、積荷の代金はもらっている。話し合うことなんかないさ。気分はどうだ？」

「おかげさまで」アレックスは言う。身を乗り出してリーの様子をうかがうと、ベンチにぐったりと座ってあごを胸につけ、意識を失ったり回復したりしているのか、ときどきピクッと動いては転げ落ちるのを避けている。「彼よりはましだ」

「この数時間、彼はどこにいたんだろうな。ケタミンは強い薬だ。メキシコでは獣医用の医薬品を扱う店で簡単に手にはいる。私も若いころに使ったよ——グループで、床に寝て、旅に出る。やったことはあるか？」

「ああ」アレックスは言う。「グループで、床の上で。友人の医者が手に入れてくれた」

「名前以外にも共通点があったな」

「最近他のだれかにも言われた」

「だれに？」

「気にするな」アレックスは言う。「たわごとだ。ほかに共通点なんかない。人さまの子どもを連れ去るのは、おれのなかでは小児性愛者より数段下だ。引退していなかったら、ゆっくり愉しんで殺してやるんだが」

「これが最後の仕事なのか？」

「そうだ」アレックスはカタリナから連絡が来ていないか見ようとポケットから携帯電話を出すが、家を出るまえに充電するのを忘れたせいでバッテリーが切れている。「もう充分愉しませてもらったからな」

「あんたがこういう仕事をつづけてきたとは驚きだよ。〈パーム・ツリー〉で会ったとき、あんたは予想とはちがった」

「どういう意味だ？」

「能力は別にして、仕事をまちがえた人間という印象を受けた。私もそう思っているようなところがある――仕事をまちがえたとね。知りたいんだが、あんたそれをどうにかして正当化しているのか？　自分に言い聞かせていることでもあるのか？」

「おれは降りたんだ」アレックスは言う。「何も自分に言い聞かせる必要はない」

アレハンドロは肩をすくめ、水平線に目を走らせる。風が強くなっている。小さな黒い鳥が空から降りてきて、右舷の縁に止まる。首を傾げて船の乗員――船長、意識を失いかけた乗客、船首にぎこちなく座る長身の男――を眺めると、飛び立って陸地に向かう。

「最初の仕事のひとつはラスベガスだった」アレックスは言う。「サウジアラビアかどこかの王子が売春婦を手荒くあつかって、現金を投げつけ、スイートルームから蹴り出した。数カ月後、王子はまた街を訪れ、取り巻きのひとりがうっかり同じエスコートサービスに電話した。それとも、彼らの故国ではカールアイロンで火傷をさせたコールガールとも二度目のデートができるのかもしれない。それはわからない。店のマダムがベンに密告し、王子が大量の現金や貴重品を持って旅すること、店の女の子が部屋に入れてくれるはずだということを教えた。マダムは手数料すら望んでいなかった。〝あのクソ野郎にキリスト教の神の怖さを思い知らせてやって〟それがおれたちのやったことだ。おれはカメラを持っていって、帰るまえにささやかな撮影会をおこなった。王子と売春婦、コカインの山を切り分ける王子。他言すれば、妻子や大使館、敵、そして地球上のすべての新聞社に写真を送ると王子に告げた。おれたちはマスクさえつけず、野球帽とサングラス姿だった。ごっそり盗み、王子の偽りの信仰心をうまく利用して沈黙を買った。これまでやってきたどんなことよりおれにとって意味のあることだった」

「ホテルで野球帽にサングラスが定番なんだな？　いつもそんなに目的意識が高いのか？　ラスベガスでの最後の仕事はどうだったんだ？」

「宝石商の〈グラフ〉か？　一九六〇年からブラッド・ダイヤモンド・ディーラーとして名を馳せている？　盗まれたらこれ幸いとばかりに、これまただれ彼かまわず金を巻き上げてる保険会社に損失を丸投げさ。だれもが得をするってわけだ、アパラチア地方（アメリカ合衆国の東部全域）の高校生たちを麻薬漬けにすることで金持ちになった、ここにいるわれらが友人以外はな。倫理的なことを言えば、これでチャラなのかもしれない。正直、きっちりした倫理計算がしたいわけじゃない。そんなのカクテル・パーティ向けのロビン・フッド風スピーチだ。おれにとって大切なのはそういうことじゃなかった」

「それならなんだったんだ？」

「コントロール。混沌から秩序を生み出す。あるいは混沌のなかに」

「台風の目というわけか」

「そうだ」

「混沌とした子ども時代だったのか？」

「順風満帆ではなかった」

「だから、他人の人生に混沌を生み出す。自分が被ってきたことをつぎにまわす」

「それもおしまいさ、アミーゴ。ところで、たいした洞察力だな。この仕事がいやになったら、社会福祉の仕事でもするべきだ」

「よくある話だ。私はこの世界では変わり種でね。実は……」

エンジンの音が近づいてきて、合流地点の向こうの、ディンギーから一マイルほどの地点にヨットが現れる。アレハンドロは目に手をかざし、船外機のモーターを始動させる。

「時間ぴったりだ。あそこに着いたら――」

「おい」アレックスが言う。「ちょっと待て。今なんて言った？」

「あそこに着いたら話してやるよ」

「そうじゃない、そのまえだ。ホテルで野球帽にサングラスが定番だと言ったな。ほかにそのスタイルだったのは一度だけ、最初のときだけだ。そのことをだれに聞いた?」

「あんたじゃないのか?」

「いいや」アレックスは言う。「おれは言ってない」

「それならベンだろう」

「ベンはあそこにいなかった。それに、おれはずっとベンとあんたのそばにいた。ベンはあんたに何も言ってない。どこから聞いた?」

アレハンドロは肩をすくめる。「伝説の一部だよ。民間伝承さ」

「だれがその話をした?」

アレハンドロはアレックスの肩越しに近づいてくるヨットを見て言う。「覚えていない」

「うそつけ。その話を知っているのは四人だけだ。ふたりは死んでるし、残りのふたりのうちひとりはおれだ。質問に答えろ」

「どこかで聞いたんだよ。どうでもいいだろう?」

「だれに聞いたかはわかっている。どうでもよくない理由もわかっているはずだ」

「そうなのか?」

「どうしてマリセル・サンドバルがおれたちと会った夜のことをあんたに話す? 彼女は

あんたを直接知っているわけじゃなさそうだったのに」

「なんのことかわからないな」

「電話をよこせ」船が半マイルほど進んだところで、この朝二度目にアレックスはアレハンドロに銃を向ける。「ポケットのなかの携帯電話をよこせ」

「銃を向けるのはもうやめてくれ、アレックス。船に死体がある理由をやつらに説明したいのか？」

「リーが無事なら気にしないさ。あんたが電話をわたさないならそれに賭けるよ」アレックスは撃鉄を起こす。「いいからさっさとよこせ」

アレハンドロは首を振って応じる。片手に携帯電話、片手に銃を持って、アレックスは受信履歴を呼び出し、近づいてくるヨットとアレハンドロを交互に見ながら、最初に見つけたメキシコの番号にかける。つながらず、ボイスメールにもならない。収穫なし。二番目の番号にかけると、三回目のコールのあとで女性が出る。

「ブエノ？　アレハンドロ？」

アレックスならどこにいてもわかる声。電話の向こうで強い風が吹き、アレックスは月明かりの下、ベッドルームの外のバルコニーに立っているマリセルを想像する。

「アレハンドロ？」彼女は言う。「万事順調（トド・ビエン）かしら？」

「自分で話せよ」アレハンドロが言う。「彼女が出たんだろう？　済んだと伝えてくれ」

「ここは済んだ」アレックスは言う。

「だれ？」

「当ててみろ」

間。「そう。済んだのね。最後に聞いたときは何か問題があるという話だったけど」

「それは解決した」

「それはよかった。アレハンドロに代わってくださる？」

アレックスは銃をおろさずに電話をわたし、担保はもう必要ないとアレハンドロがマリセルに話すのを聞く。

「彼女が最初に名前を挙げたのがあんただった」アレハンドロは電話を切って言う。

「〝申し分のない道具〟だと言ってね。あんたをとても高く買ってるんだな」

「船の向きを変えろ」アレックスは肩越しにヨットを見ながら言う。「岸に向かうんだ」

「これを最後まで見届けずに？」

「あの船に乗っているのはだれだ？　だれがリーを引き取りに来る？」

「彼を守るはずだったやつらだ。われわれにできることをあんたが示したあとだから、やつらが襲ってくると思っているのか？　落ち着け。交渉はすべて済んでいる。やつらはプロだ、不可知論者だ。受けわたしが済んだら、われわれはここでお役御免だ」

「どうしてそれを知っている？　彼女から聞いたのか？」

「ああ」

「彼女がおれを売ったなら、あんたも売るぞ」

「それはない」

「いいから船の向きを変えろ」

「このまま行こうぜ、アレックス。終わらせてしまおう」

近づいてきていたエンジン音が消え、ヨットはゆるやかにディンギーの横で止まり、船体を水が流れ落ちる。甲板にも操舵室にも人はいない。まるで幽霊船だ。アレックスは中央のベンチのリーのうしろに立ち、彼の首に腕をまわしてこめかみに銃を向けると、デリックがにやにやしながら丸腰で後甲板に出てくる。

「やあ、アレックス」彼は言う。「そんなことをする必要はないぞ」

「知り合いなのか？」アレハンドロが訊く。

「古い友人でね」デリックが言う。リーを指差す。「ドラッグか？　ショックか？」

「鎮静剤だ」アレハンドロが言う。「すぐに醒める。アレックス、彼を放せ」

「もうひとつわたしてもらいたいものがある」デリックが言う。「あんたが持っているそうだな」

「もうひとつのもの？」アレックスが訊く。

アレハンドロはパンツのポケットから緑色のフェルトの宝石袋を出して、デリックに放る。袋は船のあいだの水の上で弧を描き、デリックはぎょっとして目を見開く。

「いったいそれはなんだ？」アレックスが訊く。

デリックは袋から慎重にネックレスを、二カ月まえにラスベガスで盗まれた白とシャンパン色のダイヤモンドの滝（カスケード）を取り出し、透明な朝の光にかざす。

「さっき話した税金だよ」アレハンドロが言う。「手に入れるのをあんたが手伝ってくれた」

「あともうひとつ」デリックが言う。「彼は競合相手に売るのをやめると約束したと思うが、今は彼らにしか売っていない」

アレックスがいちばん近い舷窓に銃身を見た直後、三点バーストの銃弾がアレハンドロの胸と腹に命中し、彼をベンチに引き戻す。腹を押さえるとつぎのバーストが襲い、血の噴き出た頭をのけぞらせて横向きに倒れる。デリックは甲板に伏せ、アレックスは発砲して窓を割り、そのまわりのファイバーグラスに穴をあける。銃撃に驚いたリーが不明瞭な中国語でわめき、アレックスから逃れようともがく。

「落ち着け、カウボーイ」立ち上がって空の両手をアレックスに見せながらデリックが言う。「残りは二発か？　三発か？　いいから彼を放せ。おれがあんたを撃つと思うのか？　そのつもりなら街にいたときに撃てたはずだ。彼をこちらによこして、さっさとここから消えろ。さっきおれがたのんだように。これはあんたのショーじゃない」

「わかった」アレックスは言う。「言うとおりにする。おれは消えるよ。もう二度と会うことはない」

彼はうしろのベンチに銃を置く。デリックがディンギーにロープを投げる。

「いい心がけだ」アレックスがロープを引くと、デリックは言う。「あんたを撃つのはおれじゃないいんだよ、アレックス。彼だ」

アレックスは銃を目にするまえに横に飛びのくが、最初の一発が耳のなかで響き、光が消える。

41

口と鼻を満たす血と胆汁にむせながら彼は目覚める。太陽はほぼ頭上にあり、肌を焼いている。中央のベンチと船首のあいだにきっちりはさまって船の底に横たわり、脛をシートクッションに乗せ、あごを胸に押し付けている。防弾ベストが受け止めた銃弾で肋骨が折れ、呼吸が困難だ。脊椎が浸っているのは太陽に暖められた水であってほしいが、シャツの胸のしわに血がたまっているし、腰の上の射入創で鋭い痛みが脈打っている。風で船がゆっくりと揺れ、アレックスは太陽に顔を向けていることに気づく。雲ひとつない空の白い円盤に。

陽射しから顔を守ろうと右手を上げると、手のひらがほぼ半分に裂けており、小指と薬指が手首付近にぶら下がり、彼の動きと船の揺れに合わせてぶらぶらしている。どうして痛みを感じないのだろうと思っていると——腕に鋭い痛みが走って胸と肩に広がる。叫び声をあげるが、その声は締め付けられた喉に引っ掛かってゴロゴロと響いたあと消える。

声も出ず、携帯電話もない。水平線には船もない。これで終わりのようだ、と彼は思う。

腿の妙なふくらみに目が行き、パンツのポケットにケタミンがはいっていることを思い出す。ほかに何もないなら、これで痛みから逃れるしかない。脚に沿ってゆっくりバイアルを移動させて慎重に取り出し、血まみれの親指と人差し指で瓶の首をはさむ。歯で注射器のキャップを開け、いいほうの手で針をゴムの膜に刺す。右手の残った部分から急激に感覚が失われ、望ましい量が吸い上げられるまであと二ミリリットルというところで、バイアルが手から落ちて船の底に当たる。注射器をつかみ、腿の上にこぶしを掲げてそのまま落とす。針がパンツを貫通し、ついで肉に刺さる。プランジャーを押し、筋肉内に液体が広がるのを感じる。

横たわりながら、もしこの体がすでに撃たれてばらばらになっているなら、おれはばらばらになった体の幻影を見ることになるのだろうかと思う。まだドラッグを脳に送りこむだけの血液が残っていることを願いながら、アレックスは呼吸に集中しようとする。ヘリコプターの音に目を開けるが、南に向かって沿岸をパトロールしているだけらしく、すぐに見えなくなる。回転翼のパタパタという音がドラムビートのように海上に反響する。トゥルムでパオラが流していた音楽が、パオラとダイアンがターンテーブルの上で指をからめながら踊っていた光景がよみがえる。意識がぼんやりしてきて、注射したことを深く後悔し、必死でそのイメージを消すまいとする。少しでも長くそのままでいたくて、薬が醒めることを願いながら、もう一度目を開ける。太陽は不安定に見え、膨張しているのか収縮しているのか、あるいは前進しているのか後退しているのか——アレックスにはわからない。やがて視界の隅から空が暗くなりはじめ、忍び寄るブルーブラックがゆっくりとすべてをあいまいにしていく。まばたきをして焦点を合わせようとしても、目を閉じているのか開けているのかさえもうよくわからない。視野のなかに最後に残されたのは、遠くでかすかにうごめく針で刺したような小さな光だけだ。また列車だ、とアレックスは思う。すると今回はその光が消える。

エピローグ

今朝は漁師が新鮮なマグロを持ってきたので、エルネストはそのマグロでキーライムのクリームソース添えを用意した。ランチはマリセルと護衛たちがビーチの散歩から戻ってから供された。主治医が彼女の血糖値を心配しているので、今日は食事のおとものワインはなしだが、エルネストはデザートに何か特別なものを出すと約束した。おいしくて（アルゴ・デリシオーソ）、それほど甘くないもの（ペロ・ノ・ムイ・ドゥルセ）を。マリセルは食べながら、彼がキッチンで洗い物をする音を聞く。ランチのあとで長女に電話することになっている。二日まえ、車からラホーヤの自宅コンドミニアムに歩いていたジュリアナは、だれかに背後から歩道に投げ飛ばされた。マリセルの四歳の孫娘のサブリナは、自分の手から母親の手が引き離されると泣きわめきはじめた。転倒したジュリアナは、オートバイのヘルメットを被った男が、彼女の頭に銃を向けているのを見た。男は彼女の骨折した手首からワニ革のハンドバッグを奪い、オートバイに飛び乗って、轟音とともにロメロ・ドライブを去っていった。マリセルはボディーガードをつけるようにと何年も娘を説得してきた。これで母の主張が通るだろう。話し合いの予行演習をしていると、キッチンのタイルの床にステンレスの鍋がぶつかる音がする。食事中のフォークの手を止め、エルネストの名前を呼ぶ。椅子から立ち上がりかけたとき、ダイアンがつかつかとダイニングルームにはいってきて、銃を持っていないほうの手で髪をうしろになでつける。

「どうも」ダイアンは言う。「そのまま座ってて」彼女はマリセルの向かいに座り、ガラステーブルの上に銃を置く。

キッチンで体が壁に、そのあと床にたたきつけられる音と、大きなうめき声が一度、そのあともう一度聞こえる。マリセルは一瞬ダイニングルームの二枚扉の隙間に目をやって、カタリナの姿をとらえる。障壁がすべて破られ、もう守ってくれるものは何もないと年配の女が気づくのをダイアンは見守る。受け入れたあとパニックがつづき、やがて落ち着く。

「アレックスのことはほんとうに気の毒だったわ」マリセルは言う。

「ほんとにそう思ってる？　おやさしいこと」

「お子さんたちにまた会えたご感想は？」

「親切心からそうしてくれたみたいな言い方ね。すべてが失敗して、それしか選択肢がなかったくせに。あの子たちが死んだら、あなたが生み出したものよりさらに大きな問題を抱えることになるだけだものね」

マリセルはフォークでマグロをひと口大に切り、ソースをからめてゆっくりと咀嚼する。魚は喉をすべり落ちていく。

「お味はいかが？」ダイアンが訊く。

「とてもおいしいわ。食べたければキッチンにまだあるけど、自分で給仕してもらわないと」

「このあとランチの予定だから結構よ。でもありがとう。ところで、あなたに訊きたいことがあるの。どうして復帰したの？　退屈だったから？　昔取った杵柄（きねづか）？　アレハンドロを引き入れたのはいいアイディアだったわね、それは認めるわ。彼にとっては残念な結果になってしまったけど」

マリセルは食事をつづける。

「ラスベガスであのネックレスを盗んだのはどういうわけ？　思いとどまらせるための威嚇？　中国人の友だちへのちょっとした警告？　でも彼らはそれを無視し、あなたに積荷を送るのをやめた。それで、さらにレベルアップして、リーを個人的に追うことにした。第三世界のカルテルのたわごとなんてなんとも思っていない彼らは、アレハンドロを殺し、あなたを完全に切り捨てた。あの誘拐はずいぶんと大きな誤算だったわね。もう昔のような頭の冴えはないってことかしら」

マリセルはフォークの上の魚に鈍い銀のナイフでソースをひと塗りする。

「クレイを殺したのはあなただったんでしょう？」ダイアンが言う。

年配の女は料理から顔を上げる。

「あなたはアレックスをそばに置いておきたかったけど、あのころクレイとアレックスはふたりひと組だったから、クレイを殺してハイウェイ強盗に見せかけた」

「空港のオペレーションは何年もつづいていた」マリセルは言う。「もちろん、スタッフの変更はあった。でもアレックスには別の使い道があった」

「別の使い道？」

「彼はそうとは知らずに何年も断続的にわたしのために働いていたのよ。空港の仕事は出資者たちの手に負えないほど大規模になっていて、何かと面倒だから手放すことにしたの、クレイも含めてね。アレックスは役に立つかもしれないと思ったから、生きていてもらった。わたしの判断は正しかったわ。わたしがあなたの息子の父親を始末したあと、メキシコのわたしのところに来たアレックスの姿を見せたかった。どちらを向けばいいかもわからず、自分の影にもおびえていた。そして、ベンの仲間になる機会に飛びついた。彼らはとても優秀だったわ、あの仲間たちは。わたしは彼らに仕事を与えるようになった。アレックスがずっと気づかなかったなんて、いまだに信じられない。彼は独立して、自分の人生を生きたいなんて、ばかげた考えを持っていた。見ていて心がつぶれそうだったわ。彼らは依頼人がだれなのかも知らずに、わたしがたのんだことはなんでもやった。軍隊なんてだれでも買える。それより価値があるのは、さまざまな資産——債権、船、宝石、美術品といった、現金がありすぎるこの業界の人間がお金をかけるもの——を盗めるチームよ。それがアレックスと彼の仲間の泥棒たちだった。おかげでライバルたちはみんな不安を感じるようになった。リー・ジャンロンも含めて」

「どうしてこれだけ年月がたってから彼を消そうとしたの？」

「わたしたちがどうやって出会ったか彼から聞いている？」

ダイアンはうなずく。

「なぜ彼がわたしから盗んで逃げられると思ったのか理解できなかった。なぜわたしのものを奪いにホテルの部屋に押し入ったあとで、便宜を図ってもらえると思ったのか。だれかが見守ってくれていると信じたくてたまらなかったのね。それまでそんな人はだれもいなかったから。盲点ね、おそらくたったひとつの。でも残念ながら、それですべてを失うことになった」

「もう少しでね」

マリセルは銀器を置く。

「あら、ごめんなさい」ダイアンは言う。「まだ彼が死んだと思ってるのね。あの人、ここに来てるのよ。あなたを殺さないとは約束できないって言うから、外で待っててもらってるの」

「うそよ」

「そう思う？」

「それで、彼はどんな具合なの？」マリセルは信じられない様子で訊く。

「あなたの娘はどうなの？　腕の具合は？」

マリセルは目尻をぴくりとさせただけで身動きしない。

「ああ、ハニー」ダイアンは言う。「偶然だと思ったの？　スペインであんなことがあった十日後に、あなたのかわいい娘が襲われてバッグを取られたのに？　あのバッグは女友だちにあげちゃったけど、これは返してあげる」彼女は赤い革の財布をテーブルに放る。

「どこで彼女が見つかるかはわかったから。あなたの子どもたち全員の住所がわかってる。ジュリアナがどこのペットホテルを使っているかも、ラウルが十代のヒッピーのガールフレンドとトパンガ（カリフォルニア州にある町。州立公園がありパワースポットとして有名）ですごさない日曜日にどこでゴルフをするかも。子どもたちの子どもたちのことも知ってるわよ。わたしはこの世界じゃ新参者だから、毎日が驚くことだらけだけど、わたしを完全に打ちのめしたのはどんなことかわかる？　プロに子どもを殺してもらうのにいくらかかるかってこと。子どもは政治家と同じなのよね？　つまり、可能だけど、値段は驚くほど高い」

「あなたはそんなことしないわ。子どもたちを殺すなんて。ひとりだって」

「ルールを作ったのはあなたよ。このやり方なら、指一本上げる必要もない。わたしたちに何かあれば、だれかが自動的にあなたの家族を殺しはじめる。遺言書を書き換えることになるわね」マリセルの目のわずかな動きから、頭がフル回転している音が聞こえるようだ。「もちろん、あなたは守りを固め、子どもたちとその家族を今いる場所から移動させ、彼らの生活を台無しにすることもできるでしょう。それでもかならず見つけるわ。それをわたしのライフワークにする」

「そんなことになるわけないいわ」

「あなたが最後まで責任を果たせばね。わたしたちはまだスペインでの借りを返してもらっていない。もともとの報酬でいいわ、プラス、ベンのパートナーに五百万。期限は四十八時間以内」

「わたしがそんな大金を自由にできると思うの？」

「あのね、そんなことはどうでもいいの。こっちの問題じゃないから。あなたがなんとかすべきことでしょ。家具でも売ったら。あとは寄付を募るとか。子どもたちのだれかが〈ゴーファンドミー〉（アメリカのクラウドファンディングのプラットフォーム）について教えてくれるわよ。支払いがなされない場合、あなたの家族の人数は減っていく。たぶんお金のために孫を殺すことはないと思うけど、子どもたちは標的になるわよ。わたしたちの子どもたちもそうだったんだから。二日あれば充分よね」

マリセルがナイフとフォークを手にすると、ダイアンは銃をかまえるが、マリセルは気づかないふりをする。

「冗談だと思ってるんでしょ？」ダイアンは言う。「使い方もろくに知らないくせにって」

ランチのケータリング中の事故のおかげで、ダイアンは大きなガラステーブルについてひとつ学んでいた。中心に物を落とすと割れることを。テーブルに身を乗り出して中央に銃の床尾を打ち付ける。ガラスは雪に覆われた池のように真っ白になり、砕けて床に散る。ダイアンは残骸のなかを歩いて、マリセルが目を閉じ、両手を震わせ、膝の上をガラスの破片でいっぱいにしながら座っているところまで行く。そして、目が合うまで銃身の先でマリセルのあごを上げる。

「子どもたちのことを考えるのね」ダイアンは言う。「わたしはそうしたわ」

玄関から外に出ると、幅広の白い階段にカタリナが座っている。アレックスは家の陰の柱にもたれている。右手には分厚く包帯が巻かれ、左手に持った銃のサイレンサーは彼の膝まである。鼻梁は青くなり、第二度の火傷のせいで皮がむけている。水上で撃たれた六時間後、ファン・カルロスがディンギーをもう一隻手配し、最初のディンギーの底に倒れているアレックスを見つけた。ひどく出血して呼吸困難に陥っており、防弾ベストには真鍮でコーティングされた鉛の跡がつき、日に焼かれているにもかかわらず肌は触れると冷たかった。肉が露出して骨が砕け、アルバイトの外科医が切断しかけた右手は、腫れてミットのようになっており、二度と元どおりにはならないだろう。

「最後のことばはかけなくていいの？」ダイアンが訊く。「彼女、待ってるんじゃない？」

「全部話したんだよな？」

彼女はうなずく。

「それならもう言うことはない」アレックスは言う。「行こう」

彼はダイアンの口にキスをし、守衛小屋まで歩いて、倒れている守衛をまたぎ、ボタンを押して門を閉じる。

道は両方向とも人けがなく、頭上でヤシの枝が静かにカサコソと鳴る音しか聞こえない。三人並んで歩きながら、ダイアンは銃をジーンズのウェストにはさみ、煙草に火をつける。道路の百ヤード先のジャングルに、シルバーの中型のレンタカーが隠されており、かたわらにカタリナのオートバイもある。

「空港に着いたら電話して」ヘルメットを被ってカタリナは言う。

車のなかで、ダイアンは深々と煙草を吸い、唇からクエスチョンマークのような形の煙を吐き出す。レンタカーのなかで煙草を吸うとクリーニング代を取られることになるが、アレックスは何も言わないことにする。ダイアンがまた煙草を吸いつける。

「大丈夫か？」彼は訊く。

「あのレストランに行けなかったわね」

「どのレストラン？」

「シカセルのそばのシーフードレストラン。覚えてる？　あの日ランチに行くことになってた」

「ああ」アレックスは言う。「そうだった」

「あそこに行きましょう」

「今から？」

「それがまさにわたしのしたいことよ」

「わかった」アレックスは言う。車を発進させる。「食べにいこう」

謝辞

最高のエージェントであるわたしのエージェント、ジュリー・ベアラーの聖人なみの忍耐力と奮い立たせてくれる意見に。編集者のジェイソン・カウフマンの辛抱強さ、洞察力、編集上の助言、安定した手腕に。ダブルデイ社のみなさん、とくにこの本のために精力的に働いてくれた、トッド・ダウティ、ローレン・ウェバー、トリシア・ケイヴ、キャロリン・ウィリアムズに。同じく、アンガス・カーギルとフェイバー&フェイバー社のみなさんに。そして、長い執筆の日々を支えてくれた音楽のDJとプロデューサーのみなさん、なかでもアヴァロン・エマーソン、ロイ・ペレス、ジョブ・ジョブズ、DJテニス、ジェイン・フィッツ、アンドリュー・ウェザーオール、フォー・テット、ミッドランド、ブロンズに。優秀な弁護士にしてすばらしい読者のグレッグ・グリーンバーグとネイト・ゴラリンクに。エリック・サリヴァンの鋭くときに厳しいメモに。マシュー・シャープの的確な編集に。信念を貫いてくれたアレクサンダー・チーに。厳しくも愛のある励ましをくれたアリソン・ローマンに。クロード・ヒレルの癒しの力に。書く場所を提供し、重要な教訓をくれたチャールズ・ジョリーに。コートニー・ウィルク＝マンデルの思いやりと的確な助言に。アナ・サンチェス・ベンダハンの揺るぎない支援と家族のような激励に。多くのことをしてくれたハリ・ネフに。ニューヨークのクルー、とくに類まれな友人たちにして嵐のときの港でもあるバート・ヒギンズ、カーラ・ロバートソン、ジュリー・シャック、ピーター・ソロジ、マイケル・マクナイト、シボーン・ケネディに。マシュー・ハールに、彼がいなかったらこの本は生まれていなかった。ヤバいときに助けてくれたジャージー・ボーイズ、とくにマイク・ホケンソン、ピート・マーティン、カイル・バーク、クリス・マクファーランドに。両親、いとこ、おば、おじ、おばあちゃん、きょうだいたち、とくにだれもがうらやむ家族でいてくれる姉妹に。そして、神業のように才能ある編集者にして読者だった、すばらしい友人のジム・サラントに。わたしが迷ったとき、ジムはすさまじい知性と激しい熱意を惜しみなく注いで、道を探す手伝いをしてくれた。ふたりで原稿作業を終えたそのとき、彼は突然亡くなった。この本を彼の思い出に捧げる。

訳者あとがき

白昼堂々オートバイでラスベガスのホテル&カジノに乗りこみ、最高級の宝石を強奪するレザースーツのライダーたち。ド派手なプロローグからフルスロットルで走り抜ける、スリリングでスタイリッシュな犯罪小説、『強盗請負人』*Love and Theft*（2020）をお届けする。ラスベガス、ニュージャージー州プリンストン、メキシコのトゥルムやプラヤ・デル・カルメン、そしてスペインのマルベーリャと、世界を股にかけたクライムサスペンスで、夏のバカンスにぴったりの読み物だ。ロバート・クレイス（〈エルヴィス・コール〉シリーズ）やA・J・フィン（『ウーマン・イン・ザ・ウィンドウ』）らに絶賛され、ドン・ウィンズロウやエルモア・レナードの作風を思わせるとの声もある。犯罪小説には、泥棒、詐欺、誘拐事件などを犯人側の視点で描く「ケイパーもの」というサブジャンルがあり、本書はその系譜につらなるものだが、そこにロマンス要素も加わって、クールでアツい物語になっている。

高級店が並ぶカジノリゾートのアーケードをオートバイで走り抜け、ゴージャスな宝石を華麗に盗んで風のように去っていくプロローグは、『ルパン三世』か、はたまた『オーシャンズ11』かという派手さだが、仕事を終えた強盗請負人のアレックス・キャシディは、地味に悩んでいる。四十一歳、二十年以上こうした犯罪がらみの仕事を請けてきたが、自分の人生は果たしてこれでよかったのだろうかと疑問を感じはじめていたのだ。過度なストレスのためか眠れない夜もあるし、眠れたとしても繰り返し悪夢を見る。仕事が仕事なので精神科医をたよることもできない。自分にはもっと別の人生があるのではないか……つねに危険と隣り合わせで、しかも犯罪者であることがバレないように気をすり減らしながら生きている彼は、麻酔薬によるトリップに安らぎを見出そうとするほど切羽詰まっている。そんなとき、アレックスはケータリング業を営む女性ダイアン・アリソンと出会う。どこかで会った気がすると言われるがまるで心当たりがなく、何か裏があるのではと不安を覚えながらも、不思議と心を許せるダイアンに惹かれていくアレックス。しかし、彼女のひとり息子トムを目にしたとき、一気に過去に引き戻される。この仕事をはじめるきっかけとなった、かたときも忘れたことがない過去のある出来事に。

そんなアレックスが最後のミッションで盗めと言われたもの。それは、かつて一度も盗んだことがないものだった。

スピーディな展開、ひねりのあるプロット、YouTubeや実際の体験からヒントを得たという、説得力がありながら意外性に富んだエピソードや設定、魅力的な舞台、印象的なキャラクター。アクション、サスペンス、ロマンス、家族愛。そして海辺のバカンス。コンパクトななかにワクワクと胸キュンがぎゅっと詰まっていて、ドキドキが止まらない。まるで映画を見ているような作品だ。ナイーブでまっすぐなアレックスはもちろんだが、芯の強いダイアンのキャラクターがまたいい。女手ひとつで育てた息子トムへの愛がさらに彼女を強くしていて、母としてはもちろん、女性としてもかっこいいったらないのだ。アレックスが惹かれるのも無理はない。そしてラストにかけての意外な展開。読み終えたあとの爽快感は極上のシャンパンのような味わいだ。

本邦初紹介となる著者のスタン・パリッシュは、ヒューストン生まれのニュージャージー育ち。〈ウォール・ストリート・ジャーナル〉の付録誌〈ザ・フューチャー・オブ・エブリシング〉の元編集長で、〈GQ〉〈エスクァイア〉〈ニューヨーク・タイムズ〉〈ウォール・ストリート・ジャーナル〉などで執筆している。『強盗請負人』はパリッシュの第二長篇で、デビュー作の *Down the Shore*（2014）は、本書に登場するトム・アリソンが十八歳のころに起きた出来事について語る青春小説、いわゆるビルドゥングスロマンだ。本書のなかでダイアンが「息子はトラブルに巻きこまれたり逃れたりすることに関して経験豊富なの」と言っているように、トムは高校の最終学年のときにドラッグの売人として逮捕されている。内定していたコロンビア大学進学をふいにしたトムは、スコットランドのセント・アンドルーズ大学に進学。パーティとドラッグに明け暮れる学生生活は、ブレット・イーストン・エリスの『レス・ザン・ゼロ』や『ルールズ・オブ・アトラクション』を思わせる。

ところが、第二長篇である『強盗請負人』ではがらりと作風を変えている。当初は一作目にもジャンル小説的要素を入れていたのだが、泣く泣くその部分をカットしたのだという。そこで、愉しんで書いたというジャンル小説的要素をふくらませ、二作目はケイパーものののクライムフィクションで行くことにしたようだ。登場人物が一部被っているが、シリーズやスピンオフというより、一作目とは別世界の物語のように感じられる。

Down the Shore は二〇〇三年の春から翌年春が舞台の話で、当時セント・アンドルーズ大学に在学中だったイギリス王室のウィリアム王子も脇役として登場する。実際はどうあ

れ、意外にもパーティ好きなキャラで、パブでトムに気さくに話しかけたりもしている。のちのキャサリン妃らしき女性もちらりと顔を見せていて、なかなかゴージャスだ。

ちなみに、スタン・パリッシュはトム・アリソンとほぼ同年代らしく、二〇〇三年ごろに学部生としてスコットランドの大学で学んでいる。ウィリアム王子とのエピソードは実際の体験をもとにしているというが、自伝的作品というわけではないようだ。インスタグラムなどを見ると、いかにも〝現在のトム〟という感じだが。

HPやインタビューによると、トムと同じく〝ジャージー・ボーイ〟のパリッシュは、長くニューヨークに住んでいたがロサンゼルスに移り、コロナ禍の二〇二〇年からはヨーロッパですごしているという。海とワインとテクノミュージックが好きで、ブラジリアン柔術の茶帯所持者。『強盗請負人』はパリッシュの〝好き〟が詰まった作品なのだ。

二〇二一年六月

窓際のスパイ

Slow Horses

ミック・ヘロン

田村義進訳

ミスをした情報部員が送り込まれるその部署は〈泥沼の家〉と呼ばれている。若き部員カートライトもここで、ゴミ漁りのような仕事をしていた。もう俺に明日はないのか？　だが英国を揺るがす大事件で状況は一変。一か八か、返り咲きを賭けて〈泥沼の家〉が動き出す！　英国スパイ小説の伝統を継ぐ新シリーズ開幕

ハヤカワ文庫

寒い国から帰ってきたスパイ

The Spy Who Came in from the Cold

ジョン・ル・カレ
宇野利泰訳

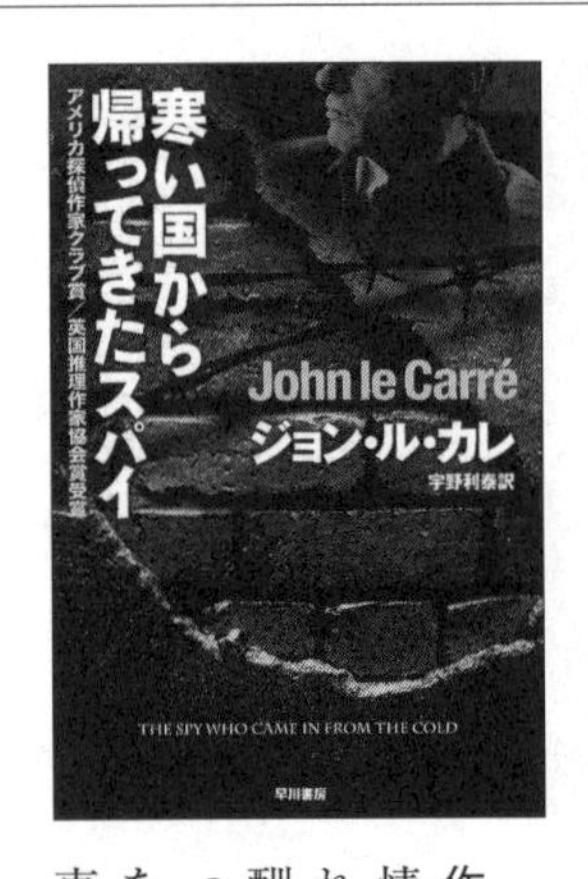

〔アメリカ探偵作家クラブ賞、英国推理作家協会賞受賞作〕任務に失敗し、英国情報部を追われた男は、東西に引き裂かれたベルリンを訪れた。東側に多額の報酬を保証され、情報提供を承諾したのだった。だがそれは東ドイツの高官の失脚を図る、英国の陰謀だった……。英国と東ドイツの熾烈な暗闘を描く不朽の名作

ハヤカワ文庫

ティンカー、テイラー、ソルジャー、スパイ〔新訳版〕

Tinker, Tailor, Soldier, Spy

ジョン・ル・カレ
村上博基訳

英国情報部の中枢に潜むソ連のスパイを探せ。引退生活から呼び戻された元情報部員スマイリーは、かつての仇敵、ソ連情報部のカーラが操る裏切者を暴くべく調査を始める。二人の宿命の対決を描き、スパイ小説の頂点を極めた三部作の第一弾。著者の序文を新たに付す。映画化名『裏切りのサーカス』解説／池上冬樹

ハヤカワ文庫

地下道の鳩
ジョン・ル・カレ回想録

The Pigeon Tunnel

ジョン・ル・カレ
加賀山卓朗訳

ジョン・ル・カレ
地下道の鳩
ジョン・ル・カレ回想録
加賀山卓朗訳
John le Carré
THE PIGEON TUNNEL
Stories from My Life
早川書房

英国二大諜報機関に在籍していたスパイ時代、詐欺師の父親の奇想天外な生涯、スマイリーを始めとする小説の登場人物のモデル、グレアム・グリーンやキューブリック、コッポラとの交流、二重スパイ、キム・フィルビーへの思い……。スパイ小説の巨匠が初めてその人生を振り返る、待望の回想録！　解説／手嶋龍一

ハヤカワ文庫

The Godfather
マリオ・プーヅォ
一ノ瀬直二訳

〔**映画化原作**〕全米最強のマフィア組織を築いた伝説の男ヴィトー・コルレオーネ。人々は畏敬の念をこめて彼をゴッドファーザーと呼ぶ……アメリカを陰で支配する、血縁と信頼による絆で結ばれた巨大組織マフィア。独自の非合法社会に生きる者たちの姿を描き上げる、愛と血と暴力に彩られた叙事詩！　解説／松坂健

ハヤカワ文庫

訳者略歴　慶應義塾大学文学部卒，英米文学翻訳家　訳書〈お菓子探偵ハンナシリーズ〉フルーク，〈ママ探偵の事件簿シリーズ〉マキナニー，〈秘密のお料理代行シリーズ〉バックレイ他多数

HM=Hayakawa Mystery
SF=Science Fiction
JA=Japanese Author
NV=Novel
NF=Nonfiction
FT=Fantasy

強盗請負人（ごうとううけおいにん）

〈NV1483〉

二〇二一年七月二十日　印刷
二〇二一年七月二十五日　発行
（定価はカバーに表示してあります）

著者　スタン・パリッシュ
訳者　上条（かみじょう）ひろみ
発行者　早川浩
発行所　株式会社早川書房
郵便番号　一〇一 - 〇〇四六
東京都千代田区神田多町二ノ二
電話　〇三 - 三二五二 - 三一一一
振替　〇〇一六〇 - 三 - 四七七九九
https://www.hayakawa-online.co.jp

印刷・信毎書籍印刷株式会社　製本・株式会社明光社
Printed and bound in Japan
ISBN978-4-15-041483-2 C0197

本書は活字が大きく読みやすい〈トールサイズ〉です。